사라진 소방차

BRANDBILEN SOM FÖRSVANN

by Maj Sjöwall and Per Wahlöö

이 도서의 국립중앙도서관 출판예정도서목록(CIP)은
서지정보유통지원시스템 홈페이지(http://seoji.nl.go.kr)와
국가자료공동목록시스템(http://www.nl.go.kr/kolisnet)에서 이용하실 수 있습니다.
(CIP제어번호: CIP2018028522)

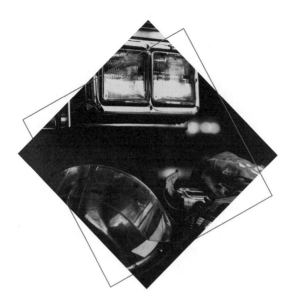

사라진 소방차

마이 셰발, 페르 발뢰 지음 | 김명남 옮김

Martin Beck

엘릭시르

차례

서문[*]

내 작업실 책장에는 셰발과 발뢰의 범죄소설 총 열 작품이 서른 권 있다. 가장 많은 것은 '마르틴 베크' 시리즈의 다섯 번째 작품인 『사라진 소방차』인데, 1960년대 초에 나와 닳고 해진 초판 하나와 1980년대와 1990년대에 나온 페이퍼백 두어 권도 있고 영어판과 독일어판도 있다. 외국어판은 해외여행 나갔다가 사 왔을 텐데, 어쩌면 시리즈 중에 『사라진 소방차』가 가장 좋았기 때문일지도 모르겠다. 얼마나 많이 읽었는지는 나도 잘 모른다. 출간된 이후로 한 열 번쯤 읽었고 가장 최근은 두 달 전

---

[*] 이 서문은 스웨덴 Pocketförlaget의 『BRANDBILEN SOM FÖRSVANN』에 실렸으며, 스웨덴어 번역자 신견식이 우리말로 옮겼습니다.

쯤인데 처음이나 지금이나 똑같이 재미있다.

경찰소설을 쓰겠다면, 내가 수년에 걸쳐 여러 번 시도했으니 나름대로 할말이 있다고 보는데, 셰발과 발뢰가 쓴 『사라진 소방차』의 뒷얘기보다 더 잘 풀 자신은 없다. 나는 다른 작가를 별로 시샘하지도 않고 범죄 이야기를 쓰는 사람한테도 웬만하면 부러울 게 없다. 범죄소설을 가지고 이야기를 나눌 때는 샘낼 거리가 전혀 없고 책에서 무슨 이야기가 펼쳐지든 별로 샘이 나지도 않는다. 경찰소설은, 간단히 딱 잘라 말해, 십중팔구 무게는 잔뜩 주지만 한심한 수준이 대부분이다. 좋은 이야깃거리도 없고 훌륭한 이야기꾼도 되지 못하며 글솜씨도 모자라는 얼치기들이 판친다. 내가 읽은 수백, 아니 어쩌면 수천 권 가운데 내가 썼으면 정말 좋았겠다 싶은 것은 손꼽을 만큼이다. 『사라진 소방차』가 바로 그런 책이다. 레이먼드 챈들러, 대실 해밋, 제임스 엘로이 등 미국 거장이 쓰지 않은 유일한 책이다.

『사라진 소방차』는 작지만 놀라운 책이다. 많지 않은 분량의 범죄 이야기일 뿐이긴 해도 확실히 스웨덴 문학사의 일부가 되었고, 엄청나게 도도한 비평가들조차도 무난하게 받아들일 수 있었기에 여러 번 상도 받은 '마이너 클래식'이다. 이 책을 읽을 때만은 비평가들도 '시대의 대작'에서는 거의 경험하기 힘든 재미를 만끽했을 것이다.

소설은 총소리로 시작해서 총소리로 끝난다. 서로 다른 총소리이지만 여지없이 똑같이 들이닥친다. 그리고 유머, 거리감, 일상의 템포로 차분하게 이야기된다. 경찰이 일상에서 수사하는 끔찍한 범죄는 따지고 보면 그리 자주 일어나지는 않는다. 물론 대여섯 명이 살해당하지만 그게 중요한 것은 아니다. 진실이 어떻게 밝혀지는지가 관건이며, 나는 『사라진 소방차』만큼 긴장되는 소설을 읽은 적이 별로 없다.

여기까지 서문을 읽었다면 너무 무조건 긍정적이라서 의심을 품는 것도 정당한데…… 이야기의 첫 장을 펼치자마자…… 남들의 부러움을 살 테고…… 아주 금방…… 행복한 독자가 될 것이다. 이보다 나은 책은 어지간해선 만나기 힘들다. 아닌 게 아니라 나와 늘 함께했던 책이니 믿으시라.

레이프 페르손*

---

* 스웨덴의 범죄학자이자 추리소설가. 통렬한 블랙 유머가 독보적인 '형사 벡스트룀' 시리즈를 집필하고 있다.

N

감라스칸

NK 백화점

스톡홀름 중앙역

스톡홀름 시청

스톡홀름스칸

스톡홀름 경찰청

감라스칸

쇠데르말름

릴예홀멘

운돈

린드홀렌

룬셀룬스칸

세르기탄

노르말름

스톡홀름 섬

스톡홀름
스케홀름

1.

 말끔하게 정리된 침대에 누워 죽은 남자는 그전에 재킷과 넥타이를 벗어 문 옆 의자에 걸어두었다. 신발을 벗어 의자 밑에 밀어 넣은 뒤 검은색 가죽 슬리퍼를 신었다. 필터 달린 담배를 세 대 피우고 침대 옆 탁자 위의 재떨이에 비벼 껐다. 그런 뒤에 침대에 반듯이 누워 입에 총을 물고 쏴버렸다.

 그 모습은 그다지 단정해 보이지 않았다.

 남자의 옆집 이웃은 조기 은퇴한 육군 대령이었는데, 지난해 엘크 사냥을 나갔다가 엉덩이를 다친 터였다. 대령은 사고 후 불면증이 생겨서 종종 밤늦게까지 솔리테어 카드놀이를 하며 깨어 있었고, 그날도 막 카드를 꺼내던 차에 벽 건너편에서 총소리가 나는 것을 듣고 부리나케 경찰을 불렀다.

무선으로 호출된 경찰이 자물쇠를 부수고 아파트로 들어간 건 3월 7일 새벽 3시 40분이었고, 그때 집안 침대에 누운 남자는 삼십이 분 동안 죽어 있던 상태였다. 남자의 죽음이 틀림없이 자살이라는 걸 확인하는 데는 그다지 오랜 시간이 걸리지 않았다. 경찰은 얼른 차로 돌아가서 무선으로 사망 사고를 보고하기 전에 아파트를 둘러보았는데, 사실 그래선 안 되는 일이었다. 침실 외에는 거실, 부엌, 현관, 화장실, 붙박이장이 있었다. 메모나 작별 편지 같은 건 발견되지 않았다. 남자가 남긴 글은 거실 전화기 옆 메모장에 적힌 단어 두 개가 전부였다. 두 단어는 사람 이름이었다. 두 경찰이 익히 아는 이름이었다.

마르틴 베크.

성 오틸리아 영명 축일이었다.

마르틴 베크는 오전 11시를 넘기자마자 남부 경찰서를 나서서 카루셀플란에 있는 주류 판매점 줄에 섰다. 그는 너티 솔레라를 한 병 샀고, 지하철로 가는 도중에 붉은 튤립 한 다발과 영국제 치즈 비스킷도 한 통 샀다. 그의 어머니가 세례식 때 받았던 이름 여섯 개 중 하나가 오틸리아였기에, 어머니의 영명 축일을 축하해드릴 생각이었다.

양로원은 크고 아주 오래되었다. 그곳에서 일하는 사람들의 말에 따르면 너무 낡고 불편하다고 했다. 마르틴 베크의 어머니는 일 년 전에 그곳으로 옮겼는데, 일흔여덟의 나이에도 여전히 활기차고 비교적 건강한 편이라 스스로 일신을 돌보지 못해서는 아니었다. 하나밖에 없는 자식에게 짐이 되기 싫어서였다. 어머니는 일찌감치 그 양로원에 자리를 하나 예약해두었고, 마침내 괜찮은 방이 비자, 즉 전에 살던 사람이 죽자 세간을 거의 다 처분하고 양로원으로 들어갔다. 십구 년 전 아버지가 돌아가신 뒤로 어머니가 기댈 사람은 마르틴 베크뿐이었다. 그래서 그는 몸소 어머니를 돌보지 않는 것에 대해 가끔 양심의 가책을 느꼈다. 그러나 솔직히 마음 깊은 곳에서는 어머니가 자신에게 조언조차 구하지 않고 직접 일을 처리해버린 데 감사했다.

베크는 지금까지 누가 앉아 있는 걸 본 적이 없는 작고 칙칙한 거실을 지나쳐서 어둑한 복도를 좀더 걸어간 뒤 어머니의 방문을 두드렸다. 그가 들어서자 어머니는 깜짝 놀라며 고개를 들었다. 귀가 약간 어두워서 그의 조심스러운 노크 소리를 못 들었던 것이다. 어머니는 얼굴이 확 밝아지며 책을 옆으로 치우고 일어서려 했다. 마르틴 베크는 얼른 다가가서 어머니의 뺨에 입 맞추고 어머니를 도로 의자에 살며시 앉혔다.

"저 때문에 일어나실 것 없어요."

그는 꽃다발을 어머니 무릎에 얹어드리고 술과 비스킷은 탁자에 놓았다.

"사랑하는 어머니, 영명 축일을 축하해요."

어머니는 꽃다발의 종이 포장을 벗기면서 말했다.

"어쩜 이렇게 예쁜 꽃이라니. 그리고 비스킷! 와인까지! 아닌가? 아, 셰리구나. 세상에!"

마르틴 베크의 만류에도 어머니는 자리에서 일어나, 선반에서 은제 화병을 꺼내고 세면대에서 물을 받았다.

"다리를 못 쓸 만큼 늙고 쇠약하진 않단다." 어머니가 말했다. "너나 앉으려무나. 셰리 마실래, 커피 마실래?"

"어머니가 좋은 걸로요."

"그럼 커피를 끓일게. 셰리는 됐다가 여기 노인들한테 권하면서 우리 아들이 얼마나 착한지 자랑해야지. 즐거운 일은 아껴 둬야 하는 법이야."

마르틴 베크는 잠자코 앉아서 어머니가 전기 핫플레이트를 켜고 물과 커피의 양을 재는 걸 바라보았다. 어머니는 작고 연약했으며 그가 만나러 올 때마다 더 쪼그라드는 듯 보였다.

"여기 계시는 거 지루하지 않아요?"

"나? 지루할 틈 없단다."

대답이 기다렸다는 듯 너무 빨리 흘러 나와서 오히려 믿을 수 없었다. 어머니는 핫플레이트에 커피포트를 올리고 꽃을 꽂은 화병을 탁자에 올린 뒤 자리에 앉았다.

"내 걱정은 하지 마라. 할 일이 얼마나 많은데. 책도 읽고, 다른 할머니들하고 수다도 떨고, 뜨개질도 하지. 가끔 시내에 나가서 구경도 해. 왜 그렇게들 건물을 죄다 허는지 꼴 보기 싫지만. 너희 아빠 회사가 있던 건물도 헐린 거 봤니?"

마르틴 베크는 고개를 끄덕였다. 아버지는 클라라 구역에서 작은 운송 회사를 운영했는데, 그 사무실 자리에 지금은 유리와 콘크리트로 된 쇼핑센터가 들어섰다. 베크는 어머니의 침대 옆 서랍장에 놓인 아버지의 사진을 보았다. 1920년대 중반에 찍은 사진이다. 그때 베크는 겨우 몇 살밖에 안 되었고 아버지는 아직 반짝거리는 눈동자, 옆 가르마를 탄 반들거리는 머리카락, 반항적인 턱을 지닌 청년이었다. 사람들은 마르틴 베크가 아버지를 닮았다고들 말했다. 그러나 베크 자신은 한 번도 닮았다고 생각한 적 없었고, 설령 닮은 데가 있더라도 외모뿐일 것이었다. 그가 기억하기로 아버지는 솔직하고 쾌활했으며 두루 호감을 얻는데다가 잘 웃고 농담도 곧잘 하는 사람이었다. 반면 마르틴 베크더러 스스로를 묘사해보라고 한다면 숫기 없고 좀 지루한 사람이라고 말할 것이다. 아버지는 저 사진을 찍을 때만 해도 건설 노동자였지만, 불과 몇 년 뒤 공황이 닥쳐서 두 해 정도 실직자 신세가 되었다. 마르틴 베크가 볼 때 어머니는 그 가

난과 불안의 시절을 이후에도 완전히 떨치지 못했다. 집안 사정이 나중에는 훨씬 나아졌음에도 불구하고 어머니는 늘 돈 걱정을 했다. 지금도 무엇이 되었든 꼭 필요한 것이 아니고서는 여간해서 새 물건을 사지 않았다. 옷가지도, 옛 집에서 양로원으로 갖고 들어온 몇 안 되는 가구도 오래 써서 낡은 것들이었다.

마르틴 베크는 간간이 어머니에게 용돈을 드리려고 했고 자신이 각종 고지서를 처리하겠다는 제안도 주기적으로 드렸지만, 어머니는 독립을 지키는 걸 자랑스러워했으며 계속 그러고 싶다고 고집했다.

커피가 끓자, 마르틴 베크는 포트를 가져와서 어머니에게 건네어 손수 따르시게 했다. 어머니는 늘 아들을 세심하게 챙겼다. 그가 어릴 때는 설거지를 돕거나 제 침대를 스스로 정돈하는 일조차 시키지 않았다. 그는 자신이 간단하기 짝이 없는 집안일에도 서툴다는 사실을 안 뒤에야 어머니의 배려가 얼마나 자신을 망쳤는지 깨닫게 되었다.

마르틴 베크는 어머니가 각설탕을 입에 문 뒤 커피를 한 모금 마시는 모습을 놀라서 쳐다보았다. 어머니가 그렇게 각설탕을 머금고 커피를 마시는 모습은 생전 처음 보았다. 어머니가 그의 시선을 알아차리고 말했다.

"아, 이거. 나만큼 나이가 들면 자유를 좀 누려도 되는 법이다."

어머니는 잔을 내려놓고 뒤로 기댔다. 검버섯이 핀 가냘픈 두 손은 허벅지 위에 가볍게 깍지 꼈다. 그리고 말했다.

"자, 우리 손주들이 어떻게 지내는지 좀 말해보렴."

요즘 마르틴 베크는 어머니에게 아이들에 대해서 말할 때 긍정적인 표현만 골라 쓰려고 조심했다. 어머니는 손주들이 여느 아이들보다 더 슬기롭고 더 똑똑하고 더 예쁘다고 여겼기 때문이다. 어머니는 종종 베크가 아이들의 장점을 제대로 알아주지 않는다며 불평했고, 한번은 그를 이해심 없고 차가운 아빠라고 비난하기까지 했다. 그러나 베크의 생각에는 자신이 아이들을 좀더 냉철한 시각으로 바라보는 것 같았고, 그런 그가 보기에 자기 아이들은 여느 아이들과 크게 다르지 않았다.

그는 열여섯 살 된 딸 잉리드와 관계가 더 좋았다. 딸은 밝고 똑똑하고 학교생활도 순조롭게 해내고 사람들과 잘 어울리는 아이였다. 곧 열세 살이 되는 아들 롤프는 좀 문제였다. 게으르고 내성적이며, 학교생활에 흥미가 전혀 없는데다가 다른 취미나 재능도 없는 듯했다. 마르틴 베크는 아들의 무기력함이 걱정스러웠지만 나이 탓이기를 바라며 언젠가는 아이가 이겨내기를 바랐다. 당장은 롤프에 대해서 딱히 긍정적인 말을 할 게 생각나지 않았고 그렇다고 사실을 말했다간 어머니가 믿지 않을 것이었기에 그는 그 주제를 피했다. 대신 잉리드가 학교에서 요즘 어떻게 지내는지 말하기 시작했는데, 어머니가 느닷없이 물었다.

"롤프가 졸업한 뒤 경찰이 되진 않겠지?"

"그럴 것 같진 않은데요. 아직 열세 살도 안 됐고요. 그런 걸 걱정하기는 일러요."

"왜냐하면 롤프가 그러려고 하면 네가 막아야 하니까. 난 네가 왜 경찰이 되겠다고 그렇게 고집을 부렸는지 아직도 이해가 안 돼. 요즘은 네가 일을 시작했을 때보다도 더 끔찍한 직업일 게 틀림없어. 그건 그렇고, 넌 왜 경찰이 됐니, 마르틴?"

마르틴 베크는 깜짝 놀라서 어머니를 뚫어져라 쳐다보았다. 이십사 년 전 어머니가 그의 직업 선택을 반대한 건 사실이었지만, 이제 와서 그 문제를 꺼낸 게 놀라웠다. 그는 국가범죄수사국 살인수사과의 경감으로 승진한 지 일 년도 안 됐고, 요즘 그의 근무 환경은 젊은 순경이었던 때와는 딴판으로 달라졌다.

그는 몸을 숙여 어머니의 손을 어루만졌다.

"전 이제 괜찮아요, 어머니. 요즘은 주로 책상에만 앉아 있어요. 저도 가끔 스스로 똑같은 질문을 던지기는 하지만요."

그건 사실이었다. 그는 가끔 스스로에게 왜 경찰이 되었는지 물어보았다.

당시에는, 그러니까 전쟁중에는 당연히 대답할 수 있었다. 병역을 회피하는 좋은 방법이었기 때문이다. 그는 폐가 안 좋다는 이유로 이 년간 징병을 유예하다가 끝내 적합 판정을 받아 더이상 면제받을 길이 없었는데, 병역 회피는 꽤 중요한 동기였다. 1944년은 양심적 거부자를 용인하던 시절이 아니었다. 그와 같은 방식으로 병역을 회피했던 사람들 중 다수는 이후 직업을 바꿨지만, 그는 오랜 시간을 경찰에 머물며 이렇게 경감으로까지 승진했다. 그건 곧 그가 좋은 경찰이라는 뜻이겠지만, 스스로는 정말로 그런지 확신하지 못했다. 경찰 조직의 고위직을 덜 좋은 경찰이 차지하는 사례가 더러 있었다. 게다가 만일 좋은 경찰이라는 것이 규정에서 손톱만큼도 벗어나지 않는 충실한 사람이 되는 걸 뜻한다면, 그는 자신이 과연 좋은 경찰이 되고 싶은지조차 확신하지 못했다. 오래전 언젠가 렌나르트 콜베리가 했던 말이 떠올랐다.

"좋은 경찰은 널렸어. 멍청한 인간이지만 좋은 경찰인 사람들. 융통성 없고, 편협하고, 거칠고, 자기만족적인 타입이지만 모두 좋은 경찰들이지. 좋은 인간이면서 경찰인 사람들이 조금만 더 많다면 좋을 텐데."

어머니는 마르틴 베크와 함께 밖으로 나왔다. 둘은 공원을 좀 걸었다. 질척한 눈 때문에 걷기 힘들었다. 찬바람이 키 크고 헐벗은 나무의 가지를 뒤흔들었다. 십 분쯤 미끄러지며 걷다가, 그는 어머니를 현관까지 모셔다 드린 뒤 뺨에 입 맞추었다. 뒤돌아 내리막길을 걸어 내려가다 돌아보니 어머니가 여태 문 앞에 서서 손을 흔들고 있었다. 작고 쪼그라들고 늙은 모습이었다.

베크는 지하철을 타고 베스트베리아알레에 있는 남부 경찰서로 돌아갔다.

제 방으로 가는 길에 콜베리의 방을 슬쩍 들여다보았다. 콜베리는 경위이자 마르틴 베크의 제일 친한 친구다. 방은 비어 있었다. 베크는 손목시계를 흘긋 보았다. 1시 반이다. 목요일이었다. 깊게 생각해보지 않아도 콜베리가 어디 있을지 알 수 있었다. 내려가서 완두콩 수프를 먹고 있을 콜베리에게 합류할까 하고 잠시 생각했으나, 속을 생각하고 이내 단념했다. 어머니가 한사코 권한 커피를 너무 많이 마셔서 속이 거북했다.

메모장에는 그날 아침에 자살한 웬 남자에 관한 메시지가 짧게 적혀 있었다.

남자의 이름은 에른스트 시구르드 칼손, 나이는 마흔여섯. 독신이고, 제일 가까운 친척은 보로스에 사는 나이 많은 이모라고 했다. 남자는 다니던 보험 회사에 월요일부터 휴가를 낸 상태였다. 독감 때문에. 직장 동료들은 남자가 외톨이였으며 자기들이 아는 한 친한 친구는 없었다고 말했다. 이웃들은 남자가 조용하고, 거슬리지 않았고, 규칙적인 시간에 드나들었으며, 손님은 거의 없었다고 말했다. 남자의 필체를 조사한 결과, 전화

메모장에 마르틴 베크의 이름을 쓴 것은 남자 본인인 게 분명했다. 남자가 자살했다는 것도 완벽하게 확실한 사실이었다.

더 말할 게 없는 사건이다. 에른스트 시구르드 칼손은 제 손으로 목숨을 끊었고, 스웨덴에서는 자살이 범죄가 아니니까 경찰이 딱히 더 할 일은 없었다. 의문은 모두 해결되었다. 하나만 빼고. 사건 보고서를 쓴 담당자도 적어둔 의문이었다. 마르틴 베크 경감은 문제의 남자와 무슨 관계이며 이 사건에 뭔가 보탤 말이 있는지?

마르틴 베크는 보탤 말이 없었다.

에른스트 시구르드 칼손이라는 이름조차 처음 들어본 것이었다.

2.

군발드 라르손이 쿵스홀름가탄의 경찰서 사무실을 나선 때
는 밤 10시 반이었고, 그는 영웅이 될 계획 따위일랑 없었다.
볼모라의 집으로 가서 샤워를 하고 잠옷을 입고 침대에 드는 게
그다지 대단한 업적일 리 없으므로. 군발드 라르손은 즐거운 기
분으로 잠옷을 떠올렸다. 잠옷은 바로 그날 새로 산 것이었는
데, 직장 동료 대부분은 그 가격을 듣는다면 귀를 의심할 게 분
명했다. 귀갓길에 작은 용무를 하나 처리해야 했지만 시간을 잡
아먹는 일은 아니었고 잡아먹는대도 기껏 오 분쯤일 것이다. 라
르손은 잠옷을 생각하면서 불가리아산 양털 코트를 힘겹게 팔
에 꿰고, 불을 끄고, 문을 쾅 닫고 나섰다. 그의 부서까지 올라
오는 낡은 엘리베이터는 여느 때처럼 탈이 났고, 그가 바닥을

두 번 세게 구르고서야 마지못한 듯 움직였다. 군발드 라르손은 덩치가 커, 키가 192센티미터에 몸무게는 100킬로그램이 넘었다. 그러니 그가 발을 구르면 효과가 없을 수 없었다.

밖은 춥고 바람이 셌다. 푸슬푸슬한 눈발이 휘몰아쳤다. 하지만 차까지는 몇 걸음만 가면 되니 날씨를 걱정할 건 없었다.

군발드 라르손은 베스테르브론 다리를 건너면서 무심히 왼쪽을 보았다. 노란 불빛이 시청 첨탑 꼭대기에 장식된 세 개의 황금 왕관을 밝히고 있었고, 그 밖에도 그가 알아보지 못하는 다른 불빛이 무수히 반짝거렸다. 그는 다리에서 직진하여 호른스플란 광장까지 간 뒤 호른스가탄 거리로 좌회전했다가 싱켄스담 지하철역을 지나 우회전했다. 링베겐 거리를 따라 남쪽으로 오백 미터쯤 내려간 뒤 브레이크를 걸고 차를 세웠다.

스톡홀름 중심인데도 건물이라고는 없다시피 한 곳이었다. 도로에서 서쪽으로는 탄토룬덴 공원이라는 언덕이 펼쳐져 있고, 동쪽으로는 바위로 된 구릉과 주차장과 주유소가 있었다. 셸드가탄 거리라고 불리지만 실상 거리라기보다는 한때 무모한 열정에 휩싸인 도시 계획가들이 다른 대부분의 구역들과 더불어 이 구역을 초토화하면서 거리가 원래 갖고 있던 가치를 없애고 독특한 성격을 지울 때, 왜인지는 몰라도 약간 남겨놓은 길 쪼가리에 가까웠다.

살짝 굽었고 길이가 삼백 미터도 안 되는 셸드가탄 거리는 링 베겐 거리와 로센룬스가탄 거리를 잇는 도로로, 몇 안 되는 택 시나 이따금 길을 잃어 들어선 경찰차나 다니는 길이었다. 여 름에는 길섶 녹음이 꽤 우거져 도심의 오아시스 비슷하게 되었 다. 덕분에 가까이 링베겐 거리에는 통행이 많고 불과 오십 미 터 떨어진 곳에서는 전철이 시끄럽게 달리는데도 그 구역의 불 운한 인간들 중 나이가 좀 있는 이들이 나무 그늘에서 와인 몇 병, 소시지 약간, 미끈거리는 카드를 갖고서 별다른 방해 없이 놀 수 있었다. 한편 겨울에는 자발적으로 그곳에 가는 사람은 눈 씻고 봐도 없었다.

하지만 1968년 3월 7일 이날만큼은 도로 남쪽 앙상한 관목 들 틈에 한 남자가 서서 얼어가고 있었다. 그의 관심은 목표물 에 완벽하게 쏠려 있진 않았다. 그는 그 거리에서 유일하게 사 람이 사는 집인 낡은 이 층 목조 건물 쪽으로 대충만 시선을 두 고 있었다. 좀 전까지만 해도 2층 두 창문에 불이 켜져 있었고 음악 소리, 고함소리, 웃음소리가 간간이 들려왔지만, 지금은 모든 불이 꺼졌고 들리는 소리는 바람 소리와 멀리서 나는 희미 한 차 소리뿐이었다. 관목 틈의 남자는 자의로 거기 서 있는 게 아니었다. 그는 사크리손이라는 이름의 경찰관이었고, 진심으 로 어디 딴 데 가 있었으면 좋겠다고 생각하고 있었다.

군발드 라르손은 차에서 내려 코트 깃을 세우고 털모자를 끌어내려 귀를 덮었다. 넓은 도로를 가로지르고, 주유소를 지나, 질척한 눈을 헤치며 걸어갔다. 도로교통국 사람들은 이 쓸모없는 길 쪼가리에 제설용 소금을 뿌리는 건 낭비라고 생각한 모양이었다. 건물은 칠십 미터쯤 간 지점에서 길보다 살짝 높게, 길과 약간 틀어진 각도로 서 있었다. 라르손은 건물 앞에서 멈춘 뒤 주변을 둘러보며 나직이 말했다.

"사크리손?"

관목 틈의 남자가 몸을 떨며 다가왔다.

"나쁜 소식이다." 군발드 라르손이 말했다. "자네가 두 시간 더 있어야겠어. 이삭손이 아파서."

"젠장!" 사크리손이 말했다.

군발드 라르손은 현장을 살펴본 뒤 불만스럽게 인상을 쓰며 말했다.

"언덕 위에 서 있으면 더 나을 텐데."

"네, 제가 꽁꽁 얼어버리고 싶다면 말이죠." 사크리손이 염세적으로 대꾸했다.

"더 나은 조망을 원한다면 말이야. 별일 없었나?"

사크리손은 고개를 저으며 말했다.

"아무 일 없었습니다. 조금 전까지만 해도 위층에서 사람들이 파티인지 뭔지를 했지만, 지금은 다들 곯아떨어진 모양입니다."

"말름은?"

"그도요. 그가 불을 끈 지 세 시간 지났습니다."

"말름은 계속 혼자였나?"

"그런 것 같습니다."

"같아? 건물을 나간 사람은 없었나?"

"한 명도 못 봤습니다."

"그러면 뭘 봤는데?"

"제가 여기 온 뒤로 세 사람이 건물로 들어갔습니다. 남자 하나랑 아가씨 둘. 셋이 택시로 여기까지 왔습니다. 그 사람들이 파티를 했다고 생각합니다."

"생각해?" 군발드 라르손이 다그쳤다.

"네, 빌어먹을 생각을 했다고요. 저한테는 투…….."

사크리손은 이가 하도 덜덜 떨려서 말을 제대로 잇지 못했다. 군발드 라르손은 사크리손을 한참 뜯어보다가 말했다.

"자네한테는 뭐?"

"투시하는 능력은 없다고요." 사크리손은 침울하게 대답했다.

군발드 라르손은 엄한 편이었고 인간의 나약함을 이해해주는 일이 별로 없었다. 경찰관으로서 인기가 없었고, 그를 무서워하는 사람도 많았다. 만일 사크리손이 그를 좀더 잘 알았다면, 감히 이렇게, 그러니까 편하게 대할 엄두를 내지 못했을 것이다. 하지만 아무리 군발드 라르손이라도 사크리손이 춥고 지친 상태이며 앞으로 몇 시간 동안 그의 상태와 관찰 능력이 개선될 가능성은 거의 없다는 사실을 깡그리 무시할 순 없었다. 무슨 조치를 취해줘야 한다고 깨달았지만, 그렇다고 해서 이일을 그냥 넘길 생각은 또 없었다. 그는 짜증스레 혀를 차고 물었다.

"자네 춥나?"

사크리손은 허탈하게 웃고는 속눈썹에 붙은 얼음을 긁어내려 애썼다.

"춥냐고요?" 은근히 빈정거리는 말투였다. "맹렬히 타는 풀무불에 떨어진 세 남자* 같은 기분입니다."

"자네는 웃기려고 여기 있는 게 아냐." 군발드 라르손이 말했다. "일하려고 있는 거지."

"네, 죄송합니다. 하지만……."

"그리고 몸을 따뜻하게 유지하고, 알맞게 껴입고, 발을 가끔 움직여주는 것도 일의 일환이야. 그러지 않았다가는 무슨 일이 벌어졌을 때 망할 눈사람처럼 꼼짝 못하고 서 있게만 될 수도

---

* 구약성서 『다니엘서』 3장에 나오는 '풀무불에 떨어진 세 남자'를 인용한 것.

있으니까. 그렇게 되면 별로 안 웃기겠지…… 그 뒷일은."

사크리손도 이윽고 사태를 짐작했다. 겸연쩍이 몸을 떨며 변명하듯이 말했다.

"물론 전 괜찮습니다, 다만……."

"전혀 괜찮지 않아." 군발드 라르손이 성을 냈다. "어쩌다 보니 내가 이 임무를 책임진 이상, 웬 풋내기 경찰의 실수 때문에 일을 망치고 싶진 않단 말이다."

사크리손은 스물세 살이었고 수사관이 아닌 보통 경찰관이었다. 지금은 2구역 보안과에 소속되어 있었다. 군발드 라르손은 그보다 스무 살 더 많은데다가 스톡홀름 살인수사과 수사관이었다. 사크리손이 대답하려고 입을 열자, 군발드 라르손은 큼직한 오른손을 쳐들며 거칠게 말했다.

"말대꾸는 그만. 로센룬스가탄의 파출소로 가서 커피든 뭐든 한잔해. 그리고 정확히 삼십 분 뒤에 여기로 돌아오는 거다. 쌩쌩하고 빠릿빠릿하게. 썩 움직이는 게 좋을걸."

사크리손은 내뺐다. 군발드 라르손은 손목시계를 보면서 한숨을 쉬고 중얼거렸다. "애송이."

그러고는 뒤로 돌아, 관목을 헤치고 오르막을 오르기 시작했다. 이탈리아산 방한 신발의 두꺼운 고무 밑창이 얼음장 낀 바위에서 자꾸 미끄러졌기 때문에, 그는 줄곧 나지막이 욕설을 투덜거렸다.

언덕에 서면 인정사정없이 살을 에는 북풍에서 몸을 피할 데가 없으리라던 사크리손의 말은 옳았다. 그곳이 망보기에 최적의 장소일 것이라던 군발드 라르손의 말도 옳았다. 그곳에서는 건물이 정면으로, 살짝 아래로 내려다보였다. 건물 안이나 근처에서 벌어지는 일이라면 뭐든 그의 시선을 빠져나갈 수 없었다. 창들은 전부 혹은 일부가 성에로 덮여 있었고, 그 너머에서 비치는 빛은 전혀 없었다. 유일한 생명의 징후는 굴뚝에서 나오는 연기였는데, 연기는 바깥 냉기에 새하얗게 질릴 겨를도 없이 바람에 가리가리 찢겨서 별 하나 없는 하늘로 커다란 솜뭉치처럼 서둘러 쫓겨갔다.

언덕에 선 남자는 기계적으로 한 발씩 번갈아 떼며 양가죽 장갑 속에서 손가락을 굽혔다 폈다 했다. 군발드 라르손은 경찰이 되기 전에 뱃사람이었다. 처음에는 해군 수병이었다가 나중에 상선으로 옮겨 북대서양을 항해했다. 한겨울에 개방형 선교에서 망본 적이 한두 번이 아니기 때문에 몸을 따스하게 유지하는 기술이라면 잘 알았다. 또 이런 종류의 임무에도 전문가였지만 요즘은 관리만 하는 편을 선호했고 대개는 그랬다. 언덕에 얼마쯤 서 있었을까, 2층 맨 오른쪽 창문에서 꼭 누가 담뱃불을 붙이거나 시계를 보기 위해서 성냥을 그은 것처럼 불빛이 깜박거리는 게 보였다. 그는 반사적으로 시계를 보았다. 11시 4분이었다. 사크리손이 자리를 떠난 지 십육 분이었다. 사크리손은 지금쯤 마리아 경찰서의 매점에 앉아 커피로 속을 데우면서 비번인 제복 경찰에게 투덜대고 있을 것이다. 짧은 행복이었다. 십칠 분 뒤면 도로 이리로 나서야 할 테니까. 앞으로 백 년 내내 호통을 듣지 않으려면 말이지, 군발드 라르손은 잔인하게 생각했다.

그러고서 이 시점에 건물 안에 몇 명이나 있는지를 헤아려보았다. 낡은 건물은 네 세대로 나뉘어 있었다. 두 세대는 1층에, 나머지 두 세대는 2층에 있었다. 위층 왼쪽 집에는 삼십 대 미혼 여성이 아버지가 다른 세 아이와 함께 살았다. 군발드 라르손이 여자에 대해 아는 건 그게 전부였고, 그걸로 충분했다. 그 아래인 1층 왼쪽 집에는 노부부가 살았다. 거주자가 툭하면 바뀌는 위층 집들과는 달리, 일흔쯤 된 노부부는 그곳에서 반세기 가까이 살고 있었다. 주정뱅이인 남편은 지긋한 나이에도 불구하고 마리아 경찰서 유치장의 단골이었다. 2층 오른쪽 집에 사는 남자도 경찰이 익히 아는 자였는데, 토요일 밤 폭음보다는 좀더 범죄적인 이유 때문이었다. 남자는 스물일곱인데 벌써 다양한 복역 기간의 전과 6범이었다. 죄목은 음주운전과 무단출입부터 폭행까지 다양했다. 이름은 로트였고, 다른 남자 하나와 여자 둘과 함께 파티를 연 것이 그였다. 그들은 지금 자려는지 다른 방식으로 여흥을 즐기려는지는 몰라도 전축도 불도 끈 뒤였다. 누군가 성냥을 켠 것이 그의 집이었다.

그 아래, 1층 오른쪽 집에 군발드 라르손이 감시하는 남자가 살았다. 군발드 라르손은 그자의 이름과 생김새를 알았다. 하지만 희한하게도 경찰이 그자를 왜 감시하는지는 몰랐다.

사정은 이랬다. 군발드 라르손은 신문들이 이따금 들뜬 때면 '살인범 사냥꾼'이라고 불러주는 형사였는데, 당장 사냥할 살인범이 딱히 없었기 때문에 이 감시를 책임진 부서로 대여되어 가욋일을 맡게 된 것이었다. 그에게는 여기저기서 긁어모은 네 부하와 단순한 지시가 주어졌다. 문제의 남자를 놓치지 말고, 그에게 무슨 일이 벌어지고 그가 누구를 만나는지 기록하는 게 임무였다.

군발드 라르손은 감시의 목적이 무엇인지조차 묻지 않았다. 뭐 마약이겠지. 요즘은 모든 일이 마약에 관련된 것 같았다.

감시는 오늘로 열흘째 이어지고 있었다. 남자에게 벌어진 일이라고는 그가 창녀 하나를 사고 하프보틀 술 두 병을 산 것뿐이었다.

군발드 라르손은 시계를 봤다. 11시 9분이었다. 팔 분 남았다.

그는 하품을 하며, 오카르브라사*를 하기 위해 두 팔을 번쩍 치켜들었다.

정확히 그 순간, 건물이 폭발했다.

---

* 스웨덴에서 전해지는 추위 대처 체조. 팔을 휘둘러 상체를 두드리고 앉았다 섰다를 반복하는 동작으로 몸이 어는 걸 막는 동작이다.

사라진 소방차

3.

불은 귀청을 찢는 굉음과 함께 시작되었다. 1층 오른쪽 집 창
문이 터지면서 박공창 대부분이 건물에서 찢겨나가는 것처럼
보였고, 동시에 깨진 창틀 너머로 시퍼런 불길이 기다랗게 치솟
았다. 군발드 라르손은 꼭 구세주 조각상처럼 양팔을 활짝 벌
린 채 언덕 위에 우두커니 서서 길 건너편 광경을 쳐다보았다.
그러나 아주 잠시였다. 그는 곧 욕을 뱉어가면서 바위투성이 언
덕을 미끄러지며 내려와 길 건너 건물로 달려갔다. 그가 달려가
는 동안 불길은 색깔과 성격을 바꿔, 이제 오렌지색으로 탐욕스
럽게 날름거리며 벽을 따라 위로 올라갔다. 건물 오른쪽은 마치
땅이 꺼진 것처럼 지붕까지 내려앉기 시작한 것 같았다. 1층 오
른쪽 집은 벌써 몇 초간 불길에 휩싸여 있었고, 그가 대문 앞 돌

계단에 다다르기 전에 위층 집으로도 불길이 번졌다.

그는 문을 벌컥 열자마자 너무 늦었단 걸 알았다. 현관에서 오른쪽 집 문이 경첩에서 아예 뜯어져 나와 계단을 막고 있었다. 문은 큰 통나무처럼 이글이글 타올랐고 불이 나무 계단을 따라 위로 솟기 시작했다. 뜨거운 열파에 떠밀려, 그는 불에 그슬리고 앞이 안 보이는 채 비틀비틀 뒤로 물러나 바깥 계단으로 도로 나왔다. 건물 안쪽에서 고통과 공포에 휩싸인 사람들의 처절한 비명이 들려왔다. 그가 아는 한 건물에는 최소한 열한 명이 있었다. 죽음의 덫이나 다름없는 건물에 다들 무력하게 갇힌 형편이었다. 어쩌면 몇 명은 벌써 죽었을 것이다. 날름거리는 불길이 화염방사기 불길처럼 1층 창문들에서 치솟았다.

군발드 라르손은 사다리나 다른 도구가 있는지 주변을 얼른 둘러보았다. 아무것도 없었다.

그때 2층 창이 열렸다. 연기와 불길 사이로 여자가, 아니 여자아이라고 해야 할 것 같은 사람이 하나 보였다. 그 사람은 광적으로 새된 비명을 지르고 있었다. 군발드 라르손은 손을 말아 입에 대고 외쳤다.

"뛰어내려요! 오른쪽으로 뛰어내려요!"

여자는 창틀에 올라섰지만 잠시 망설였다.

"뛰어내려요! 당장! 최대한 멀리! 내가 잡아줄 테니까!"

여자는 뛰어내렸다. 여자는 직선으로 곧장 그에게 떨어졌고, 그는 떨어지는 몸을 그럭저럭 잡아채어 오른팔을 여자의 가랑이에 끼우고 왼팔로 여자의 어깨를 감쌌다. 여자는 그다지 무겁지 않아서 오십 킬로그램이나 오십오 킬로그램쯤 되었다. 그는 여자가 땅에 전혀 닿지 않도록 능숙하게 받아냈다. 여자를 받자마자 오른쪽으로 빙글 돌아 거센 불길로부터 여자를 보호하며 세 발자국을 걸어간 뒤 여자를 땅에 내려놓았다. 여자는 기껏해야 열일곱 살쯤 되어 보였다. 비명을 지르며 고개를 흔들어대는 여자의 헐벗은 온몸이 덜덜 떨렸다. 그가 보기에 그것 말고는 이상 없는 듯했다.

그가 뒤로 돌자, 이번에는 창에 다른 사람이 있었다. 침대보인지 뭔지를 두른 남자였다. 불은 아까보다 더 맹렬히 타올랐고, 지붕 가장자리 끝에서 끝까지 연기가 새어 나왔으며, 건물 오른쪽에서는 불길이 벌써 기왓장 틈으로 삐져나오기 시작했다. 망할 소방차가 냉큼 오지 않으면 큰일인데, 군발드 라르손은 이렇게 생각하면서 할 수 있는 한 바짝 불로 다가섰다. 건물 목조부가 쩍쩍 삐걱삐걱 갈라졌고, 무자비하게 쏟아지는 불똥이 그의 얼굴과 양가죽 코트에 떨어져 그 비싼 재질 속으로 서서히 타들어가다 꺼졌다. 그는 노호하는 불길에 목소리가 묻히지 않도록 최대한 크게 외쳤다.

"뛰어내려요! 최대한 멀리! 오른쪽으로!"

남자가 점프하는 순간, 몸에 두른 천에 불이 붙었다. 남자는 떨어지는 동안 날카로운 비명을 지르면서 불붙은 이불보를 떨쳐내려 했다. 이번에는 낙하가 그다지 성공적이지 못했다. 남자는 여자보다 제법 더 무거웠고, 떨어지면서 몸을 비틀어 왼팔로 군발드 라르손의 어깨를 쳤다. 그리고 울퉁불퉁한 자갈 위로 어깨부터 쿵 떨어졌다. 마지막 순간에 군발드 라르손은 제 큼직한 왼손으로 남자의 머리 밑을 가까스로 받쳐서 머리통이 깨지지 않게 막았다. 그는 남자를 땅에 눕히고, 불붙은 이불보를 떼어내고, 역시 구제불능으로 불붙은 제 장갑도 벗어냈다. 남자도 금으로 된 결혼반지를 꼈을 뿐 알몸이었다. 남자는 끔찍한 신음을 내면서 저능한 침팬지처럼 쉰 목소리로 간간이 뭐라고 지껄였다. 군발드 라르손은 남자를 몇 미터 굴려, 불붙은 나뭇조각이 떨어지는 걸 그럭저럭 피할 수 있는 눈밭 위에 두었다. 그가 다시 뒤로 돌았을 때, 세 번째 사람인 까만 브래지어를 입은 여자가 활활 타오르는 2층 집에서 오른쪽으로 뛰어내렸다. 여자의 빨간 머리카락에 불이 붙어 있었고, 벽에 너무 가깝게 떨어졌다.

군발드 라르손은 불타는 널빤지들 사이로 재빨리 달려가서 여자를 끌어냈다. 당장에 위험한 영역에서 벗어난 뒤, 여자의 머리카락에 붙은 불을 눈으로 끄고 여자를 눕혔다. 여자는 화상을 심하게 입은 것 같았고, 고통에 겨워 뱀처럼 몸을 꼬며 날카로운 비명을 질러댔다. 한쪽 다리가 몸통과 대단히 부자연스러운 각도를 이루고 있는 걸 보면 떨어지기도 잘못 떨어진 것 같았다. 다른 여자보다 나이가 약간 더 많아 보여서 스물다섯쯤 된 것 같았고, 머리카락뿐 아니라 거웃도 붉었다. 창백하게 늘어진 뱃가죽만은 놀랍도록 다친 데가 없었다. 얼굴, 다리, 등에 손상이 심했고 브래지어가 타면서 살갗을 파고든 가슴팍도 마찬가지였다.

그가 눈길을 들어 2층 오른쪽 집을 마지막으로 본 순간, 유령 같은 사람 실루엣이 횃불처럼 타오르는 게 보였다. 실루엣은 두 팔을 번쩍 치든 채 애처롭게 빙글빙글 돌다가 쓰러져서 군발드 라르손의 시야로부터 사라졌다. 저 남자가 파티의 네 번째 멤버인 것 같았다. 인간이 돕기엔 이미 늦었다는 걸 군발드 라르손은 깨달았다.

이제 다락도 불길에 싸였고, 기와 밑 들보도 마찬가지였다. 매캐한 연기가 뭉게뭉게 솟았다. 불타는 목조 뼈대가 날카롭게 우지끈거렸다. 2층 맨 왼쪽 창이 열리더니 누군가 도와달라고 외쳤다. 군발드 라르손이 달려가보니 흰 잠옷 가운을 입은 여자가 보퉁이 같은 걸 품에 안고 창틀에 기대어 서 있었다. 아기였다. 열린 창으로 연기가 뿜어져 나왔지만 아직 그 집은, 적어도 여자가 서 있는 방은 불붙지 않은 것 같았다.

"도와주세요!" 여자가 처절하게 외쳤다.

건물의 그 부분은 불길이 아직 그렇게까지 거세지 않았기 때문에 군발드 라르손은 벽에 꽤 가까이, 거의 창문 밑까지 다가설 수 있었다.

"아기를 던져요!" 그가 외쳤다.

여자는 당장 아기를 내던졌다. 어찌나 망설임이 없었던지 그가 깜짝 놀랄 정도였다. 보퉁이는 곧장 떨어졌고, 그는 마지막 순간에 팔을 내밀어 마치 프리킥을 받아낸 축구 골키퍼처럼 그것을 정확히 품안에 받아냈다. 아기는 아주 작았다. 살짝 칭얼거렸지만 울진 않았다. 군발드 라르손은 아기를 안은 채 몇 초간 우두커니 서 있었다. 그는 아기를 다룬 경험이 없었고, 전에 아기를 안아본 적이 있는지조차 확실히 기억나지 않았다. 순간적으로 그는 자기가 너무 거칠어서 아기를 뭉갠 게 아닐까 생각했다. 그러다 이내 움직여서 보퉁이를 땅에 내렸다. 허리를 굽혔을 때 누군가 달려오는 발소리가 들려서 고개를 들었다. 사크리손이었다. 헐떡거리며 얼굴이 빨개진 사크리손이었다.

"뭐지?" 사크리손이 말했다. "왜……?"

군발드 라르손은 사크리손에게 물었다.

"빌어먹을 소방차는 어딨나?"

"벌써 왔어야 하는데…… 제 말은…… 로센룬스가탄에서도 불이 난 게 보여서…… 도로 달려가서 전화를 했는데…….'

"다시 달려가서 냉큼 소방차랑 구급차를 데려와."

사크리손은 뒤로 돌아 달려갔다.

"경찰도!" 군발드 라르손이 그의 뒤에 대고 외쳤다.

사크리손의 모자가 벗겨졌고, 그는 멈춰서 모자를 주웠다.

"이 바보야!" 군발드 라르손이 외쳤다.

그러고서 그는 건물로 돌아갔다. 이제 오른쪽 절반은 전체가 노호하는 지옥불이나 다름없었고, 다락도 불에 싸인 것 같았다. 창으로 쏟아지는 연기도 아까보다 훨씬 더 많아졌는데, 잠옷 가운을 입은 여자는 또 다른 아이를 데리고 거기 서 있었다. 다섯 살쯤 되어 보이고 파란 꽃무늬 잠옷을 입은 금발 남자아이였다. 여자는 아까처럼 냉큼 아이를 내던졌다. 하지만 이번에는 군발드 라르손이 좀더 대비가 되어 있었기에, 아이를 안전히 품에 받아냈다. 이상하게도 아이는 전혀 겁먹지 않은 듯했다.

"이름이 뭐예요?" 아이가 소리쳤다.

"라르손."

"소방관이에요?"

"맙소사, 지금은 저리 가 있어." 군발드 라르손은 아이를 땅에 내렸다.

그는 다시 고개를 들다가 뻘겋게 단 기왓장에 머리를 맞았다. 털모자가 충격을 누그러뜨려주었는데도 잠시 눈앞이 캄캄했다. 이마에 타는 듯한 통증이 느껴졌고, 얼굴로 피가 흘러내렸다. 잠옷 가운을 입은 여자는 사라지고 없었다. 세 번째 아이를 데리러 갔을 거라고 그가 생각한 순간, 여자가 커다란 도자기 개를 안고 나타나서 그것을 대뜸 내던졌다. 도자기 개는 땅에 떨어져 박살이 났다. 그다음 순간, 여자가 제 몸을 던졌다. 그건 결과가 그다지 좋지 못했다. 바로 밑에 서 있었던 군발드 라르손은 제 몸 위로 떨어진 여자를 얹고서 잔해가 널린 바닥으로 넘어졌다. 그는 뒤통수와 등을 땅에 부딪혔지만 곧장 여자를 그러안고 일어났다. 잠옷을 입은 여자는 다친 데는 없어 보였지만 눈동자가 초점 없이 굳어 있었다. 그는 여자에게 물었다.

"아이가 하나 더 있지 않소?"

여자는 그를 바라보고는 몸을 웅크리며 다친 동물처럼 훌쩍거렸다.

"저리로 가서 두 아이를 돌봐요." 군발드 라르손이 말했다.

이제 불은 2층을 몽땅 삼켰고, 방금 여자가 뛰어내린 창에서도 불길이 치솟았다. 하지만 1층 왼쪽 집에 아직 노인 두 명이 있었다. 불이 아직 그곳까지는 붙지 않은 것 같았지만 인기척은

사라진 소방차

없었다. 이미 집안에 연기가 가득할 테고, 더군다나 지붕이 무너지는 건 시간문제였다.

군발드 라르손은 두리번거리며 도구를 찾다가 몇 미터 밖에 있는 큰 돌을 발견했다. 돌은 땅에 얼어붙어 있었지만 그는 완력으로 떼어냈다. 적어도 이십 킬로그램에서 이십오 킬로그램은 나가는 돌이었다. 그는 팔을 죽 뻗어서 돌을 머리 위로 치든 뒤, 온 힘을 다해서 1층 맨 왼쪽 창에 정통으로 던졌다. 창이 산산조각 나면서 유리와 나뭇조각이 쏟아졌다. 그는 창틀로 몸을 끌어올리고, 부러진 블라인드와 나동그라진 탁자에 부딪힌 뒤 방바닥으로 내려섰다. 연기가 매캐해서 숨이 막혔다. 그는 기침을 하면서 울 스카프를 끌어올려 입을 덮었다. 블라인드를 뜯어내고 주변을 둘러봤다. 사방이 이글이글 불이었다. 바깥에서 번득인 빛이 반사되어, 바닥에 웬 사람이 형체 모를 덩어리로 웅크리고 있는 게 보였다. 보니까 나이 많은 여자였다. 그는 여자를 답삭 들어 늘어진 몸을 창가로 옮긴 뒤, 여자의 겨드랑이에 팔을 넣어 조심스레 땅으로 내렸다. 여자는 금세 건물 벽에 기대놓은 덩어리처럼 주저앉았다. 살아 있는 것 같았지만 의식이 없었다.

군발드 라르손은 깊게 숨을 마신 뒤 집안으로 돌아가, 다른 쪽 창 블라인드를 뜯어내고 의자로 유리를 깼다. 연기가 약간 걷혔지만 이제 머리 위 천장이 불룩해지면서 오렌지색 불길이 현관문 주변으로 날름날름 스미고 있었다. 그는 십오 초도 안 되어 남자를 찾아냈다. 남자는 침대를 빠져나오지는 못했지만 살아 있었고, 약하고 측은하게 쿨럭거리고 있었다.

군발드 라르손은 담요를 홱 젖히고 노인을 들어 어깨에 걸친 뒤, 방을 곧장 가로질러 불똥이 폭포처럼 쏟아지는 창을 넘어 나왔다. 칼칼한 기침이 나왔고 이마의 상처에서 흘러내린 피가 땀과 눈물과 섞이는 바람에 앞이 잘 안 보였다.

그는 남자를 둘러멘 채 여자를 질질 끌어서 두 사람을 땅에 나란히 뉘었다. 여자가 숨을 쉬는지 확인해보았다. 쉬고 있었다. 그는 양가죽 재킷을 벗어서 불똥을 좀 떨어냈다. 그것으로 여태 발작적인 비명을 내지르는 알몸의 여자아이를 덮어준 뒤, 아이를 다른 사람들에게 이끌었다. 그다음에 트위드 재킷을 벗어서 두 어린아이에게 둘러주었고, 울 스카프는 알몸의 남자에게 주었는데, 남자는 그걸 당장 엉덩이에 둘렀다. 마지막으로 군발드 라르손은 빨간 머리 여자에게로 가서, 여자를 들어서 딴 사람들이 모인 장소로 옮겼다. 여자에게서는 역겨운 냄새가 났고, 비명은 골수에 사무칠 듯이 날카로웠다.

그는 건물을 돌아보았다. 이제 건물은 통째 불길에 싸여서 거칠 것 없이 광포하게 타고 있었다. 자동차 몇 대가 길 근처에 멈춰 섰고 어리둥절한 사람들이 차에서 내렸다. 군발드 라르손은 그들을 무시했다. 대신 망가진 털모자를 벗어서 잠옷 가운을 입은 여자의 이마에 대고 누르며 몇 분 전에 했던 질문을 다시 던졌다.

"아이가 하나 더 있지 않소?"

"네……. 크리스티나…… 걔 방은 다락에 있어요."

여자는 통제 불능으로 훌쩍이기 시작했다.

군발드 라르손은 고개를 끄덕였다.

그는 피에 물들고, 재를 뒤집어쓰고, 땀에 젖고, 옷은 찢긴 채 정신이 나가고, 충격을 받고, 비명을 지르고, 의식이 없고, 울음을 훌쩍이고, 숨이 끊어져가는 사람들 틈바구니에 서 있었다. 전쟁터 같았다.

불이 내는 소리 너머로 원시적인 사이렌 소리가 들려왔다.

갑자기 한꺼번에 사람들이 나타났다. 급수차, 사닥다리차, 소방차, 경찰차, 구급차, 오토바이 경찰, 붉은 세단을 탄 소방국 사람들.

사크리손도.

사크리손은 말했다. "뭐지……. 어떻게 이렇게 됐지?"

그 순간 지붕이 무너졌다. 건물은 기세 좋게 탁탁 타오르는 화톳불로 변했다.

군발드 라르손은 시계를 봤다. 그가 꽁꽁 언 몸으로 언덕에
섰던 때로부터 십육 분이 지나 있었다.

4.

3월 8일 금요일 오후, 군발드 라르손은 쿵스홀름스가탄의 경찰서에 앉아 있었다. 흰 폴로 스웨터와 주머니가 사선으로 달린 연회색 양복을 입었다. 두 손에 붕대가 감겨 있었고, 머리를 두른 붕대 때문에 핀란드에서 유타스 전투를 이끌었던 본 되벨른 장군을 그린 유명한 초상과 쏙 빼닮아 보였다. 얼굴과 목에도 반창고가 붙어 있었다. 뒤로 넘긴 금발 머리카락은 약간 그슬렸고 눈썹도 그랬다. 하지만 새파란 눈동자는 여느 때와 다름없이 멍하고 불만스러워 보였다.

방에는 다른 사람들도 있었다.

마르틴 베크와 콜베리는 베스트베리아의 살인수사과에서 이곳으로 불려와 있었고, 추후에 다른 통지가 없는 한 수사를 책임지게 될 그들의 상관 에발드 함마르도 와 있었다. 함마르는 키도 덩치도 큰 남자로, 숱 많은 머리카락은 오랜 경찰 생활을 거치며 이제 백발이 되어 있었다. 그는 은퇴까지 남은 날을 헤아리기 시작했고, 심각한 강력 범죄가 발생하면 뭐든 개인적 시련으로 여겼다.

"다른 사람들은 어딨지?" 마르틴 베크가 물었다.

여느 때처럼 그는 문에서 가까운 한옆에 오른 팔꿈치로 서류함을 괴고 서 있었다.

"다른 사람 누구?" 함마르가 수사팀 구성은 전적으로 자기 소관이라는 사실을 의식하면서 대꾸했다. 함마르는 경찰 중에서 그가 필요로 하고 이전에 함께 일했던 적 있는 사람이라면 누구든 차출해 올 힘이 있었다.

"뢴하고 멜란데르." 마르틴 베크가 간단히 말했다.

"뢴은 남부 병원에 가 있고 멜란데르는 화재 현장에 가 있네." 함마르가 짧게 대답했다.

군발드 라르손 앞 책상에는 석간신문들이 펼쳐져 있었고, 그는 성질나는 듯 그걸 붕대 감은 손으로 뒤적였다.

"빌어먹을 기자 새끼들." 그가 신문 하나를 마르틴 베크 쪽으로 밀면서 말했다. "이 사진 좀 보라고."

삼 단을 차지한 사진에는 트렌치코트를 입고 챙이 좁은 모자를 쓴 젊은 남자가 찍혀 있었는데, 남자는 심란한 표정을 지은 채 손에 든 작대기로 여태 연기가 피어오르는 셸드가탄 건물 잔해를 쑤석이고 있었다. 대각선 뒤, 사진 왼쪽 구석에 군발드 라르손이 카메라를 멍하니 응시하면서 서 있었다.

"자네가 돋보이게 나오진 않았군." 마르틴 베크가 말했다. "지팡이를 든 남자는 누구야?"

"사크리손이야. 2구역의 풋내기. 완전 덜 떨어진 바보야. 설명을 읽어봐."

마르틴 베크는 설명을 읽었다.

오늘의 영웅, 군월드 라르손 형사(오른쪽)는 간밤 화재에서 여러 사람의 목숨을 구하는 영웅적인 업적을 세웠다. 사진에서 그가 전소한 건물의 잔해를 조사하고 있다.

"망할 놈들이 오른쪽과 왼쪽의 차이를 모를 뿐 아니라……." 군발드 라르손이 웅얼거렸다.

그는 더 말하지 않았지만 마르틴 베크는 무슨 뜻인지 알아차리고 속으로 끄덕거렸다. 이름의 철자도 잘못되어 있었다. 군발드 라르손은 넌더리 난다는 듯 팔로 신문을 밀어버리고 말했다.

"게다가 내가 바보같이 나왔어."

"유명해지는 데는 난관이 따르는 법이지." 마르틴 베크가 말했다.

군발드 라르손을 싫어하는 콜베리도 흩어진 신문을 내키지는 않지만 실눈으로 내려다보았다. 모든 사진이 똑같은 오해를 일으키고 있었고, 모든 신문의 1면에 현란한 제목 밑으로 정면을 응시하는 군발드 라르손의 사진이 실려 있었다.

영웅적인 활약상이니 영웅이니 뭐니 하는 것들이라니, 콜베리는 맥없이 한숨 쉬며 생각했다. 그는 책상에 팔꿈치를 대고 살진 몸을 축 늘어뜨린 채 의자에 앉아 있었다.

"그러니까 우리는 무슨 일이 벌어졌는지 전혀 모르는 희한한 상황에 처한 거로군?" 함마르가 매섭게 말했다.

"전혀 희한하지 않은데요. 전 개인적으로 무슨 일이 벌어졌는지를 알 때가 드문걸요." 콜베리가 말했다.

함마르가 콜베리를 쏘아보며 말했다.

"불이 방화인지 아닌지 모른다는 뜻이네."

"왜 방화죠?" 콜베리가 물었다.

"낙천주의자로군." 마르틴 베크가 말했다.

"왜냐하면 빌어먹을 방화니까." 군발드 라르손이 말했다. "말 그대로 내 코앞에서 집이 폭발했단 말이야."

"불이 그 말름이란 남자 집에서 시작된 건 확실해?"

"그래. 거의 확실해."

"자네가 얼마나 오래 그 집을 감시하고 있었지?"

"삼십 분 정도. 나는. 그전에는 사크리손이라는 멍텅구리가 지켰고. 질문 한번 많군."

마르틴 베크는 오른손 엄지와 검지로 콧잔등을 마사지하면서 말했다.

"그동안 드나든 사람이 아무도 없다는 건 확실한가?"

"그래, 죽여주게 확실해. 그리고 내가 있기 전 일은 나야 모르지. 사크리손은 세 명이 들어가고 아무도 안 나왔다고 말했어."

"그 말은 믿어도 될까?"

"안 될 것 같은데. 그놈은 유난히 멍청한 것 같으니까."

"진심은 아니지?"

군발드 라르손은 화난 눈으로 마르틴 베크를 보며 말했다.

"어쨌든 이게 다 무슨 난리지? 내가 거기 서 있는데 그 초라한 집에 불이 붙었어. 안에는 열한 명이 갇혀 있었고 그중 여덟 명을 내가 빼냈다고."

"그래, 나도 알아." 콜베리가 신문을 곁눈질하며 말했다.

"화재로 사망한 사람이 셋뿐이란 건 확실한가?" 함마르가 물었다.

마르틴 베크가 안주머니에서 신문을 꺼내 훑은 뒤 말했다.

"그런 것 같군요. 말름이란 남자, 말름 윗집에 살았던 켄네트 로트라는 남자, 그리고 다락에 방이 있었던 크리스티나 모디그. 그 아이는 열네 살밖에 안 됐습니다."

"왜 그 아이는 다락에서 살았지?" 함마르가 물었다.

"모르죠. 알아내야죠." 마르틴 베크는 대답했다.

"알아내야 할 건 그 밖에도 질리게 많아." 콜베리가 말했다. "우리는 죽은 사람이 정말 그 셋뿐인지도 확신할 수 없지. 게다가 총 열한 명이 있었다는 것도 가정일 뿐이야. 안 그래, 라르손씨?"

"그러면 탈출한 사람은 누구누구지?" 함마르가 물었다.

"우선 그 사람들은 제 발로 탈출한 게 아닙니다." 군발드 라르손이 대답했다. "내가 그들을 끄집어낸 거지. 만에 하나 내가 거기 없었다면 단 한 명도 말짱히 나오지 못했을 겁니다. 그리고 둘째, 난 그 사람들 이름을 적어두진 않았습니다. 당연히 다른 할 일이 있었으니까요."

마르틴 베크는 붕대를 감은 덩치 큰 사내를 가만히 살펴보았다. 군발드 라르손은 종종 못되게 굴곤 했지만, 함마르에게 이렇게 대든다는 건 자신에 대한 과대망상에 빠졌거나 뇌졸중이거나 둘 중 하나가 아니고선 있을 수 없었다.

함마르가 눈살을 찌푸렸다.

마르틴 베크는 신문을 뒤적이며 화제를 돌리려고 말을 꺼냈다.

"여기 적어도 이름은 나와 있군요. 앙네스 쇠데르베리와 헤르만 쇠데르베리. 둘은 부부고, 나이는 예순여덟과 예순일곱입니다. 안나카이사 모디그와 두 아이 켄트와 클라뤼. 엄마는 서른 살이고, 남자아이는 다섯 살, 여자아이는 생후 칠 개월. 그다음 여자 두 명은 칼라 베리그렌과 마델레이네 올센이고 각각 열여섯 살과 스물네 살. 그리고 막스 칼손이라는 남자. 이 남자 나이는 모르겠군요. 마지막 세 명은 그 건물에 살진 않고 손님으로 와 있었습니다. 아마 불에 타 죽은 켄네트 로트라는 남자 집에 왔었겠죠."

"그 이름들에서는 아무것도 떠오르는 게 없는데." 함마르가 말했다.

"저도 마찬가집니다." 마르틴 베크가 말했다.

콜베리는 어깨만 으쓱했다.

"로트는 도둑이었어요." 군발드 라르손이 말했다. "쇠데르베리는 술꾼이었고 안나카이사 모디그는 창녀였고. 이거라도 알아서 기분 좋으시다면 말이지만."

전화가 울려서 콜베리가 받았다. 그는 메모장을 끌어당기며 윗옷 주머니에서 볼펜을 꺼냈다.

"아, 자넨가? 그래, 말해."

다른 사람들은 잠자코 콜베리를 바라보았다. 콜베리는 수화기를 내려놓으면서 말했다.

"룅입니다. 상황이 이렇다는군요. 마델레이네 올센은 아마 살지 못할 듯. 화상을 팔십 퍼센트 입은데다가 뇌진탕하고 대퇴부 복합 골절."

"그 여자는 온몸의 털이 빨갛더군." 군발드 라르손이 문득 말했다.

콜베리는 매섭게 군발드 라르손을 노려보고는 이어 말했다.

"나이 많은 쇠데르베리 부부는 연기에 중독되었지만 살 가능성이 높음. 막스 칼손은 삼십 퍼센트 화상을 입었고 죽지 않을 것임. 칼라 베리그렌과 안나카이사 모디그는 몸은 성하지만 둘 다 심각한 정신적 충격을 받았고, 칼손도 마찬가지임. 신문해도 될 만큼 말짱한 사람은 아무도 없음. 두 꼬마만 완벽하게 괜찮음."

"어쩌면 평범한 화재일지도 몰라." 함마르가 말했다.

"헛소리." 군발드 라르손이 말했다.

"자네 집에 가서 누워야 하는 것 아닌가?" 마르틴 베크가 말했다.

"내가 그랬으면 좋겠다 이거지, 엉?"

십 분 뒤, 뢴이 나타났다. 뢴은 군발드 라르손을 보더니 놀란 눈을 동그랗게 뜨고 말했다.

"자네 대체 여기서 뭐하나?"

"그러게 말이지." 군발드 라르손이 대꾸했다.

뢴은 다른 사람들을 책망하듯 둘러보고 말했다.

"다들 정신 나갔어요? 자, 군발드, 가자고."

군발드 라르손은 고분고분 일어나서 문으로 갔다.

"잠깐." 마르틴 베크가 붙잡았다. "질문 하나만 더. 예란 말름은 왜 미행하고 있었나?"

"나야 모르지." 군발드 라르손은 이렇게 대답하고 떠났다.

황망한 침묵이 방을 메웠다.

몇 분 뒤, 함마르가 뭔가 못 알아들을 말을 투덜거리면서 방을 나갔다. 마르틴 베크는 자리에 앉아 신문 하나를 쥐고 읽기 시작했다. 삼십 초 뒤, 콜베리도 마르틴 베크를 따라 했다. 두 사람이 부루퉁한 침묵 속에 한참 앉아 있으려니 뢴이 돌아왔다.

"그치랑 뭘 했는데?" 콜베리가 물었다. "동물원에라도 데려갔나?"

"무슨 뜻이야." 뢴이 대꾸했다. "그치라니, 누구?"

"라르손 씨."

"군발드라면, 뇌진탕으로 남부 병원에 입원했어. 앞으로 며칠 동안 말을 해서도 뭘 읽어서도 안 된다더군. 그게 누구 탓이지?"

"글쎄, 내 탓은 아냐." 콜베리가 대꾸했다.

"아니, 자네 탓이야. 난 자네를 한 대 때려주고 싶은 마음도 있다고."

"나한테 그렇게 고함을 질러대지 마."

"그보다 더한 것도 할 수 있어." 뢴의 대꾸였다. "자네는 늘 군발드를 얼간이 취급했지만, 이번엔 정말 심했어."

에이나르 뢴은 노를란드 출신으로, 차분하고 순한 남자라 여느 때는 결코 성질을 내지 않았다. 마르틴 베크는 뢴과 십오 년 동안 알고 지냈지만 그가 이렇게 성내는 건 처음 보았다.

"아, 그래, 그치에게도 친구가 한 명은 있는 모양이네." 콜베리가 빈정댔다.

뢴이 주먹을 움키며 한 발 앞으로 나섰다. 마르틴 베크는 얼른 일어나서 둘 사이에 선 뒤 콜베리를 돌아보며 말했다.

"그만해, 렌나르트. 일을 더 그르치지 마."

"자네도 별반 더 나을 것 없어." 뢴이 마르틴 베크에게 말했다. "자네 둘 다 기분 나쁜 인간들이야."

"이봐, 그건 대체……." 콜베리가 몸을 펴면서 말했다.

"진정해, 에이나르." 마르틴 베크가 뢴에게 말했다. "자네가 맞아. 그가 좀 이상하다는 걸 우리가 알아차렸어야 했어."

"아무렴." 뢴이 말했다.

"난 별로 차이를 못 느꼈는데." 콜베리가 태연하게 말했다. "아마 그와 지적 수준이 같아야만 그걸……."

그때 문이 열리고 함마르가 들어왔다.

"다들 이상한 얼굴을 하고 있군. 무슨 일인가?"

"아무것도 아닙니다." 마르틴 베크가 말했다.

"아무것도 아냐? 에이나르는 삶은 가재처럼 벌건데. 자네들 싸울 생각인가? 경찰 폭력은 부디 그만두게."

마침 전화가 울렸다. 콜베리는 지푸라기라도 잡는 사람처럼 냉큼 수화기를 잡아챘다.

뢴의 얼굴이 서서히 원래 색을 되찾았다. 코는 여전히 빨갰지만, 그의 코는 원래 그랬다.

마르틴 베크가 재채기를 했다.

"그걸 내가 어떻게 압니까?" 콜베리가 전화기에 대고 말했다. "애초에 무슨 시체 말이요?"

콜베리는 수화기를 내려놓고 한숨을 쉬며 이렇게 말했다.

"검시실의 웬 바보가 언제 시체를 옮길 수 있느냐고 묻는데. 애초에 시체가 있기는 하나?"

"여러분 중 혹 화재 현장에 가본 분이 계신지?" 함마르가 신랄하게 물었다.

아무도 대답이 없었다.

"조사 목적으로 한번 가봐도 나쁠 것 없을걸." 함마르가 말했다.

"난 서류 업무가 좀 있어서." 뢴이 막연하게 말했다.

마르틴 베크는 문으로 갔다. 콜베리는 어깨를 으쓱하고는 일어서서 마르틴 베크를 따라갔다.

"그냥 평범한 화재일 거야." 함마르는 혼자서 고집스레 말했다.

5.

화재 현장은 이제 철저히 통제되고 있어서 보통 사람은 제복 경찰들 모습 외에는 무엇 하나 볼 수 없었다. 마르틴 베크와 콜베리가 차에서 내리자마자 경찰들 중 두 명이 다가왔다.

"이봐요, 당신 둘 어디 갑니까?" 한 명이 거드럭거리며 말했다.

"거기 그렇게 주차하면 안 된다는 거 모릅니까." 다른 한 명이 말했다.

마르틴 베크가 신분증을 보여주려는 찰나, 콜베리가 그를 저지하며 말했다.

"죄송합니다만 경찰관님, 성함 좀 알려주시겠습니까?"

"당신 알 바 아니죠." 첫 번째 경찰관이 말했다.

"썩 딴 데로 옮기세요. 아니면 곤란해질 테니까." 다른 경찰관이 말했다.

"그건 나도 확실히 알겠군." 콜베리가 말했다. "누가 곤란해지느냐가 문제지만."

콜베리의 고약한 성미는 외모에서도 확연히 드러났다. 감색 트렌치코트는 바람에 펄럭였고, 칼라 단추는 열려 있고, 넥타이는 재킷 오른쪽 주머니에서 비어져 나왔고, 낡은 모자는 정수리 뒤쪽에 얹혀 있었다. 두 경찰관은 서로 의미심장한 눈길을 주고받았다. 한 명이 한 발짝 다가왔다. 둘 다 볼이 발그레했고 눈동자는 동그랗고 새파랬다. 마르틴 베크는 그들이 콜베리가 취했다고 판단해 손봐줄 생각이라는 걸 알아차렸다. 그리고 콜베리가 일 분도 안 지나서 그들을 육체적으로나 정신적으로나 묵사발로 만들어놓으리라는 것, 심지어 그들이 내일 아침 실직자 신세가 될 가능성이 매우 높다는 것도 알았다. 마르틴 베크는 오늘 아무도 다치지 않기를 바랐으므로, 얼른 신분증을 꺼내어 두 경찰관 중 좀더 공격적인 쪽의 코앞에 디밀었다.

"왜 그래." 콜베리가 화냈다.

마르틴 베크는 두 경찰관에게 차분히 말했다.

"자네들은 좀더 배워야겠어. 그만 가지, 렌나르트."

화재 잔해는 처참했다. 겉보기에 남은 건 건물 기반, 굴뚝 하나, 그슬린 판자와 그을린 벽돌과 떨어진 기와가 산더미처럼 쌓인 무더기뿐이었다. 사방에 연기와 탄내가 매캐하게 감돌았다. 회색 전신 작업복을 입은 전문가 대여섯 명이 바닥을 기며 작대기와 부삽으로 재를 신중하게 찔러댔다. 마당에는 커다란 체 두 개가 설치되어 있었다. 바닥에는 호스가 뱀처럼 널려 있었고, 길 아래쪽에 소방차가 서 있었다. 앞좌석에 앉은 두 소방관은 가위바위보를 하고 있었다.

십 미터쯤 저쪽에 키가 훌쩍하고 쓸쓸해 보이는 사람이 입에 파이프를 물고 두 손은 코트 주머니에 깊숙이 찔러넣고 서 있었다. 스톡홀름 살인수사과 형사로서 까다로운 수사를 수백 건 겪어온 베테랑 프레드리크 멜란데르였다. 사람들에게 멜란데르는 논리적 사고, 뛰어난 기억력, 흔들림 없는 차분함으로 유명했다. 그러나 더 가까운 동료들 사이에서는 그를 찾는 사람이 있을라치면 늘 화장실에 앉아 있는 놀라운 능력으로 더 유명했다. 그는 유머 감각이 없진 않았지만 지극히 보통이었다. 또한 인색했고, 따분했고, 훌륭한 아이디어나 난데없는 영감 따위는 한 번도 내놓지 않았다. 요컨대 일류 경찰관이었다.

"여어." 멜란데르가 입에서 파이프를 빼지도 않고 인사했다.

"어떻게 돼 가?" 마르틴 베크가 물었다.

"느리게."

"결과는?"

"별달리. 아주 조심스럽게 진행하고 있어. 시간이 걸릴 거야."

"왜?" 콜베리가 물었다.

"소방차가 도착할 무렵엔 건물이 이미 붕괴했고, 진화 작업이 시작되기 전에 다 타버렸어. 소방차는 물을 억수로 퍼부어서 불을 꽤 빨리 껐지. 그런데 밤이 되니까 날이 추워져서 모든 게 한덩어리로 얼어붙었어."

"엄청 재밌게 들리네." 콜베리가 말했다.

"내가 제대로 이해한 거라면, 그 덩어리를 한 겹 한 겹 살살 벗겨내야 하는 모양이야."

마르틴 베크는 기침을 한 뒤 물었다.

"시체는? 발견된 게 있나?"

"하나." 멜란데르가 대답했다.

그가 입에서 파이프를 뽑아 물부리로 전소한 건물 오른쪽 부분을 가리켰다.

"저쪽에서. 열네 살 된 그 여자아이인 것 같아. 다락에서 잤다는 애."

"크리스티나 모디그?"

"그래, 그 이름. 시체는 저기 밤새 놔둘 거라는군. 곧 어두워질 텐데 해가 있을 때 작업하고 싶다고."

멜란데르는 담배쌈지를 꺼내 조심스레 파이프를 채우고 불을 붙인 뒤 물었다.

"그쪽은 어떻게 돼 가나?"

"환상적이야." 콜베리가 대답했다.

"그러게." 마르틴 베크도 말했다. "특히 렌나르트는. 처음엔 뢴하고 싸울 뻔하더니……."

"정말?" 멜란데르가 눈썹을 약간 치키며 말했다.

"그래. 그다음에는 두 경찰관한테 술주정뱅이로 오해당했지."

"그랬어." 멜란데르가 평온하게 대꾸했다. "군발드는 어떤가?"

"병원에 있어. 뇌진탕."

"어젯밤에 훌륭했지." 멜란데르가 말했다.

콜베리는 잔해를 바라보다가 몸을 부르르 털면서 말했다.

"그래, 그건 나도 인정해야겠지. 젠장, 춥네."

"군발드한테는 시간도 촉박했어." 멜란데르가 말했다.

"정말이야." 마르틴 베크가 말했다. "건물이 어떻게 짧은 시간 만에 그렇게 빨리 타버렸을까?"

"소방국도 설명하기 어렵다고 하더군."

"으음." 콜베리였다.

콜베리는 주차된 소방차 쪽을 넘겨보며 또 다른 생각을 떠올렸다.

"저치들은 왜 아직 여기 있나? 이제 여기서 탈 거라곤 소방차뿐 아냐?"

"잔불을 끄려는 거야. 원칙이지." 멜란데르가 말했다.

"내가 어릴 때 웃긴 일이 있었어." 콜베리가 말했다. "소방서에 불이 나서 안에 있던 소방차가 모두 타버리는 바람에 소방관들이 죄다 밖에서 바라만 보고 있었지. 어디서 그랬는지는 기억나지 않지만."

"음, 정확히 그런 건 아니었어. 우데발라에서 일어난 사건이었는데, 좀더 정확히 말하면 날짜는……." 멜란데르가 말했다.

"제발, 어린시절의 추억은 평화롭게 간직하게 해줘." 콜베리가 짜증냈다.

"소방국은 화재 원인을 어떻게 설명하나?" 마르틴 베크가 물었다.

"설명 못 해. 우리처럼 과학수사 결과가 나오길 기다리고 있지." 멜란데르가 대답했다.

콜베리가 침울하게 주변을 둘러보았다.

"젠장, 춥군." 아까 했던 말을 또 했다. "그리고 꼭 파헤친 묘지 같은 악취가 나."

"파헤친 묘지인 셈이야." 멜란데르가 엄숙하게 말했다.

"자, 가자고." 콜베리가 마르틴 베크에게 말했다.

"어디로?"

"집이지. 여기서 뭐 할 일이 있겠어?"

오 분 뒤, 두 사람은 남쪽으로 달리는 차에 앉아 있었다.

"그 얼간이는 정말로 자기가 왜 말름을 미행하는지 그 이유를 몰랐을까?" 콜베리가 스칸스툴 다리를 지나다가 물었다.

"군발드 말인가?"

"그래, 달리 누가 있나."

"정말 몰랐을 것 같은데. 하지만 확신할 순 없지."

"비록 라르손 씨가 머리 좋은 사람이라고는 할 수 없어도……"

"군발드는 행동하는 인간이지. 그 나름대로 이점이 있어." 마르틴 베크가 말했다.

"물론 그래. 하지만 자기가 뭘 하는지도 몰랐다는 건 나로선 도무지 이해하기 힘든데."

"군발드는 자기가 어떤 남자를 감시한다는 걸 아는 것만으로 충분했던 모양이지."

"어쩌다 그 일을 하게 됐지?"

"간단해. 예란 말름이라는 남자는 살인수사과하고는 아무 관련이 없었어. 어느 부서인가가 무슨 죄목인가로 그를 붙잡았어. 그리고 계속 유치해두려고 했지만 실패했지. 그래서 풀어줬지만, 남자가 사라지는 걸 바라지 않았어. 하지만 그쪽은 일에 목까지 파묻힌 상태라, 함마르에게 도움을 요청했어. 그래서 함마르가 군발드에게 가외 업무로 미행을 조직하는 일을 시킨 거야."

"왜 하필 군발드를?"

"스텐스트룀이 죽은 뒤로 그런 일을 제일 잘하는 사람은 군발드라고 통하니까. 뜻밖의 천재적인 결정이었지."

"어떤 점에서?"

"여덟 명의 목숨을 살렸다는 점에서. 뢴이라면 그 죽음의 구덩이에서 몇 명이나 건져냈을 것 같나? 멜란데르라면?"

"그 말은 맞아." 콜베리가 무겁게 말했다. "내가 뢴한테 사과해야겠지."

"그래야 한다고 봐."

남쪽으로 내려가는 차들은 굼벵이처럼 움직였다. 한참 후에 콜베리가 말했다.

"그 남자를 미행하기를 바란 부서가 어디지?"

"몰라. 절도 담당 부서겠지. 불법 침입하고 절도가 한 해에 삼십만 건인가 얼마인가 발생한다니까, 그 사람들은 사무실을 나가서 점심을 먹을 여유도 없어. 아무튼 그런 건 월요일에 다 알아봐야겠지. 어렵지 않아."

콜베리는 고개를 끄덕이고 차를 십 미터쯤 전진시켰다. 그러고는 또 멈춰야 했다.

"함마르 말이 맞을 것 같아." 콜베리가 말했다. "그냥 평범한 화재였어."

"글쎄. 불이 수상쩍을 만큼 빠르게 시작되었는데. 그리고 군발드가 말하기를⋯⋯."

"군발드는 바보야. 게다가 늘 이것저것 상상하지. 자연적인 설명도 많아."

"어떤 것?"

"무슨 폭발이라거나. 거기 사는 사람 중에 도둑이 있었으니 집에 폭발물을 잔뜩 쌓아뒀을 수도 있지. 휘발유 깡통을 벽장에 쌓아뒀거나. 아니면 가스통을. 말름이란 작자는 놓치면 안 될 정도로 대단한 인물은 아니었을 거야. 범인이 누구든 말름을 없애려고 열한 명의 목숨을 위험에 빠뜨린다는 건 황당한 이야기야."

"만일 방화라면, 목표가 말름이었다는 증거는 없어." 마르틴 베크가 말했다.

"맞아. 그건 사실이야." 콜베리가 인정했다. "오늘은 내가 일진이 좋은 날은 아닌 것 같네."

"그러게." 마르틴 베크가 말했다.

"자, 그럼, 월요일에 보자고."

대화는 그걸로 끝났다.

마르틴 베크는 셰르마르브링크에서 내려 지하철을 탔다. 붐비는 지하철과 기어가는 도로 중 어느 쪽이 더 싫은지 정할 수 없었다. 지하철은 적어도 장점이 하나 있었다. 더 빠르다는 것. 집에 서둘러 가야 할 이유가 있는 건 아니었지만.

렌나르트 콜베리에게는 그럴 이유가 있었다. 그는 팔란데르가탄에 살았는데, 집에는 군이라는 예쁜 아내와 태어난 지 육 개월밖에 안 된 딸이 있었다. 아내는 거실 러그에 배를 깔고 엎드려서 무슨 통신 수업인가 하는 걸 공부하고 있었다. 노란 연필을 입에 물었고, 펼쳐진 공책 옆에는 빨간 지우개가 놓여 있었다. 아내는 오래된 잠옷 상의만 입은 채 헐벗은 긴 다리를 한가로이 까딱이고 있었다. 그녀가 큰 갈색 눈으로 콜베리를 보며 말했다.

"세에상. 울적해 보이네."

콜베리는 재킷을 벗어 의자에 내던졌다.

"보딜은 자?"

군은 고개를 끄덕였다.

"우라지게 끔찍한 날이었어." 콜베리가 말했다. "사람들이 다들 나한테 덤벼들고 말이야. 처음에는 뢴이 그러더니 나중에는 마리아 경찰서의 멍청한 두 경찰관이 그러고."

군의 눈동자가 반짝거렸다.

"자기 잘못이 전혀 아닌데?"

"뭐 됐어. 이제 월요일까지는 휴무니까."

"나까지 자기를 나무라진 않을게. 뭐하고 싶어?"

"나가서 끝내주게 맛있는 걸 먹고 위스키 더블 다섯 잔을 마시고 싶어."

"돈을 그렇게 써도 돼?"

"괜찮아. 젠장, 아직 8일밖에 안 됐는걸. 아기 볼 사람 구할수 있나?"

"오사가 와줄 것 같아."

오사 토렐은 스물다섯 살밖에 안 됐지만 경찰관 남편을 잃고 혼자 살고 있었다. 콜베리의 동료였던 오케 스텐스트룀과 함께 살았었다. 스텐스트룀은 겨우 넉 달 전에 버스에서 벌어진 총격 사건으로 죽었다.

마루에 엎드린 군은 짙고 까만 눈썹을 기울이며 지우개로 공책을 힘차게 문질렀다. 그러다가 말했다.

"대안이 있어. 침대로 가는 거. 그게 더 싸고 더 재밌어."

"반데르빌트 가재 요리도 재밌어." 콜베리가 대꾸했다.

"자기는 사랑보다 음식 생각을 더 많이 해." 군이 불평했다. "우리 결혼한 지 이 년밖에 안 됐는데."

"절대 그렇지 않아. 그리고 나한테 더 좋은 생각이 있어. 우선 나가서 뭘 좀 먹고 더블 다섯 잔을 마신 다음에 돌아와서 침대로 가자. 어서 오사를 불러."

칠 미터 연장선이 이어진 전화기는 이미 러그에 놓여 있었다. 군은 팔을 뻗어 전화기를 당기고 다이얼을 돌렸다. 금세 저쪽에서 받았다.

군은 통화하면서 몸을 뒤집었다. 등을 대고 누워, 무릎을 세우고 발바닥을 마루에 붙였다. 잠옷 상의가 약간 미끄러져 올라갔다.

콜베리는 아내를 바라보았다. 아랫배에 널찍하게 펼쳐진 굵고 새까만 털들이 조금씩 가늘어지면서 가랑이 사이로 이어진 모습을 가만히 바라보았다. 군은 천장을 응시하며 귀를 기울이고 있었다. 그러다가 한참 뒤에 왼다리를 들어 발목을 긁었다.

"오케이." 군은 이렇게 말하며 수화기를 내렸다. "온대. 도착할 때까지 한 시간쯤 걸리겠지? 그건 그렇고 최근 소식 들었어?"

"아니, 무슨?"

"오사가 경찰이 될 거래."

"맙소사." 콜베리는 멍청히 대꾸했다. "군?"

"응."

"나한테 또 다른 방법이 떠올랐는데, 이전 것보다 더 좋은 생각이야. 우선 침대로 갔다가, 그다음에 나가서 먹고 마시고, 그다음에 돌아와서 다시 침대로 가자."

"천재적인데." 군이 말했다. "여기 러그에서 할까?"

"그래. 오페라셸라렌에 전화해서 예약해."

"번호 좀 찾아줘."

콜베리는 전화번호부를 뒤적이면서 셔츠 단추를 끄르고 벨트를 풀었다. 그가 번호를 찾아 알려주자 군이 다이얼을 돌렸다.

그런 뒤 군은 일어나 앉아, 잠옷을 머리 위로 벗어 마루 저쪽으로 내던졌다.

"뭘 그렇게 찾는 거야? 내 퇴폐미?"

"바로 그거."

"뒤에서 할까?"

"좋을 대로."

군은 키득거리면서 천천히 나긋나긋 몸을 돌려, 까만 머리를 숙여 이마를 아래팔에 댄 자세로 다리를 넓게 벌리고 엎드렸다.

세 시간 뒤, 생강 셔벗을 앞에 둔 군은 마르틴 베크가 지하철역 쪽으로 사라진 이래 콜베리가 생각조차 안 하고 있던 일을 상기시켰다.

"그 끔찍한 불 말이야. 방화였을까?"

"아니." 콜베리는 대답했다. "그건 믿기 힘들어. 우연의 일치에도 한계가 있지."

　이십 년 넘게 경찰 생활을 해온 콜베리는 그보다는 현명한 판
단을 내렸어야 했다.

6.

토요일은 해가 나고 날이 맑았다.

마르틴 베크는 드물게 만족스러운 기분으로 천천히 잠에서 깼다. 머리를 베개에 묻고 가만히 누워, 이른 아침인지 늦은 아침인지를 소리로 짐작해보았다. 창밖 나무에서 찌르레기 우는 소리, 투둑투둑 불규칙한 간격으로 물방울이 떨어져서 발코니에 고인 웅덩이에 부딪히는 소리. 차들이 달리는 소리, 더 멀리 지하철역에서 열차가 제동을 거는 소리. 이웃집 문이 쾅 닫히는 소리. 수도관이 꾸륵거리는 소리, 그러다 갑자기 벽 건너편 부엌에서 쨍그랑 소리가 나서 그는 대번에 눈을 떴다. 롤프의 목소리가 들렸다.

"아이, 씨!"

잉리드의 목소리.

"넌 진짜 어설프다니까."

잉아가 아이들을 조용히 시키는 소리.

마르틴 베크는 손을 뻗어 담배와 성냥을 찾았지만, 팔꿈치를 괴고 일어나서 책 무더기 밑에서 재떨이를 꺼내야 했다. 새벽 4시까지 쓰시마 해전에 관한 책을 읽다가 잤던 터라 재떨이에 꽁초와 성냥개비가 그득했다. 자기 전에 일어나서 재떨이를 비우는 게 귀찮게 느껴질 때면 보통 책 밑에 숨겨두었다. 그가 하도 침대에서 담배를 피워대는 통에 언젠가 가족 모두 자다가 불에 타 죽을 거라는 잉아의 잔소리를 듣기 싫어서였다.

시계를 보니 9시 반이었다. 하지만 토요일이고 쉬는 날이었다. 두 가지 측면에서 모두 쉬는 날이지, 그는 흡족하게 생각하면서도 약간 양심의 가책을 느꼈다. 그는 이틀 동안 집에 혼자 있을 예정이었다. 잉아와 아이들은 로슬라겐에 있는 처남의 별장으로 가서 일요일 저녁까지 머물 예정이었다. 마르틴 베크도 물론 초대받았지만, 주말에 혼자 집에 있는다는 건 어지간해선 포기하기 어려운 드문 즐거움이었기 때문에 일이 있다는 핑계로 빠지기로 했다.

담배를 다 피우고 일어나서 재떨이를 변기로 가지고 가 비웠다. 면도는 건너뛰고 카키 바지와 코듀로이 셔츠를 입었다. 쓰시마 해전 책을 책장에 꽂고, 침대를 들어 금세 소파로 바꿔놓은 뒤 부엌으로 갔다.

가족은 식탁에 둘러앉아 아침을 먹고 있었다. 잉리드가 일어나서 찬장에서 컵을 가져다가 그에게 차를 따라주었다.

"아빠, 아빠도 같이 가면 안 돼요?" 잉리드가 말했다. "날이 얼마나 좋은지 보세요. 아빠가 안 가면 재미없다고요."

"아쉽지만 못 갈 것 같은데." 마르틴 베크는 대답했다. "엄청 재밌겠지만……."

"아빠는 일하셔야 해." 잉아가 신랄하게 말했다. "늘 그렇듯이."

그는 다시 한번 양심의 가책을 느꼈다. 그러나 자기가 없어야 가족이 더 즐거울 거라고 생각을 고쳐먹었다. 왜냐하면 처남은 늘 그를 핑계 삼아서 술을 꺼내 마시고 취하기 때문이었다. 처남은 말짱한 상태에서는 이렇다 할 특징이 없는 평범한 사람이었지만 취하면 견디기 힘든 사람으로 변했다. 그러나 한 가지 바람직한 면이 있었으니, 원칙적으로 절대 혼자선 마시지 않는다는 것이었다. 마르틴 베크의 생각은 이렇게 흘러가다가 종국에는 자신이 거짓말을 하고 집에 남는 게 잘한 짓이라는 결론에까지 도달했다. 덕분에 처남이 맨정신을 유지할 테니까.

그가 자신에게 유리한 결론에 막 도달했을 때, 처남이 초인종을 울렸다. 오 분 뒤, 마르틴 베크는 갈망하던 자유로운 주말을 즐기기 시작했다.

그가 바랐던 것만큼 성공적인 주말이었다. 잉아가 그를 위해서 아이스박스에 음식을 좀 챙겨두었지만, 그는 나가서 저녁 장을 봤다. 그뢴스테츠 모노폴 코냑 한 병과 도수 센 맥주 여섯 병도 덤으로 샀다. 남은 토요일은 여유가 없어서 몇 주째 놔두고 있던 모형 커티삭호의 갑판을 놓는 데 썼다. 저녁으로는 찬 미트볼, 어란, 흑호밀빵에 얹은 카망베르 치즈를 먹었고 맥주를 두 병 마셨다. 커피와 코냑도 좀 마셨고, 텔레비전에서 하는 오래된 미국 갱스터 영화를 봤다. 그다음에 잘 준비를 해두고, 욕조에 늘어져 레이먼드 챈들러의 『호수의 여인』을 읽으면서 간간이 변기 뚜껑 위에 손 닿도록 놓아둔 코냑을 홀짝였다.

기분이 아주 좋았다. 일도 가족도 생각하지 않았다.

목욕을 마친 뒤에는 잠옷을 입고, 책상의 독서등만 놔두고 집안의 불을 다 끈 뒤, 코냑을 마시면서 책을 읽다가 이윽고 몽롱하게 졸리자 침대로 갔다.

일요일에는 늦잠을 잤다. 일어나서는 잠옷 바람으로 모형 배를 조립했고, 오후가 되어서야 옷을 갈아입었다. 저녁에 가족이 돌아온 뒤에는 롤프와 잉리드와 함께 극장에 가서 뱀파이어 영화를 봤다.

성공적인 주말이었다. 월요일 아침에는 푹 쉬어서 힘찬 기분이었다. 그는 당장 예란 말름이 어떤 인물이었고 무슨 양심에 꺼릴 짓을 했던 사람인지를 조사하는 일에 착수했다. 경찰서 내여러 동료들의 방을 찾아가고 법원에도 잠시 다녀오다 보니 오전이 다 갔다. 조사 결과를 들려주려고 돌아왔더니 들려줄 사람이 아무도 없었다. 다들 점심을 먹으러 가버리고 없었다.

그는 남부 경찰서에 전화를 걸었다. 콜베리가 바로 받기에 놀랐는데 왜냐하면 보통은, 특히 월요일에는 콜베리가 일등으로 점심을 먹으러 나가는 사람이었기 때문이다.

"왜 점심 먹으러 안 갔나?"

"막 가려던 참이야." 콜베리가 대답했다. "그건 그렇고 자네는 어디야?"

"멜란데르 사무실. 자네도 이리로 건너와서 식사하지. 그러면 내가 찾기 쉬우니까. 멜란데르랑 뢴이 나타나면 예란 말름에 대해서 좀더 면밀히 살펴보자고. 멜란데르가 화재 현장에서 빠져나올 수 있다면 말이지만. 내가 말름에 관해서 꽤 많이 알아냈거든."

"좋았어. 벤뉘를 잡아서 일을 지시한 뒤에 가지." 콜베리는 이렇게 덧붙였다. "가능한지는 모르겠지만."

벤뉘 스카케는 최근에 충원된 인원이었다. 오케 스텐스트룀을 대체하기 위해서 두 달 전 살인수사과에 합류했다. 스텐스트룀은 스물아홉의 나이에 죽었는데, 동료들 사이에서는 어린애 취급을 받던 터였다. 특히 콜베리가 그렇게 여겼다. 벤뉘 스카케는 스텐스트룀보다도 두 살 더 어렸다.

마르틴 베크는 사람들을 기다리는 동안 멜란데르의 테이프 녹음기를 꺼내어 법원에서 빌려 온 테이프를 틀어보았다. 종이를 한 장 꺼내어, 들으면서 간간이 메모했다.

1시 정각에 뢴이 왔고, 십오 분 뒤에 콜베리가 문을 벌컥 열면서 말했다.

"자, 시작해볼까."

마르틴 베크는 자기 의자를 콜베리에게 넘겨주고 자신은 서류함 옆에 가서 섰다.

"자동차 절도와 도난 차량 밀매 건이었어." 마르틴 베크가 이야기를 시작했다. "지난 한 해 동안 범인이 발각되지 않은 자동차 절도 건수가 너무 많아져서, 경찰은 하나 이상의 조직적인 대규모 일당이 도난 차량 밀매에 나선 게 틀림없다고 믿게 되었어. 아마 해외로 밀반출도 하고 있을 거라고. 모르긴 몰라도 말름은 그 일당에 속한 부속이었던 모양이야."

"큰 부속, 작은 부속?" 뢴이 물었다.

"작은 부속일 것 같은데." 마르틴 베크가 대답했다. "아주 작은 부속이라고 해도 될지도."

"그 인간은 무슨 짓을 했기에 잡혔지?" 콜베리가 물었다.

"잠시만 기다리면 내가 처음부터 이야기해주지." 마르틴 베크가 대답했다.

그러고는 메모지를 들어서 제 옆의 서류함 위에 놓고 술술 설명하기 시작했다.

"2월 24일 밤 10시경, 예란 말름은 쇠데르텔리에에서 북쪽으로 이 킬로미터 지점에 설치된 바리케이드에서 검문에 걸려 차를 세웠어. 그냥 일상적인 검문이었는데 마침 그가 그 방향으로 달리고 있었던 거야. 그는 쉐보레 임팔라 1963년 모델을 몰고 있었어. 차는 별 이상 없는 것 같았지만 예란 말름이 소유주가 아니었고, 경찰은 차번호를 현재 도둑맞은 차번호 목록과 대조해보았어. 그랬더니 정말로 거기 그 번호가 있었는데, 목록에 따르면 쉐보레 번호가 아니라 폭스바겐 번호였어. 그러니까 차에 가짜 번호를 달았는데 실수로, 아니면 우리로서는 운 좋게, 훔친 차번호였던 거지. 첫 신문에서 말름은 차를 자기 친구인 차주에게 빌렸다고 말했어. 차주의 이름은 베르틸 올로프손. 말름이 그렇게 말했고, 차의 등록증에도 그 이름이 적혀 있었어. 그런데 알고 보니 올로프손은 경찰이 아는 이름이었어. 벌써 한동안 정확히 그런 종류의 자동차 밀매매에 연관된 인물일 거라는 의심을 받아온 사람이었지. 말름이 붙잡힌 때로부터 몇 주 전에 이미 경찰은 올로프손에 대한 증거를 꽤 많이 확보했지만, 붙잡진 못한 상태였어. 올로프손은 아직까지 행방이 묘연해. 말름은 올로프손이 자기는 외국에 나갈 거라 한동안 쓸 일이 없다며 차를 빌려줬다고 주장했어. 진작 올로프손을 의심하고 쫓던 부서에서는 말름이 우연히 붙잡혔다는 말을 듣고는 그를 계속 유치장에 잡아두려 했지. 말름하고 올로프손이 어떤 식으로든 공범일 거라고 확신했거든. 하지만 실패했고, 잠시 뒤에 다시 말하겠지만 말름을 유치하는 데 실패했다는 거야, 그래서 함마르의 너그러운 동의를 얻어서 군발드에게 말름 미행을 부탁했어. 그렇게 해서 올로프손을 잡을 수 있기를 바란 거지. 올로프손을 잡으면 일당도 밝힐 수 있을 거라고 생각했고. 일당이 있다면 말이지만. 그리고 올로프손하고 말름이 그 일당에 속한다면 말이지만."

마르틴 베크는 방을 가로질러 담배를 재떨이에 비벼 껐다.

"자, 이게 다야." 그가 덧붙였다. "아니, 아니지. 차량 등록증하고 번호판도 당연히 위조된 거였어. 아주 솜씨 좋게."

뢴이 코를 긁적이며 물었다.

"그러면 왜 말름을 풀어줬지?"

"증거 부족. 이걸 들어보면 알아."

마르틴 베크는 녹음기로 몸을 숙였다.

"검사는 말름에게 장물 취득 혐의가 있기 때문에 유치해둬야 한다고 주장했어. 말름을 풀어주면 수사에 방해가 될지도 모른다고 생각했기 때문이야."

그는 녹음기를 켜고 테이프를 빨리 감았다.

"여기부터. 검사가 말름을 신문하는 대목이야."

검사: 말름 씨. 올해 2월 24일 저녁의 일에 대한 제 변론을 들으셨죠. 이제 그날 일에 대해서 직접 이야기해주겠습니까?

말름: 음, 이야기하신 대로였습니다. 내가 차를 몰고 쇠데르텔리에를 달리는데 바리케이드에 경찰차가 있기에 당연히 차를 세웠죠……. 경찰은 차가 내 게 아니란 걸 확인하더니 나를 경찰서로 데려갔습니다.

검: 그래요. 말름 씨, 그러면 왜 당신 차가 아닌 차를 몰고 있었습니까?

말: 그게, 말뫼에 있는 친구를 만나러 내려가는 길이었는데 마침 베라가…….

검: 베라? 베르틸 올로프손 말입니까?

말: 네, 맞습니다. 베라, 아니 올로프손이 나한테 두어 주

쯤 차를 빌려줬거든요. 나는 안 그래도 말뫼에 가려고 했어요. 그래서 차가 있을 때 가기로 한 거죠. 기차를 안 타도 되니까. 차로 가는 게 더 싸고요. 그래서 차를 몰고 내려가고 있었습니다. 그 차가 훔친 차인 줄 내가 어떻게 알았겠습니까?

검: 올로프손은 어떻게 당신에게 차를 그렇게 오래 빌려줬죠? 자기는 차가 필요 없답니까?

말: 네. 자기는 외국에 나갈 거라서 필요 없다고 했습니다.

검: 아, 그래요. 외국에 나갈 거라고요. 얼마나 오래 나가 있는다고 했습니까?

말: 그건 말 안 했습니다.

검: 당신은 그가 돌아올 때까지 계속 차를 쓸 생각이었나요?

말: 네, 필요하면요. 아니면 그 친구 주차장에 세워두고요. 그 친구는 주차장이 딸린 아파트에 살거든요.

검: 올로프손은 아직 집에 안 돌아왔습니까?

말: 내가 알기로는 아직 안 왔습니다.

검: 지금 그가 어디 있는지 압니까?

말: 아니요. 프랑스든 어디든 그 친구가 가려고 했던 데 아직 있겠죠.

검: 말름 씨, 당신은 차가 있습니까?

말: 아니요.

검: 하지만 예전에는 있었죠?

말: 네. 하지만 오래전입니다.

검: 올로프손의 차를 예전에도 종종 빌렸습니까?

말: 아니요. 이번뿐입니다.

검: 올로프손을 안 지 얼마나 됐죠?

말: 일 년쯤.

검: 자주 만났습니까?

말: 자주는 아니고요, 가끔.

검: 가끔이 얼마 만이죠? 한 달에 한 번? 일주일에 한 번? 아니면 얼마나 자주?

말: 글쎄요, 한 달에 한 번쯤인 것 같은데요. 아니면 두 번쯤.

검: 서로 꽤 잘 아는 사이였던 거죠?

말: 글쎄요, 그럭저럭.

검: 하지만 그런 식으로 차를 빌려줄 때는 상당히 친한 사이였을 텐데요.

말: 네, 그거야 물론.

검: 올로프손은 직업이 뭡니까?

말: 네?

검: 올로프손은 뭘 해서 먹고삽니까?

말: 모릅니다.

검: 적어도 일 년이나 안 사이인데 그걸 모릅니까?

말: 네. 그런 얘기는 안 했습니다.

검: 당신은 뭘 해서 생활비를 법니까?

말: 지금은 특별한 일은 없고……. 그러니까 현재는 없습니다.

검: 보통은 뭘 합니까?

말: 이것저것. 어떤 일이 있느냐에 따라서.

검: 마지막으로 했던 일은 뭡니까?

말: 블라케베리의 차고에서 자동차 도장 일을 했습니다.

검: 그게 언제였습니까?

말: 음, 지난여름요. 하지만 칠월에 문을 닫아서 그만둬야 했습니다.

검: 그다음에는? 다른 일자리를 찾아봤습니까?

말: 네. 하지만 없었습니다.

검: 일도 없이 그동안, 보자, 팔 개월 가까이 경제적으로 어떻게 꾸려나갔습니까?

말: 뭐, 좋진 않았죠.

검: 하지만 어디서든 돈이 나왔어야 할 텐데요. 안 그렇습니까, 말름 씨? 집세도 내야 하고 밥도 먹어야 하고.

말: 뭐, 저금해둔 게 좀 있었고 여기저기서 빌리기도 하고 그랬습니다.

검: 그런데 말뫼에는 왜 가려고 했습니까?

말: 친구를 만나려고요.

검: 올로프손이 차를 빌려주기 전에는 기차로 가려고 했다고 말씀하셨죠. 직접 말씀하셨듯이 말뫼까지 기차는 꽤 비쌉니다. 그 돈이 있었습니까?

말: 그건······.

검: 올로프손은 그 차를 얼마나 갖고 있었죠? 쉐보레를?

말: 모릅니다.

검: 처음 올로프손을 만났을 때 그가 무슨 차를 갖고 있는지 봤을 텐데요.

말: 생각 안 해봤습니다.

검: 말름 씨, 당신은 자동차를 꽤 많이 만져봤습니다. 그렇죠? 말했듯이 도장공이었으니까요. 그런데 친구의 차가 무슨 종류인지 모른다는 건 이상하지 않습니까? 그가 차를 바꿨다면 당연히 눈치채지 않았을까요?

말: 아니요. 그건 생각 안 해봤습니다. 어차피 그 친구 차

를 많이 보지도 못했고요.

검: 말름 씨, 당신은 사실 올로프손이 그 차를 파는 걸 도우려고 했던 것 아닙니까?

말: 아닙니다.

검: 올로프손이 훔친 차를 거래한다는 건 알았죠?

말: 아니요, 몰랐습니다.

검: 질문 더 없습니다.

마르틴 베크는 녹음기를 껐다.

"보기 드물게 점잖은 검사로군." 콜베리가 하품하며 말했다.

"그러게. 그리고 무능하고." 뢴이 말했다.

"그러게." 마르틴 베크도 말했다. "말름은 풀려났고, 군발드가 그를 감시하기 시작했어. 말름을 통해서 올로프손을 잡기를 바란 거지. 말름이 올로프손을 도왔을 가능성은 아주 높지만, 말름의 생활수준을 고려하자면 수고의 대가를 그다지 많이 받진 못했을 거야."

"게다가 그치는 도장공이었지. 훔친 차를 다룰 땐 그런 일을 하는 사람이 아주 요긴해." 콜베리가 말했다.

마르틴 베크는 끄덕였다.

"올로프손이란 사람." 뢴이 말했다. "그 사람을 잡을 순 없나?"

"아니, 아직 추적이 안 돼." 마르틴 베크가 말했다. "말름이 신문받을 때 올로프손이 외국으로 나갔다고 했던 말은 사실일 가능성이 높아. 틀림없이 다시 나타나겠지만."

콜베리가 짜증스러운 듯 주먹으로 의자 팔걸이를 내리쳤다.

"라르손 그자는 여전히 이해가 안 된단 말야." 콜베리는 뢴을 곁눈질하며 말했다. "자기가 왜 말름을 감시하는지 이유를 몰랐다는 게 말이 돼?"

"군발드는 그 이상 알 필요는 없었으니까. 안 그래?" 뢴이 말했다. "또 다시 군발드를 걸고 넘어지진 말자고."

"분명 그는 자기가 올로프손을 주시해야 한다는 걸 알았을 거야. 그걸 모르면 말름을 미행해봤자 아무 의미가 없었다고."

"그래. 그가 나으면 물어보도록 하지. 어때?" 뢴이 차분하게 말했다.

"흥."

콜베리는 기지개를 켰다. 재킷 솔기가 부지직거렸다.

"뭐, 됐어." 콜베리의 말이었다. "도난 차량 밀매 건은 우리 문제가 아니니까. 얼마나 다행이야."

7.

월요일 오후, 벤뉘 스카케는 평생 처음으로 살인수사과 형사로서 제 능력만으로 살인 사건을 해결할 것 같았다.

아니면 과실치사 사건이라도.

스카케는 남부 경찰서 사무실에 앉아서 콜베리가 쿵스홀름 가탄으로 떠나기 전에 지시한 일을 바삐 수행하고 있었다. 뭔가 하면 전화를 받으면서 보고서들을 몇 개의 파일로 분류하는 일이었다. 분류 작업은 더뎠다. 그가 보고서를 일일이 다 읽고 나서야 파일에 담았기 때문이다. 벤뉘 스카케는 야망이 있었고, 비록 자신이 경찰대학에서 살인 수사에 관한 지식을 다 배웠더라도 그것을 실전에 적용할 기회는 없었다는 사실을 뼈저리게 의식하고 있었다. 이 분야에서 자신의 숨은 재능을 드러낼 기회

사라진 소방차

를 붙잡겠다고 기대하며, 고참 동료들의 경험을 온갖 방식으로 전수받으려고 노력했다. 그 노력 중 하나는 그들의 대화에 가급적 자주 귀기울이는 것이었는데, 그 때문에 콜베리는 벌써 미칠 지경이었다. 또 다른 방법은 오래된 보고서를 읽는 것이었다. 바로 그 일을 스카케가 하던 중 전화가 울렸다.

같은 건물 접수부의 남자였다.

"범죄 신고를 하고 싶다는 사람이 와 있습니다." 남자가 좀 어리둥절한 투로 말했다. "올려 보낼까요, 아니면……."

"네, 올려보내세요." 스카케 경사는 득달같이 말했다.

그는 전화기를 내려놓고 손님을 맞으러 복도로 나갔다. 속으로는 자기가 말을 끊었을 때 접수부 남자가 무슨 말을 하려던 참이었는지 궁금했다. 아니면 뭐? "아니면 더 적당한 분에게 가보라고 할까요?" 이런 것? 스카케는 예민한 청년이었다.

방문자는 천천히 근들거리면서 계단을 올라왔다. 스카케는 남자를 위해 유리문을 열자마자 땀, 소변, 술 냄새가 뒤섞인 퀴퀴한 냄새에 자기도 모르게 한 발 물러섰다. 그는 남자보다 먼저 사무실로 들어가서 자기 책상 앞 의자를 남자에게 권했다. 남자는 곧장 앉지를 않고 서 있다가 스카케가 앉고서야 앉았다.

스카케는 의자에 앉은 남자를 뜯어보았다. 나이는 쉰에서 쉰다섯 사이인 듯했고 키는 160센티미터를 넘지 않을 것 같았으며 아주 말라서 몸무게는 오십 킬로그램도 안 나갈 것 같았다. 옅은 금발 머리카락은 듬성했고 눈동자는 옅은 푸른색이었다. 뺨과 코에 불그레한 핏줄이 도드라졌다. 손은 떨렸고, 왼쪽 눈 근육이 씰룩거렸다. 갈색 양복은 얼룩투성이에 반질반질했고, 재킷 안에 입은 니트 조끼는 색깔이 다른 모직 천으로 짜깁은 데가 있었다. 술냄새가 났지만 취한 것 같진 않았다.

"자, 뭔가 신고하고 싶으시다고요? 뭡니까?"

남자는 자기 손을 내려다보았다. 손가락에 낀 꽁초를 신경질 적으로 굴리고 있었다.

"피우고 싶으면 피우세요." 스카케는 성냥갑을 책상 너머로 밀어주면서 말했다.

남자는 성냥갑을 집어 꽁초에 불을 붙인 뒤 마르고 거친 기침 을 뱉고서 눈을 들었다.

"마누라를 죽였습니다." 남자가 말했다.

스카케는 메모장으로 손을 뻗으면서 제 딴에는 차분하고 권 위 있는 목소리로 물었다.

"아, 그래요. 어디?"

마르틴 베크나 콜베리가 곁에 있었으면 싶었다.

"머리를."

"아니, 그런 뜻이 아니라. 그분이 지금 어디 있습니까?"

"아. 집에요. 단스바네베겐 11번지."

"선생님 성함은?"

"고트프리손입니다."

스카케는 이름을 메모한 뒤 팔을 책상에 얹고 몸을 숙였다.

"고트프리손 씨, 무슨 일이 있었는지 말해보시겠습니까?"

고트프리손이라는 남자는 아랫입술을 잘근거리다가 말했다.

"그게요, 그게, 내가 집에 갔는데 마누라가 잔소리를 해대더라고요. 피곤해서 대꾸할 기력도 없고 해서 닥치라고 말했는데도 계속 들볶는 거죠. 그래서 그만 화가 나가지고 마누라 목을 졸랐거든요. 마누라가 발로 차고 소리를 지르기에 머리를 몇 번 찧었죠. 그랬더니 쓰러지더라고요. 한참 지나서 나도 겁이 나가지고 깨워보려고 했는데 마누라가 계속 바닥에 누워 있는 겁니다."

"의사는 안 불렀습니까?"

남자는 고개를 저었다.

"네, 벌써 죽었으니까 의사를 불러봤자일 것 같아서."

남자는 잠시 묵묵히 있다가 말을 이었다.

"해칠 생각은 없었어요. 그냥 짜증이 나서. 그러니 날 그렇게 들볶질 말았어야지."

스카케는 자리에서 일어나 문간 옷걸이에 걸린 코트를 가져왔다. 남자를 어떻게 하면 좋을지 알 수 없었다. 코트를 입으면서 말했다.

"관할 파출소로 가지 않고 왜 이리 왔습니까? 그쪽이 더 가까운데."

고트프리손은 자리에서 일어서며 어깨를 으쓱했다.

"내 생각에…… 내 생각에 이런 일은…… 살인이나 그런 일은……."

스카케는 문을 열고 복도로 나섰다.

"함께 가시죠, 고트프리손 씨."

고트프리손이 사는 동네까지 가는 데는 몇 분밖에 걸리지 않았다. 차에서 남자는 손을 심하게 떨며 묵묵히 앉아 있었다. 남자가 앞장서서 계단을 올랐고, 스카케가 남자에게 열쇠를 건네받아 대문을 열었다.

두 사람은 작고 컴컴한 현관으로 들어섰다. 문이 세 개 나 있었는데 모두 닫혀 있었다. 스카케는 고트프리손에게 캐묻는 시선을 던졌다.

"저기에." 남자는 왼쪽 문을 가리키며 말했다.

스카케는 세 걸음 만에 현관을 가로질러 문을 열었다.

방은 비어 있었다.

가구는 꾀죄죄하고 칙칙했지만 모두 제자리에 있는 듯했고,

사라진 소방차

몸싸움의 흔적은 어디에도 없었다. 스카케는 뒤로 돌아 여태 현관께 선 고트프리손을 보았다.

"아무도 없는데요."

고트프리손은 스카케를 똑바로 쳐다보았다. 그러고는 손을 들어 방안을 가리키며 느릿느릿 문간으로 다가왔다.

"저기 누워 있었는데."

남자는 혼란스러워하며 주변을 둘러보았다. 그러더니 현관을 도로 가로질러 가서 부엌 문을 열었다. 부엌도 비어 있었다.

세 번째 문은 욕실 문이었는데 거기도 특기할 만한 건 아무것도 없었다.

고트프리손은 빠져가는 머리카락을 손가락으로 훑었다.

"뭐지? 저기 누워 있는 걸 봤는데."

"그래요." 스카케가 말했다. "보셨겠죠. 하지만 부인은 죽지 않았던 모양입니다. 애초에 어떻게 그런 결론을 내렸죠?"

"보니까 알겠더라고요." 고트프리손의 대답이었다. "안 움직이고 숨도 안 쉬고. 게다가 몸이 차가웠어요. 시체처럼."

"그냥 죽은 것처럼 보였을 뿐인지도 모릅니다."

문득 스카케는 이 남자가 자기를 놀리려고 이야기를 죄다 지어낸 게 아닌가 하는 생각이 들었다. 어쩌면 남자에게는 애초에 아내가 없을지도 모른다. 게다가 있다고 하는 아내가 죽었다는

데도, 혹은 되살아나서 사라졌다는데도 남자는 희한하게 그다지 동요하지 않는 듯했다. 스카케는 죽은 아내가 누워 있었다는 바닥을 살펴보았다. 혈흔도 그 밖의 특이한 점도 없었다.

"아무튼……." 스카케가 말했다. "부인은 여기 없습니다. 이웃에 물어봐야겠군요."

그러자 고트프리손이 스카케를 만류했다.

"아니요, 그러진 마시죠. 사이가 별로 안 좋습니다. 그리고 어차피 지금 이 시각에는 집에 아무도 없을 겁니다."

남자는 부엌으로 가서 나무 의자에 앉았다.

"이 여편네가 대체 어딨는 거야."

그 순간 현관문이 열렸다. 현관으로 들어선 여자는 작달막하고 통통했다. 실내복 위에 카디건을 걸치고 목에 체크무늬 스카프를 두르고 있었다. 한 손에는 그물 가방이 들려 있었다.

스카케는 뭐라 할말을 찾을 수가 없었다. 아무 말 없기는 여자도 마찬가지였다. 여자는 총총 그를 지나쳐서 부엌으로 들어갔다.

"아, 그러셔, 돌아올 배짱이 나셨어, 응? 이 얼간아."

고트프리손은 여자를 멍하니 응시하며 입을 열어 뭐라 말하려고 했다. 그러자 여자가 그물 가방을 식탁에 탕 내동댕이치며 말했다.

"저 인간은 뭐야? 술친구를 여기까지 끌어들여서 좋을 게 없다는 건 알 텐데. 술꾼들은 다른 데나 가보셔."

"실례합니다만." 스카케가 애매하게 말했다. "남편께서는 부인이 사고를 당했다고 생각해서……."

"사고라고." 여자가 코웃음 쳤다. "사고라니, 기가 막혀서."

여자가 뒤로 홱 돌아서 스카케를 노려보았다.

"저이를 좀 겁줘야겠다고 생각한 것뿐이에요. 밖에서 며칠이나 술을 마시고는 그 꼴로 집에 돌아와서 싸움을 걸다니. 사람이 정도가 있어야지."

여자는 스카프를 풀었다. 턱에 대단치 않은 멍이 나 있었지만 그 밖에는 이상이 없는 듯했다.

"기분은 어떠십니까?" 스카케가 물었다. "다친 데는 없으시죠?"

"흥!" 여자의 대꾸였다. "저이가 나를 자빠뜨렸을 때 가만 누워서 기절한 척해야겠다 싶었죠."

여자는 남자에게로 돌아섰다.

"겁 좀 났었지, 안 그래?"

고트프리손은 당황하여 스카케를 곁눈질하며 뭐라 웅얼거렸다.

"그건 그렇고, 댁은 누구죠?" 여자가 불쑥 물었다.

스카케는 고트프리손과 눈을 마주치며 짧게 대답했다. "경찰입니다."

"경찰이라니!" 고트프리손 부인이 외쳤다.

여자는 두 손을 엉덩이에 척 얹고, 비참한 표정으로 부엌 의자에 웅크리고 앉은 남편에게로 몸을 기울였다.

"정신 나갔어? 짭새를 집으로 데려오다니! 왜 그랬는지 말해보시지?"

그러고는 몸을 펴고서 화난 눈으로 스카케를 보았다.

"댁도 그래요. 대체 무슨 경찰이 죄 없는 사람 집에 마구 쳐들어오죠? 정직한 시민들 일에 끼어들 거면 최소한 배지라도 보여줘야 하는 거 아니에요?"

스카케는 허둥지둥 신분증을 꺼냈다.

"하, 형사는 맞나요?"

"경사입니다." 스카케는 침울하게 대답했다.

"여기서 뭘 발견할 거라고 생각한 거죠? 난 나쁜 짓은 전혀 안 했고 우리 남편도 안 했어요."

여자는 고트프리손 뒤로 가서 남편을 보호하듯이 손을 그의 어깨에 올렸다.

"저 사람이 우리집에 이렇게 마구 쳐들어오다니, 영장이나 뭐 그런 걸 갖고 있는 거야?" 여자가 남편에게 물었다. "당신한테 뭘 보여줬어, 루데?"

고트프리손은 고개를 저었지만 말은 없었다. 스카케가 한 발짝 앞으로 나서서 입을 열었으나 고트프리손 부인이 재깍 끼어들었다.

"자, 그럼 썩 가보세요. 불법 침입으로 신고할 마음도 없지 않으니까. 내가 정말 화나기 전에 어서 가봐요."

스카케는 고집스레 바닥만 내려다보는 남자를 바라봤다. 그러고는 어깨를 으쓱하고, 부부에게서 등을 돌려, 약간 충격받은 상태로 남부 경찰서로 돌아갔다.

마르틴 베크와 콜베리는 아직 쿵스홀름스가탄에서 돌아오지 않았다. 두 사람은 여태 멜란데르의 사무실에 있었다. 수사에 진전이 있는지 물어보려고 오후에 들른 함마르를 위해서 말름 사건의 테이프를 다시 한번 튼 뒤였다.

마르틴 베크의 담배와 함마르의 시가가 피워 올린 연기가 안개처럼 방에 자욱했고, 콜베리는 꺼진 성냥개비와 빈 담뱃갑으로 재떨이에 모닥불을 붙여서 공기 오염에 기여했다. 설상가상 뢴은 창을 열어서 북유럽에서 최고로 오염된 도시의 공기를 안에 들임으로써 사태를 악화했다. 마르틴 베크는 기침을 한 뒤 말했다.

"방화 가설을 고려한다면, 증인들이 모두 병원에 있는데다가 신문받을 상태가 못 된다는 점 때문에 상황이 더욱 어려워져."

"맞아." 뢴이 말했다.

"난 지금으로선 방화라고 생각하지 않지만……." 함마르가 끼어들었다. "멜란데르가 현장 조사를 끝내고 과학수사연구원에서 의견을 낼 때까지 성급한 결론은 자제해야겠지."

전화가 울렸다. 콜베리가 팔을 뻗어 수화기를 잡으면서 동시에 재떨이에서 활활 타오르는 무더기에 빈 종이 성냥갑 하나를 더 던져넣었다. 그는 삼십 초쯤 듣고만 있다가 내뱉었다.

"뭐라고?" 진심으로 놀란 듯한 콜베리의 대꾸에 다른 사람들도 재깍 반응했다.

콜베리는 망연히 마르틴 베크를 쳐다보다가 이렇게 말했다.

"여러분에게 엄청나게 놀라운 소식이 있습니다. 예란 말름은 화재로 죽은 게 아니랍니다."

"무슨 소리야? 그는 집안에 있지 않았나?" 함마르가 물었다.

"물론 매트리스에 박혀서 구워지다시피 했죠. 방금 검시관이 직접 전화한 거였는데, 말름은 불이 나기 전부터 죽어 있었답니다."

8.

군발드 라르손이 입원한 병동의 수간호사는 목소리가 단호하고 엄격했다.

"저도 어쩔 수 없습니다." 그녀가 말했다. "아무리 중요한 일이라도 안 됩니다. 제일 중요한 건 라르손 씨가 낫는 거고, 선생님이 이렇게 계속 전화해서 괴롭히면 낫지 않을 겁니다. 환자는 절대 휴식을 취해야 한다는 게 의사의 지시예요. 방금 전에 전화를 걸어서 무척 무례하게 굴었던 콜베리 씨에게도 똑같은 답을 드렸습니다. 아무리 빨라도 내일까지는 전화해봐야 소용없습니다. 그럼."

마르틴 베크는 이미 끊긴 전화기를 가만히 들고 있다가 어깨를 으쓱하고 내려놓았다.

그는 남부 경찰서의 자기 방에 앉아 있었다. 화요일 아침 8시 반이었고, 콜베리도 스카케도 아직 출근하지 않았다. 하지만 콜베리는 벌써 일에 착수한 모양이니 언제든 나타날 것이었다.

마르틴 베크는 전화기를 다시 들었다. 마리아 경찰서 번호를 돌리고 사크리손을 찾았다. 사크리손은 거기 없지만 1시에 출근한다고 했다.

마르틴 베크는 새 플로리다 담배를 뜯어 한 개비에 불을 붙이고 창을 내다보았다. 눈앞에 펼쳐진 풍경은 매혹적인 파노라마라고는 할 수 없었다. 음울한 산업 지구와 도로가 있을 뿐이었고, 도심 방향의 모든 차선은 가다 서다를 반복하며 달팽이 속도로 나아가는 번쩍거리는 차들로 미어졌다. 마르틴 베크는 차를 싫어했다. 반드시 필요할 때만 운전석에 앉았다. 여기 베스트베리아에 마련된 임시 경찰서도 마음에 들지 않았다. 쿵스홀름의 옛 경찰서 건물 증축이 얼른 끝나서 여기저기 흩어진 부서들이 다시 한 지붕 밑에 모일 날을 학수고대했다.

마르틴 베크는 울적한 풍경에 등을 돌리고, 목뒤로 손깍지를 끼고 천장을 바라보며 생각에 잠겼다.

예란 말름은 언제, 어떻게, 왜 죽었고 그의 죽음과 화재 사이에는 무슨 관계가 있을까? 한 가지 간편한 가설은 먼저 말름을 죽였던 사람이 흔적을 숨기기 위해서 불도 질렀다는 것이다. 하지만 그 경우 살인자는 어떻게 군발드 라르손이나 사크리손의 눈에 띄지 않고 건물에 들어갔을까?

스카케가 잽싸고 목적이 분명한 걸음걸이로 밖을 지나가는 소리가 들렸고, 잠시 뒤에는 콜베리도 나타났다. 콜베리는 마르틴 베크의 문을 주먹으로 쾅쾅 두드리고는 고개를 쑥 디밀어 인사하고 도로 사라졌다. 잠시 후 돌아왔을 때는 코트와 재킷을 벗고 넥타이를 느슨하게 푼 차림이었다. 콜베리는 손님용 의자에 앉으며 말했다.

"군발드 라르손하고 전화로 수다를 좀 떨어보려고 했지만 잘 안 됐어."

"알아." 마르틴 베크가 말했다. "나도 시도해봤어."

"그렇지만 사크리손이라는 녀석하고는 얘기해봤어." 콜베리가 말했다. "오늘 아침에 그 녀석 집으로 전화했지. 군발드 라르손은 10시 반쯤 셸드가탄에 도착했고, 사크리손은 그 직후에 떠났대. 말름의 집에서 마지막으로 본 인기척은 8시 15분에 불이 꺼진 것이었다는군. 로트의 손님 셋을 제외하고는 저녁 내내 정문으로 드나든 사람은 아무도 없다고도 했어. 하지만 녀석이 그동안 내내 눈을 똑바로 뜨고 있었는지는 모를 일이지. 졸면서 서 있었을 수도 있잖아."

"그래, 그럴 수도 있지. 하지만 누군가가 들키지 않고 건물에 들어갔다가 들키지 않고 빠져나올 만큼 운이 좋았다는 건 상당히 신빙성 낮은 얘기야."

콜베리는 한숨을 쉬고 턱을 문질렀다.

"그렇지. 그건 분명 믿기 힘든 얘기지. 그러면 우리는 이제 뭘 하지?"

갑자기 마르틴 베크가 세 번이나 재채기를 했고, 콜베리는 그때마다 가호를 빌어주었다. 마르틴 베크는 정중하게 고맙다고 대답했다.

"나로 말하자면 검시관에게 가서 이야기를 나눠볼까 해." 마르틴 베크가 말했다.

노크 소리가 나더니 스카케가 들어와서 방 가운데 섰다.

"왜, 뭐 때문에 그러나?" 콜베리가 물었다.

"아무것도 아닙니다." 스카케가 대답했다. "그냥 화재에 관해서 뭔가 새로운 정보라도 있나 해서요."

마르틴 베크도 콜베리도 대답이 없자, 스카케는 머뭇머뭇 이어 말했다.

"그러니까, 뭐든 제가 할 일이 있다면……."

"아침 먹었나?" 콜베리가 물었다.

"아니요."

"그러면 우선 커피를 좀 가져다줘. 나는 마자랭 컵케이크도 세 개. 마르틴, 자넨 뭘 먹겠나?"

마르틴 베크는 자리에서 일어나며 재킷 단추를 잠갔다.

"됐어. 난 지금 바로 과학수사연구원으로 가볼 거야."

그는 플로리다 담뱃갑과 성냥을 주머니에 넣고, 전화를 걸어 택시를 불렀다.

부검을 맡은 병리학자는 나이가 일흔쯤 된 백발의 교수였다. 그는 마르틴 베크가 순경이었던 시절부터 검시관으로 일했고, 마르틴 베크는 경찰대학에서 그에게 배운 적도 있었다. 이후 두 사람은 수많은 사건에서 함께 일했으며, 마르틴 베크는 그 교수의 연륜과 지식을 무척 존경했다.

마르틴 베크는 솔나의 과학수사연구원에 있는 교수의 방에 노크했다. 안에서 타닥타닥 타자기 치는 소리가 들렸다. 답을 기다리지 않고 문을 열었다. 교수는 창 옆에서 문을 등지고 앉아 타이핑하고 있었다. 교수는 치던 것을 마저 치고, 타자기에서 종이를 뽑고는, 그제서야 뒤로 돌아 마르틴 베크를 봤다.

"여어." 교수가 말했다. "자네한테 줄 예비 보고서를 치던 중이었지. 그래, 어떤가?"

마르틴 베크는 코트 단추를 끄르고 손님용 의자에 푹 꺼져 앉았다.

"그냥 그렇습니다. 좀 당혹스러운 화재예요. 전 감기에 걸렸고요. 하지만 아직 부검받을 준비가 된 정도는 아닙니다."

교수는 마르틴 베크를 꼬치꼬치 뜯어보고 말했다.

"자네 의사한테 가봐야 해. 노상 그렇게 감기를 달고 다니는 건 큰일이야."

"아, 의사들." 마르틴 베크가 말했다. "선생님의 고매한 동료들을 당연히 존경합니다만, 그래도 그분들은 여태 평범한 감기 고치는 법 하나 알아내지 못했죠."

마르틴 베크는 손수건을 꺼내어 힘차게 코를 풀었다.

"뭐, 지금은 일 얘기를 하죠. 제가 무엇보다 관심 있는 건 말름입니다."

교수는 안경을 벗어서 앞의 책상에 내려놓았다.

"그 사람을 보고 싶나?" 교수가 물었다.

"안 보면 좋겠는데요." 마르틴 베크의 대답이었다. "선생님이 말씀해주시는 걸로 만족합니다."

"썩 보기 좋은 모습은 아니긴 하지. 나머지 둘도 그렇고. 뭘 알고 싶나?"

"사인을."

교수는 손수건을 꺼내어 안경을 닦기 시작했다.

"아쉽게도 그건 알려줄 수 없겠는걸." 교수가 말했다. "내가

사라진 소방차

아는 건 벌써 대부분 말해줬지. 말름이 불이 나기 전에 이미 죽어 있었다는 건 확인했어. 불이 났을 때 옷을 다 입은 채 침대에 누워 있었어."

"폭행에 의한 사망일 수도 있습니까?" 마르틴 베크가 물었다.

교수는 고개를 저었다.

"그럴 것 같진 않아."

"몸에 상처나 손상은 없었습니까?"

"당연히 있었지. 많이. 열기는 아주 뜨거웠고, 말름은 펜싱 자세로 누워 있었어. 두개골이 많이 갈라졌지만 그건 사후에 생긴 거야. 몸에 타박상도 좀 있었는데 떨어진 대들보나 뭐 그런 걸 맞았겠지. 두개골은 열 때문에 안에서 터진 거고."

마르틴 베크는 고개를 끄덕였다. 화재 사망자를 더러 본 적이 있었기 때문에, 보통 사람은 그런 손상이 사망 전에 발생한 것으로 착각하기 쉽다는 걸 알았다.

"어떻게 해서 말름이 불이 나기 전에 죽었다는 결론에 도달하셨습니까?"

"첫째, 몸이 처음 불에 노출되었을 때 순환계가 작동하고 있었던 흔적이 없어. 폐나 기관지에 그을음이나 연기가 들어간 흔적도 없어. 다른 두 사망자는 호흡기에 매연이 들어가 있고, 점막의 혈전이 선명해. 그 두 사람은 불이 난 뒤에 죽은 게 틀림

없어."

마르틴 베크는 일어나서 창가로 갔다. 밖을 내려다보니 노란 도로교통국 차들이 거의 다 녹은 회색 진창에 제설용 소금을 뿌리고 있었다. 그는 한숨을 쉬고 담뱃불을 붙인 뒤 창을 등지고 섰다.

"말름이 어떤 식으로든 타살을 당했다고 볼 만한 이유가 있나?" 교수가 물었다.

마르틴 베크는 어깨를 으쓱했다.

"그가 건물이 불타서 무너지기 직전에 우연히 자연사했다고는 도저히 믿기 힘들어서요."

"그의 장기들은 건강했어." 교수가 말했다. "단 하나 특이한 점은 그가 연기를 마시지 않았다는 걸 고려할 때 혈중 일산화탄소 농도가 꽤 높았다는 거야."

마르틴 베크는 그곳에 삼십 분 더 머물다가 시내로 돌아왔다. 버스를 타고 가다 노라반토리에트 광장에서 내려 터미널의 오염된 공기를 들이마시면서, 어쩌면 도시 거주자 중에는 만성 일산화탄소 중독을 겪지 않는 사람이 한 명도 없을지도 모른다고 생각했다.

그는 교수가 죽은 남자의 혈중 일산화탄소 농도에 관해서 했던 말이 무슨 의미일지 잠시 궁리했으나, 곧 머릿속에서 그 문

사라진 소방차

제를 지웠다. 그리고 더 한층 유독한 공기가 기다리고 있는 지
하철역을 향해 지하로 내려갔다.

9.

3월 13일 수요일 오후, 남부 병원의 군발드 라르손은 처음으로 침대에서 나와도 좋다는 허락을 받았다. 그는 병원이 제공한 실내복을 어렵사리 걸치고, 불만스레 얼굴을 찌푸리며 거울에 제 모습을 비춰보았다. 가운은 몇 사이즈나 작았고, 색깔은 바래다 못해 없어진 수준이었다. 발을 내려다보았다. 나무 밑창이 달린 검은 신을 꿰고 있었는데, 골리앗을 위해서 만들어졌거나 나막신 가게 앞에 간판처럼 걸어둘 요량으로 만들어진 신발인 게 분명했다.

침대 옆 탁자의 보관함에 그의 잔돈이 담겨 있었다. 군발드 라르손은 동전 몇 개를 집은 뒤 곧장 제일 가까운 환자용 전화기로 갔다. 경찰서 번호를 돌리면서 무심코 불쾌한 겉옷의 소매를 잡아당겼다. 소매는 일 밀리미터도 움직이지 않았다.

"여보세요." 뢴이 받았다. "어, 군발드인가? 좀 어때?"

"괜찮아. 내가 어쩌다 여기 있게 됐지?"

"내가 데려갔지. 자네 머리가 꽤 어지러웠었어."

"마지막으로 기억하는 건 내가 신문에 난 사크리손 사진을 보면서 앉아 있던 건데."

"어……." 뢴이 말했다. "그게 닷새 전이었지. 손은 좀 어때?"

군발드 라르손은 제 오른손을 바라보며 시험 삼아 손가락을 굽혀보았다. 솥뚜껑만 하고 긴 금색 털로 뒤덮인 손이었다.

"괜찮은 것 같군. 작은 반창고가 몇 개 붙어 있지만."

"어, 잘됐네."

"매번 그렇게 첫마디를 '어'로 시작해야겠나?" 군발드 라르손이 짜증을 냈다.

뢴은 이번엔 대답하지 않았다.

"어, 에이나르?"

"어, 왜?" 뢴이 약간 웃으면서 대답했다.

"뭐가 웃긴가?"

"아니야. 왜 그래?"

"내 책상 가운데 서랍 왼쪽 깊숙이 보면 까만 가죽 지갑이 있어. 그 속에 우리집 여벌 열쇠가 들어 있지. 그걸 갖고 볼모라의 우리집으로 가서 내 흰 실내복하고 흰 슬리퍼를 좀 가져다주겠나? 실내복은 옷장에 걸려 있고, 슬리퍼는 현관에, 대문 들어가자마자 있어."

"어, 가져다줄 수 있을 것 같네."

"침실 서랍장 위에 NK 백화점 쇼핑백이 있고 그 속에 잠옷이 들어 있는데, 그것도 가져다줘."

"당장 필요해?"

"응. 여기 병원의 바보들이 빨라야 모레나 나를 내보내준다잖나. 게다가 열한 사이즈나 작은데다가 허여스름한 갈색인지 푸르스름한 녹색인지 모를 옷하고 꼭 관처럼 보이는 나막신을 줬어. 다른 상황은 어떤가?"

"어, 그럭저럭. 지금은 잠잠해."

"베크하고 콜베리는 뭐하나?"

"여기 없어. 베스트베리아로 돌아갔어."

"잘됐네. 사건은 어떻게 됐지?"

"무슨 사건?"

"화재 말이야."

"종료됐어."

"무슨 소리야?" 군발드 라르손이 소리를 빽 질렀다. "대체 무슨 소리야? 종료되다니?"

사라진 소방차

"종료됐다고. 사고였어."

"사고?"

"그래, 말하자면…… 현장 조사가 오늘 아침에 끝났는데……."

"대체 무슨 소리야? 자네 취했나?"

군발드 라르손이 하도 악을 쓰는 바람에, 병동 간호사가 종종걸음으로 복도를 걸어왔다.

"아냐, 자네도 알겠지만 그 말름이란 작자는……."

"라르손 씨." 간호사가 경고했다. "이러시면 안 됩니다."

"닥쳐요." 군발드 라르손은 습관대로 대꾸했다.

쉰쯤 된 간호사는 약간 통통하고 고집 있어 보이는 턱을 지닌 여자였다. 여자는 환자를 냉정하게 바라보면서 매섭게 말했다.

"당장 수화기를 내려놓으세요. 자리에서 일어나는 걸 너무 일찍 허락해드린 것 같군요, 라르손 씨. 당장 의사에게 알릴 겁니다."

"어, 가급적 빨리 가도록 하지." 뢴이 전화기 저편에서 말했다. "자네가 직접 읽어볼 수 있도록 보고서를 가지고 갈게."

"침대로 돌아가세요, 라르손 씨." 간호사가 말했다.

군발드 라르손은 뭐라 말하려고 입을 열었지만 그만두었다.

"그럼 이만." 뢴이 말했다.

"끊어." 군발드 라르손은 부드럽게 대답했다.

"침대로 돌아가시라고 말했습니다." 간호사가 재차 말했다. "제 말 안 들리나요, 라르손 씨?"

간호사는 군발드 라르손이 병실 문을 닫을 때까지 그에게서 눈을 떼지 않았다.

군발드 라르손은 성질을 내며 쿵쿵 창가로 갔다. 북향으로 난 창에서는 쇠데르말름 지역이 다 내다보였다. 예리하게 시선을 집중하면, 문제의 화재 현장에 남은 재투성이 굴뚝 꼭대기까지 보였다.

"대체 이게 다 뭐야?" 그는 혼잣말로 중얼거렸다.

잠시 뒤에 또 중얼거렸다.

"다들 미친 게 틀림없어. 뢴도 나머지도 전부 다."

복도에서 발자국 소리가 다가왔다.

군발드 라르손은 황급히 침대로 들어가서 얌전하고 착하게 보이려 애썼다.

거북하기 짝이 없는 과제였다.

2.5킬로미터 떨어진 곳에서, 뢴은 전화기를 내려놓고 만면에 미소를 띤 채 꼭 웃음이 터지는 걸 막으려는 사람처럼 오른손 검지로 붉은 코를 톡톡 두드렸다. 맞은편에 앉아서 낡아빠진 타자기를 두드려대던 멜란데르가 고개를 들고 입에서 파이프를

빼며 물었다.

"뭐가 그렇게 웃긴가?"

"군발드가." 웃음을 참느라 꾸륵거리면서 뢴이 말했다. "이제 나아졌어. 병원에서 준 옷을 불평하는 목소리를 자네도 들었어야 하는데. 그런데 그때 간호사가 와서는 군발드를 막 야단치지 뭐야."

"말름이랑 이 사건에 대해서는 어떻게 생각하던가?"

"역정을 냈어. 고래고래 소리를 지르던걸."

"군발드를 만나러 갈 건가?"

"어, 그럴 생각이야."

멜란데르는 스테이플러로 찍은 보고서를 책상 건너편으로 밀면서 말했다.

"그러면 이걸 가져가게……. 군발드도 만족할 거야."

뢴은 잠시 묵묵히 앉아 있다가 말했다.

"꽃을 좀 사 가려고. 자네도 십 크로나 보태지 않겠어?"

멜란데르는 못 들은 척했다.

"그러면 오 크로나." 뢴이 일 분쯤 뒤에 말했다.

멜란데르는 추호의 표정 변화 없이 지갑을 꺼내고는 뢴이 지폐 칸을 들여다보지 못하도록 잘 쥐고 속을 보았다. 그러고는 한참 뒤에 말했다.

"십 크로나 지폐를 거슬러줄 수도 있나?"

"가능할 것 같은데."

멜란데르는 그 말에 멍하니 뢴을 바라보다가 결국 오 크로나 지폐를 꺼내 보고서 위에 놓았다. 뢴은 돈을 주머니에 넣고 보고서를 집은 뒤 문으로 갔다.

"에이나르." 멜란데르가 불렀다.

"왜?"

"꽃을 어디서 살 건가?"

"모르겠는데."

"병원 앞 좌판에서 사지는 말게. 바가지만 쓰니까."

뢴이 떠났다. 멜란데르는 시계를 본 뒤 타자기에 쳤다.

사건 종료. 추가 조치 필요 없음. 스톡홀름, 1968년 3월 13일 수요일, 14:30.

타자기에서 용지를 뽑은 뒤, 만년필을 꺼내어 전혀 알아볼 수 없는 글씨로 서명함으로써 보고서 작성을 마무리했다. 깨알처럼 잔 그의 서명을 두고 콜베리는 꼭 지난여름에 죽은 모기 세 마리처럼 보인다고 말하곤 했다. 멜란데르는 복사를 맡기기 위해서 보고서를 우편물함에 넣고, 종이 클립을 곧게 편 뒤, 또 다른 파이프를 꺼내어 속을 긁어내기 시작했다.

멜란데르는 보고서 작성에 아주 철저했다. 자기만의 방식이 있었고 모든 걸 빠짐없이 다 적어두는 방식이었다. 그의 일 처리 체계였다. 기왕 쓸 때 모든 걸 명료하게 적어놓으면 세부 사항을 기억하기가 더 쉬웠다. 그는 글로 읽은 것이라면 뭐든 잊지 않았다. 사실은 다른 것도 뭐든 결코 잊지 않는 편이었다.

멜란데르는 셸드가탄 화재 사건에 정확히 닷새 동안, 그러니까 금요일 오후부터 이 분 전까지 매달렸다. 토요일과 일요일은 쉬는 날이었으므로 이제 연속 나흘 휴무를 앞두고 있었다. 뜻밖의 상황이 벌어지지 않는 한 그렇게 쉬어도 좋다고 함마르가 허락했다. 베름되의 여름 별장으로 가는 건 너무 이를까? 아닐걸. 그는 별장 내부를 페인트칠하고 아내는 부엌 찬장에 종이를 깔면 될 것이다. 별장은 눈에 넣어도 안 아픈 멜란데르의 보물이었다. 별장은 역시 경찰이었던, 정확히 말하자면 나카에서 경사로 일했던 아버지로부터 물려받은 것이었는데, 유일한 문제는 멜란데르에게는 그걸 다시 물려줄 자식이 없다는 점이었다. 그러나 자식이 없는 건 그가 전적으로 자발적으로 내린 결정이었다. 그와 아내가 한편으로는 편의상, 다른 한편으로는 신중한 경제 계획에 따라 내린 결정이었다. 당시에는 경찰 봉급이 이렇게 빨리 오르리라고 예상하기 어려운 상황이었거니와, 그는 자신이 택한 직업에 따르는 위험을 늘 의식하고 있었다. 그래서 그에 맞추어 결정했다.

멜란데르는 파이프 청소를 마치고 속에 담배를 채워 불을 붙였다. 그러고는 일어나서 화장실로 향했다. 벨 소리가 들리는 거리일 때 전화가 울리지 않기를 바라면서.

범죄 현장 조사자로서, 현재의 프레드리크 멜란데르는 스웨덴의 어느 현역 경찰관보다도 더 많은 경험을 쌓은 사람이었다. 마흔여덟 살인 그는 신참일 때 하뤼 쇠데르만*이나 오토 벤델** 같은 사람들에게 배웠다. 처음에는 옛 주립 경찰의 살인수사과에서 일했고 경찰 조직이 국가경찰제로 전환된 1965년 이후에는 스톡홀름 살인수사과에 지원하여 일하면서 상상할 수 있는 온갖 종류의 범죄 현장을 수백 건 목격했다. 압도적 다수는 대단히 역겨운 장면들이었다. 하지만 멜란데르는 감정에 휘둘리는 사람이 아니었다. 그에게는 일과 냉철하게 거리를 두는 능력이 있었다. 그 능력 때문에 많은 동료가 그를 부러워했지만, 정작 그는 그 사실을 그다지 의식하지 못했다.

그렇기에 셸드가탄에서 본 장면은 그의 머릿속을 어지럽히

---

* 1940년대에 스웨덴의 국립과학수사연구원을 이끌었던 유명 과학수사관.

** 스웨덴 최초의 과학수사관으로 꼽히는 유명 경찰관.

사라진 소방차

지 못했을 뿐 아니라 감정적으로도 이렇다 할 영향을 미치지 못했다.

화재 현장 조사는 끈기와 체계가 필요한 일이다. 지금까지는 주로 몇 명이 죽었는지를 알아내는 게 관건이었다. 그들은 시체 세 구를 발견했고, 신원은 크리스티나 모디그, 켄네트 로트, 예란 말름으로 밝혀졌다. 셋 다 심하게 탄 상태였다. 말름은 부분적으로 까맣게 타버렸다. 그의 시신은 맨 마지막에, 조사관들이 잔해의 맨 밑층까지 파들어간 뒤에야 발견되었다. 모디그라는 여자아이의 시신은 상대적으로 덜 손상된 편인 건물 서편에 놓여 있었다. 나머지 두 남자는 깡그리 파괴된 동편에서 발견되었는데, 불이 시작된 곳이 동편인 듯했다. 크리스티나 모디그는 열네 살도 안 되어 아직 학교에 다닐 나이였다. 켄네트 로트는 스물일곱, 예란 말름은 마흔둘이었다. 남자들은 둘 다 전과가 있고 착실한 직업은 없었던 듯했다. 이런 내용은 대부분 사전에 알려진 바였다.

조사의 두 번째 단계는 다음 두 질문에 답하는 것이었다. 사망 원인은 무엇인지, 그리고 발화 원인은 무엇인지?

첫 번째 질문의 대답은 과학수사연구원의 병리학자에게 달려 있었다. 한편 발화 원인은 멜란데르의 두통거리였다. 멜란데르는 두통 따위 앓지 않는 사람이지만 말이다.

멜란데르는 소방국과 과학수사연구원의 여러 전문가들을 부릴 수 있었는데, 그들은 처음에는 별달리 멜란데르가 반길 만한 결과를 내놓지 못했다. 그들이 수사에 기여한 바는 주로 심각하게 찌푸린 얼굴과 혼란스러워 하는 표정뿐이었다.

멜란데르는 사진을 수백 장 찍게 시켰다. 시신이 한 구씩 발견될 때마다, 즉 화재 이튿날 크리스티나 모디그가, 일요일에 켄네트 로트가, 더 늦게 월요일 오후에 예란 말름이 발견되었을 때 매번 시신을 오만 가지 각도로 찍어두라고 지시했으며 그런 다음에야 유해를 검시관에게 보냈다.

시체들은 멀끔하다고는 할 수 없었다. 하지만 불이 아주 오래 타진 않았던데다가 인체는 구십 퍼센트가 액체인 만큼, 완벽한 잿더미로 변한 상태는 아니었다. 과학수사 요원들이 살펴볼 재료는 충분했다.

첫 보고서에도 놀라운 내용은 없었다.

크리스티나 모디그는 일산화탄소 중독으로 죽었다. 아이는 잠옷을 입고 침대에 누운 상태였다. 모든 정황으로 보아 자다가 죽은 게 분명했다. 호흡기와 기도에서 매연 입자가 발견되었다.

켄네트 로트의 상황도 같았다. 다만 그는 옷을 입지 않았고 죽을 때 의식이 있었다는 점이 달랐다. 그는 목숨을 건지려고 애쓰던 와중에 심한 화상을 입었다. 그도 연기를 마셨고, 목구

멍과 기도와 폐에 매연 입자가 들어 있었다.

그러나 예란 말름은 달랐다.

말름에게는 또 다른, 좀더 두드러진 차이점이 있었다. 그는 침대에 누워 죽었지만 조사관들이 알아낸 바가 옳다면 옷을 완전히 갖춰 입고 있었다. 정황으로 보아 속옷, 바지, 재킷은 물론이거니와 양말, 신발, 코트까지 입고 있었다. 시신은 새까맣게 그을었고, 열기 때문에 사후에 근육이 수축되어 발생하는 현상인 펜싱 자세를 취하고 있었다. 정황으로 보아 불은 그의 집에서 시작되었던 것 같지만, 그가 발화 사실을 알았거나 목숨을 건지려고 애썼던 흔적은 없었다.

발화 원인으로 말하자면, 멜란데르는 금요일 오후에 마르틴 베크와 콜베리와 이야기를 나눌 때 이미 개인적인 가설을 하나 세워두고 있었다. 하지만 그걸 입 밖으로 꺼낼 마음은 없었다. 불은 모종의 폭발로 시작되어 아주 빠르고 거세게 번졌다. 멜란데르는 내심 폭발이 깜부기불, 즉 불꽃 없이 벌겋게 달아오른 불씨에서 비롯했을 것이라고 믿었다. 그런 불이 몇 시간 지속되다가 마침내 온도가 어느 정도까지 오르자 창문이 터져버린 것이라고 생각했다. 그 단계에서 예란 말름은 죽은 지 벌써 몇 시간째였을 테고, 그의 세간뿐 아니라 바닥, 천장, 벽도 대부분 녹아내리거나 그을은 상태였을 것이다. 정말로 그런 경우라면, 군발드 라르손이 '폭발'이라고 보았던 격렬한 사건은 사실 첫 창문이 깨지면서 바깥 산소가 실내로 흘러드는 바람에 불이 집안 전체에서 동시에 맹렬하게 기세를 올린 탓이었을 것이다. 그다음에는 자연히 가스관, 폭발물, 휘발유나 증류주 같은 인화성 액체가 터지는 2차 폭발이 뒤따랐을 것이다. 이런 종류의 불은 무엇으로부터든 일어날 수 있다. 떨어뜨린 담배, 난로에서 튄 불똥, 깜박 잊고 놓아둔 다리미, 토스터, 잘못된 전기 배선……. 후보는 수백 가지가 있었고, 그 대부분 가능성이 있는 듯했다. 다만 이 추리에는 문제점이 하나 있었다. 멜란데르가 이 가설을 마음에만 담아둔 건 어쩌면 그 때문이었다. 만일 말름의 집 내부와 말름의 몸이 새카맣게 그을릴 정도로 불이 오랫동안 타고 있었다면, 그 열기가 당시 네 사람이 있던 위쪽 집에서도 느껴졌어야 한다. 하지만 달리 생각하자면 그 사람들이 잠들어 있었거나 술이나 약에 취해 있어서 몰랐을 수도 있다는 가설을 반박하는 증거도 없기는 했다. 그리고 그들을 신문하는 것은 멜란데르의 일이 아니었다. 어느 쪽으로 보든 미진한 부분은 여전히 많았다.

화요일 1시 반, 멜란데르는 링베겐 거리의 핫도그 판매대에서 검소한 점심 식사를 마친 뒤 현장으로 돌아갔다. 가보니 오토바이 경찰관이 그에게 전달할 갈색 봉투를 들고 기다리고 있었다. 봉투에는 콜베리가 쓴 짧은 메모가 들어 있었다.

말름에 대한 부검 예비 보고를 전화로 받았음. 불이 나기 전에 일
산화탄소 중독으로 사망했음. 폐나 기관지에 매연이 들어간 흔적
이 없음.

멜란데르는 메모를 세 번 읽었다. 눈썹을 살짝 치키며, 차분
하게 파이프를 채웠다. 이제 무엇을 찾아봐야 할지 알 것 같았
다. 어디서 찾아봐야 하는지도.

오래지 않아 그는 찾던 걸 발견했다.

그때까지 조사관들은 엄청난 주의를 기울여, 닷새 전에 예
란 말름의 집 부엌에 있었던 모든 물건을 낱낱이 발굴해낸 터였
다. 그중에는 화구가 두 개에 다리가 네 개 달린 구식의 작은 철
제 가스 스토브도 있었다. 스토브는 리놀륨이 덮인 싱크대 위에
놓여 있었지만, 싱크대가 다 타버리자 마룻바닥으로 떨어졌다.
그러다가 마루판과 바닥보까지 타버리자, 반쯤 녹은 스토브는
원래 집의 바닥 높이에서 육십 센티미터 더 깊은 구덩이로 떨어
졌다. 스토브는 물론 심하게 뒤틀린 상태였으나, 두 화구를 여
닫는 밸브는 놋쇠로 된 것이라서 나머지 부분보다는 덜 망가졌
다. 밸브는 둘 다 잠겨 있었다. 실수로 열리는 걸 막기 위해서,

이를테면 무심결에 누가 치거나 천 조각이 걸리는 바람에 열리는 걸 막기 위해서 관이음의 플랜지에 새겨진 홈이 그 속에 끼워진 관을 꼭 붙잡아두게 되어 있는 밸브였다. 스토브는 고무 튜브로 가스관과 이어져 있었다. 고무 튜브는 살아남은 부분이 없다시피 했지만, 남은 자취만으로도 그것이 빨간색에 지름이 약 이 센티미터인 관이었다는 사실은 알 수 있었다. 튜브는 노즐에 매여 있었고, 노즐은 가스관 자체에 연결되어 있었다. 노즐에는 일종의 안전 장치로서 폭 이 밀리미터의 띠가 도드라져 있었다. 튜브가 그 위에 덮이고, 띠 너머에서 너트와 볼트로 조이는 아연도금 죔쇠가 튜브를 붙잡는 것이었다. 이것은 고무 튜브가 사고로 노즐에서 빠지는 걸 막는 장치였다. 추가의 안전 장치로, 노즐에는 죔쇠와 띠 사이에 가스를 여닫는 밸브가 하나 더 달려 있었다. 확인 결과 이 밸브는 열려 있었고, 고무 튜브를 붙잡아주고 있어야 하는 죔쇠는 제자리에 없었다. 죔쇠가 안 보이는 건 이상한 일이었다. 고무가 열에 녹아버렸더라도 죔쇠는, 최소한 그 일부는 노즐에 걸려 있어야 했다. 죔쇠는 볼트가 풀린 상태가 아닌 한 노즐의 띠를 빠져나올 수 없기 때문이다.

멜란데르와 조사관들은 세 시간 가까이 뒤지고서야 죔쇠를 찾았다. 그것은 정말로 아연도금된 금속이었고, 가스관 노즐로부터 정확히 이 미터 사십 센티미터 떨어진 곳에 놓여 있었다.

아주 많이 뒤틀리지는 않았으며, 너트도 볼트도 제자리에 끼워져 있었다. 다만 볼트는 끄트머리 나사산 두 개로만 매달려 있었다. 그것은 곧 쬠쇠가 노즐의 안전 장치에서 빠질 수 있도록 누군가 볼트를 풀었다는 뜻이었다. 조사관들은 노즐 옆에서 언뜻 구부러진 못인 줄 알았으나 자세히 보니 손잡이가 타버린 스크루드라이버로 확인된 물체도 찾아냈다.

멜란데르는 이어서 다른 방향으로 관심을 돌렸다.

집안의 열원은 두 군데였다. 타일을 붙인 스토브와 예의 철제 스토브였는데, 둘 다 연통은 닫혀 있었다.

현관문은 완전히 사라졌고 문틀도 사라졌지만, 자물쇠는 남아 있었다. 열쇠가 안쪽에 끼워진 상태였다. 사실은 열쇠가 자물쇠 안에서 녹아 있었지만, 그건 그것대로 문이 안쪽에서 잠겨 있었다는 확실한 증거였다. 더구나 이중 잠금이었다.

여기까지 조사했을 때 날이 어두워지기 시작했다. 멜란데르는 상당히 수정된 가설을 마음에 품고서, 세심한 질서가 다스리는 폴헴스가탄의 집으로 돌아갔다. 집에서는 저녁 식사가 그를 기다리고 있을 것이고, 그는 식사 후에 텔레비전 앞에서 평화롭게 몇 시간을 보낸 뒤 화룡정점으로 열 시간의 숙면을 취할 것이다. 문지방을 넘으면서 보니 아내가 벌써 식탁을 차려두었고, 음식도 준비되어 있었다. 삶은 콩과 구운 팔루 소시지였다.

그의 슬리퍼는 텔레비전 앞 안락의자 옆 제자리에 있었고, 침대는 주인님을 기다리는 듯했다.

나쁘지 않아, 멜란데르는 생각했다.

그의 아내는 인색하고, 못생기고, 억센 여자였다. 키가 183센티미터였고, 평발에, 크고 늘어진 가슴을 가졌다. 멜란데르보다 다섯 살 아래였고 이름은 사가였다. 멜란데르는 아내가 아주 아름답다고 생각했다. 이십이 년 넘게 그렇게 생각해왔다. 실제로 그녀는 그 세월 동안 많이 변하지 않았다. 예나 지금이나 팔십이 킬로그램이 나갔고, 44사이즈 신발을 신었으며, 젖꼭지는 새 연필 끄트머리에 달린 고무지우개처럼 여전히 작고 분홍색이고 둥근 원통 같았다.

함께 침대에 누워 불을 끈 뒤, 멜란데르는 아내의 손을 잡고 말했다.

"자기."

"왜, 프레드리크?"

"화재는 사고였어."

"확실해?"

"응. 거의."

"잘됐네. 사랑해."

두 사람은 잠이 들었다.

이튿날 아침, 멜란데르는 예란 말름의 집 창문을 조사했다. 유리는 당연히 사라졌고 창틀도 사라졌지만, 걸쇠는 재, 기와 조각, 유릿조각, 그 밖의 쓰레기 사이에 남아 있었다. 일부는 심지어 새까맣게 그을은 창문 문설주에 여태 매달려 있었다. 모두 안에서 제대로 잠긴 상태였다. 건물 동편의 박공창들은 폭발로 다 날아가서 산산조각 났지만, 벽의 일부는 건물 나머지 부분에 비해 덜 탄 편이었다.

멜란데르는 두 가지 물건을 더 발견했다.

첫째, 말름의 집 나무 창틀의 조각이었다. 그 가장자리에 노리끼리한 회색의 끈끈한 물질이 덮여 있었다. 의심의 여지 없이 접착테이프의 흔적이었다.

둘째, 박공벽에 설치되었던 환풍기였다. 환풍기는 솜과 수건 쪼가리로 막혀 있었다.

이 발견으로 사건은 해결되었다. 예란 말름은 자살한 것이었다. 그는 문을 잠그고, 창을 다 닫고, 연통을 닫고, 환풍기를 막았다. 접착테이프로 창틈도 막았다. 최대한 신속하고 편안하게 죽기 위해서, 가스관을 노즐에 물리는 쬠쇠를 풀어 고무 튜브를 뽑았다. 그다음에 가스 밸브를 열고, 침대에 누웠다. 가스는 비교적 굵은 관을 통해 빠르게 흘러나왔고, 그는 몇 분 만에 의식을 잃고 채 십오 분도 안 지나서 죽었다. 높은 혈중 일산화탄소 농도는 가스중독 때문이었으며, 모르면 몰라도 그는 불이 시작되었을 때 이미 죽은 지 두어 시간은 된 뒤였을 가능성이 높았다. 그동안 관에서는 줄곧 가스가 흘러나왔다. 집은 사실상 폭탄이나 다름없는 상태로 변해, 미미한 불꽃만으로도 엄청난 폭발이 일어나고 건물이 불길에 휩싸이기에 충분했을 것이다.

멜란데르가 현장에서 마지막으로 한 일은 망가진 가스계량기를 찾아 눈금을 확인하는 것이었다. 그것으로 자신의 가설을 뒷받침하는 증거를 보충했다.

그러고서 그는 쿵스홀름스가탄으로 가서 조사 결과를 제출했다.

반박할 수 없는 사실들이었다.

함마르는 기뻐했고, 기쁨을 구태여 감추지도 않았다.

콜베리는 '내가 그렇다고 말했잖아'라고 생각했고, 그 생각을 고스란히 말로 한 뒤, 당장 그곳보다 상대적으로 평온한 베스트베리아로 복귀할 준비를 했다.

마르틴 베크는 딴생각이 있는 듯 보였지만, 사실을 받아들이고 인정한다는 표시로 고개를 끄덕였다.

뢴은 안도의 한숨을 쉬었다.

수사는 마무리되었고, 사건은 종료되었다.

멜란데르도 만족스러웠다.

엄밀히 따지자면 대답되지 않은 의문이 하나 남아 있기는 하다고 멜란데르는 생각했다. 그러나 그 의문에 대한 답은 수백 가지나 상상할 수 있었으며, 그걸 일일이 살펴서 올바른 답 하나를 건져내는 건 불필요할뿐더러 불가능한 작업이었다.

멜란데르가 화장실을 나설 때, 가까운 어느 방에선가 전화 울리는 소리가 들렸다. 어쩌면 자기 방인지도 몰랐지만 그는 무시했다. 대신 사물함으로 가서 코트를 챙김으로써, 당당히 누릴 자격이 있는 나흘의 휴가를 개시했다.

그로부터 십 분 뒤, 빨간 머리의 마델레이네 올센이 죽었다. 스물넷의 나이로, 닷새 반 동안 지옥 같은 고통을 겪은 끝에.

10.

군발드 라르손은 멜란데르가 생각만 했던 답 없는 의문을 입 밖으로 던지는 데 주저하지 않았다.

그는 이제 자기 실내복을 걸치고 있었고 새로 산 잠옷도 처음으로 입고 있었다. 발은 자신의 흰 슬리퍼를 꿰고 있었다.

창가에 선 그는 뢴이 가져온 꽃다발을 쳐다보지 않으려 애썼다. 카네이션, 튤립, 사이사이를 초록 잎으로 채운 흉측한 꽃다발이었다.

"그래, 그래." 그는 뢴에게 받은 보고서를 흔들면서 화난 목소리로 말했다. "그건 어린애라도 이해할 수 있는 얘기지."

"어." 뢴이 말했다.

손님용 의자에 앉은 뢴은 자신이 가져온 꽃다발을 적잖이 자

사라진 소방차

랑스러운 눈초리로 흘끗흘끗 쳐다보았다.

"설령 집이 노동절의 풍선처럼 가스가 꽉 찬 상태였더라도, 망할 뭔가가 거기에 불을 붙였어야 해. 안 그런가?"

"어……."

"어, 뭐?"

"어, 가스 찬 방에서는 뭐든지 폭발을 일으킬 수 있어."

"뭐든지?"

"그래. 아무리 작은 불똥이라도 충분해."

"불똥 자체는 뭔가 다른 데서 생겨났을 게 아니야."

"예전에 가스폭발 사건을 맡은 적 있었어. 어떤 남자가 자살하려고 가스관을 열어뒀지. 그런데 마침 웬 부랑자가 와서 초인종을 눌렀고, 초인종 전지에서 일어난 불똥 때문에 집이 하늘로 날아가버렸어."

"이 사건에선 부랑자가 나타나서 말름의 집 초인종을 누르지 않았잖아."

"어, 하지만 그 밖에도 설명은 수백 가지는 될 거야."

"그럴 순 없어. 설명은 딱 하나뿐인데 아무도 그걸 찾아보려고 하지 않는 것뿐이야."

"그걸 찾아내는 건 불가능해. 몽땅 파괴되었으니까. 생각해보라고, 스위치나 절연이 잘 안 된 전선의 합선만으로도 불똥이 일기 충분한걸."

군발드 라르손은 대꾸하지 않았다.

"그리고 화재중에 전기 배선이 몽땅 터져버렸어." 뢴이 계속
말했다. "퓨즈가 모조리 날아갔다고. 가령 어떤 퓨즈가 다른 퓨
즈보다 먼저 터졌는가 아닌가 하는 것도 증명할 수 없어."

군발드 라르손은 여전히 말이 없었다.

"전자 자명종 시계, 라디오, TV도 있고." 뢴이 이어 말했다.
"아니면 두 스토브 중 하나에서 갑자기 불똥이 떨어졌을 수도
있고."

"연통은 닫혀 있었잖나?"

"불똥은 떨어질 수 있지." 뢴이 고집스레 말했다. "가령 굴뚝
에서."

군발드 라르손은 불만스레 찌푸린 얼굴로 창밖의 앙상한 나
무들과 황량한 지붕들을 집요하게 응시했다. 그러다 갑자기 물
었다.

"말름이 왜 자살을 하겠어?"

"말름은 궁지에 몰린 처지였어. 돈은 없지, 경찰이 자길 쫓는
다는 건 알지. 유치장에서 풀려났다고 해서 안전한 건 아니었어.
올로프손이 나타나자마자 도로 붙잡힐 가능성이 컸을 거야."

"흠." 군발드 라르손이 마지못해 인정했다. "그래, 그건 사실

사라진 소방차

이야."

"개인적인 사정도 나빴어." 뢴이 계속 말했다. "외톨이에 알코올의존자였지. 전과자에다가. 두 번 이혼했고. 애들도 있지만 몇 년째 양육비를 주지 못했어. 음주 관련 규칙 위반으로 합숙소에 보내질 판국이었고."

"으흠."

"게다가 약간의 질환도 앓았어. 정신병원에 여러 번 입원했었지."

"정신이상자였다는 말인가?"

"조울증이 있었어. 취했을 때나 뭐가 됐든 상황이 나쁠 때면 심한 우울증에 빠지곤 했지."

"알았어, 그쯤이면 됐어. 그만해."

"어, 전에 자살하려고 한 적도 있어." 뢴이 아랑곳없이 계속 말했다. "최소한 두 번."

"그렇다고 해서 불똥이 어디서 발생했는지가 설명되는 건 아냐."

뢴은 어깨를 으쓱했다. 잠시 침묵이 감돌았다.

"쾅 터지기 몇 분 전에 내가 뭔가를 봤어." 군발드 라르손이 생각에 잠겨 말했다.

"뭘?"

"위층에서 누군가 성냥이나 라이터를 켰어. 말름의 윗집에서."

"하지만 폭발은 말름의 집에서 일어났지. 그 윗집에서 일어난 게 아닌데." 뢴이 말하고는 접은 손수건으로 코를 문질렀다.

"그 짓 좀 하지 마." 군발드 라르손이 뢴을 보며 말했다. "그러면 더 빨개지기만 한다고."

"미안."

뢴은 손수건을 집어넣고 잠시 생각하다가 말했다.

"낡고 형편없는 건물이었단 말이야. 멜란데르는 윗집에도 가스가 좀 차 있었을 거라고 말하더군. 농도가 치명적이진 않았더라도."

군발드 라르손이 뒤로 돌아 뢴을 정면으로 보았다.

"생존자들은 누가 신문했지?"

"아무도 안 했는데."

"아무도 안 해?"

"그래. 그 사람들은 말름과 아무 관계가 없으니까. 적어도 무슨 관계가 있다는 증거가 없으니까."

"그걸 어떻게 아나?"

"어……."

"그 사람들 지금 다 어딨나?"

"아직 병원에 있어. 여기 이 병원일걸. 아이들은 빼고. 아이

사라진 소방차

들은 아동복지위원회에서 보살피고 있어."

"다 살긴 살 것 같고? 어른들 말이야."

"그래. 마델레이네 올센이라는 여자는 빼고. 그 여자는 가망이 없다고 하던데. 그래도 내가 마지막으로 소식을 들었을 때까지는 살아 있었어."

"나머지 사람들은 조사를 받을 수 있는 상태인가?"

"이젠 아냐. 사건이 종료되었으니까."

"자네 개인적으로도 이 사건이 사고라고 믿나?"

뢴은 자기 손을 내려다보다가 한참 후에 고개를 끄덕였다.

"그래. 다른 설명이 없어. 모든 정황이 부합하니까."

"그래. 그 불똥만 빼고."

"어, 그건 사실이야. 하지만 그 문제에 대해서 뭘 증명하기란 불가능해."

군발드 라르손은 금발 코털을 한 가닥 뽑아서 생각에 잠긴 눈으로 응시했다. 그러고는 침대로 가 앉았다. 뢴이 준 보고서는 반으로 접어서 침대 옆 탁자에 던져버렸다. 그럼으로써 자신도 사건을 종료한다는 뜻처럼 보였다.

"모레 퇴원하나?"

"그럴 것 같은데."

"그다음에 일주일 더 쉬겠지?"

"아마도." 군발드 라르손은 멍하니 대꾸했다.

뢴은 시계를 보았다.

"어, 가봐야겠네. 내일이 아들 생일이라 선물을 사야 해."

"뭘 사줄 건가?" 군발드 라르손이 흥미 없이 물었다.

"소방차."

군발드 라르손은 별 황당한 소리를 다 듣는다는 듯이 뢴을 보았다.

"애가 갖고 싶다고 해서." 뢴은 동요 없이 말을 이었다. "크기가 이만해. 가격은 32크로나 50외레."

뢴이 손가락 두 개를 세우면서 소방차의 크기가 팔뚝만 하다고 알려주었다.

"아, 그래." 군발드 라르손이 대꾸했다.

"어, 뭐, 그럼 이만."

군발드 라르손은 고개만 끄덕이고 말았다. 그러다 뢴이 문손잡이를 쥐었을 때 말했다.

"에이나르?"

"응?"

"저 꽃, 저거 직접 뽑아 왔나? 어디 무덤 같은 데서?"

뢴은 상처 입은 얼굴로 군발드 라르손을 보다가 떠났다.

군발드 라르손은 큼직한 두 손을 깍지 껴서 목을 받치고 누운 뒤 천장을 응시했다.

이튿날은 목요일이었다. 정확히 말하면 3월 14일이었다. 절기에 따르면 봄이 오고 있어야 하지만 봄이라는 기색은 조금도 찾아볼 수 없었다. 오히려 바람이 더 차고 매서워졌고, 휘몰아치는 싸락눈이 남부 경찰서 창문을 때렸다. 콜베리는 종이컵으로 커피를 마시면서 페이스트리를 덥석대어 마르틴 베크의 책상에 온통 부스러기를 흘리고 있었다. 마르틴 베크는 속에 그나마 나을까 싶은 헛된 희망에 차를 마셨다. 오후 3시 반이었다. 콜베리는 하루의 대부분을 스카케에게 구시렁거리는 데 바쳤다. 그 사이사이, 불만의 대상이 자신의 목소리가 들리지 않는 곳에 나가 있을 때는 배가 당길 정도로 웃어댔다.

조심스러운 노크 소리가 들리고 스카케가 들어왔다. 스카케는 소심하게 콜베리를 곁눈질하고 마르틴 베크의 책상 위에 종이 한 장을 조심스레 놓았다.

"뭐야?" 콜베리가 물었다. "또 죽은 척한 사건이야?"

"과학수사연구원 보고서 사본입니다." 스카케는 들릴락 말락 하는 목소리로 대답하고 문으로 물러났다.

"말해봐, 벤뉘." 콜베리가 천연스러운 표정으로 말했다. "어쩌다 경찰이 될 마음을 먹었지?"

스카케는 머뭇거리며 멈춰 서서 몸무게를 이 발에서 저 발로 옮겨 실었다.

"됐어." 마르틴 베크가 보란 듯이 보고서를 집으면서 말했다. "고마워. 가봐."

문이 닫히자 콜베리에게 말했다.

"하루치 괴롭힐 건 다 괴롭히지 않았나?"

"뭐……." 콜베리가 싹싹하게 대꾸했다. "내일 계속하면 되니까. 그거 뭐야?"

마르틴 베크는 글을 훑었다.

"옐름이 보낸 거야. 셸드가탄의 현장에서 나온 물건들을 분석해봤다는군. 발화 원인을 확정할 수 있을까 해서. 나온 게 없대."

마르틴 베크는 한숨을 쉬고 종이를 내려놓았다.

"어젯밤에 올센이라는 아가씨가 죽었어."

"그래, 신문에서 봤어." 콜베리는 흥미 없는 듯 대꾸했다. "그건 그렇고, 저 멍청이가 왜 경찰이 됐는지 알아?"

마르틴 베크는 대답하지 않았다.

"나는 알지. 개인 기록에 적혀 있더라고. 경찰관 경력을 도약대로 삼고 싶다나. 목표는 경찰총장이래."

콜베리는 또 한 번 웃음보가 터져서 먹던 빵이 목에 걸릴 뻔했다.

"이 화재 건은 영 마음에 안 들어." 마르틴 베크가 말했다.

꼭 혼잣말 같았다.

"대체 무슨 소릴 중얼거리는 거야?" 숨을 고른 뒤 콜베리가 말했다. "그게 마음에 들고 말고 할 일인가? 네 명이 불에 타서 죽고 키 이 미터짜리 바보가 메달을 받은 걸로는 충분하지가 않아?"

콜베리는 이내 진지해져서 마르틴 베크를 찬찬히 살피며 계속 말했다.

"모든 게 꽤 확실히 밝혀졌어. 안 그래? 말름은 가스를 틀어놓고 자살했어. 뒤에 벌어질 일 따위는 안중에도 없었지. 왜냐하면 그자는 이기적인 인간이었던데다가 어차피 폭발이 났을 땐 죽어 있었으니까. 그래서 무고한 사람이 셋 죽었고, 경찰은 올로프손이라나 뭐라나 하는 인간을 잡아들일 기회와 증인을 놓쳤어. 하지만 그건 자네나 나하고는 요만큼도 관계없는 일이야. 안 그래?"

마르틴 베크는 코를 팽 풀었다.

"모든 게 잘 들어맞아." 콜베리가 단호하게 말했다. "지나치게 잘 들어맞는다는 소리 따위는 하지 말아. 그게 아니라면 혹 자네의 유명한 직감이……."

콜베리는 말을 멈추고 마르틴 베크를 뜯어보았다.

"젠장, 자네 다른 일로 우울한 것 같군."

마르틴 베크는 어깨를 으쓱할 따름이었다.

콜베리는 저 혼자 고개를 끄덕였다.

두 사람은 서로 잘 아는데다가 오랫동안 함께해왔다. 콜베리는 마르틴 베크가 우울한 이유를 정확히 알았다. 그렇지만 마르틴 베크가 먼저 말을 꺼내지 않는 한 자신이 나서서 꺼낼 주제는 아니었다. 그래서 그냥 가볍게 말했다.

"불은 냅둬. 난 벌써 싹 잊었어. 저녁에 우리집에 같이 가는 게 어때? 군은 무슨 수업인가 뭔가를 들으러 간다니까, 우리끼리 술 한잔하고 체스나 한 판 두지."

"좋아, 그러지 뭐." 마르틴 베크가 말했다.

그러면 최소한 몇 시간은 집에 가는 걸 늦출 수 있을 것이었다.

사라진 소방차

11.

3월 15일 아침, 군발드 라르손은 의사 회진 후 퇴원했다. 의사는 그에게 무리하지 말라고 당부하면서 열흘 더, 그러니까 25일 월요일까지 일을 쉬라고 했다.

삼십 분 뒤, 군발드 라르손은 남부 병원 정문을 나서서 매서운 바람을 맞으며 택시를 잡았다. 곧장 쿵스홀멘의 경찰서로 갔다. 동료들에게 구태여 연락하진 않았고, 제 방으로 올라가는 동안 현관의 당번을 제외하고는 누구에게도 목격되지 않았다. 방에 올라가서는 문을 닫고 전화를 여러 통 걸었다. 그중 적어도 한 통은 어쩌다 상관이 엿들었다면 그에게 심한 질책을 내릴 만한 내용이었다.

통화하는 동안 그는 종이에 이런저런 사실을 적어 내렸고,

메모는 차츰 제법 긴 명단으로 변해갔다.

셸드가탄 화재에 어떤 식으로든 관련된 경찰들 중에서 상류층 출신은 군발드 라르손뿐이었다. 그의 아버지는 부자라 할 만했지만, 유산으로 남겨준 건 거의 없었다. 군발드 라르손은 스톡홀름에서도 세련된 동네인 외스테르말름에서 자랐고, 제일 좋은 학교에 다녔다. 하지만 그는 꽤 일찍부터 집안의 골칫거리였다. 다른 가족과는 다른 견해로 그들을 거북하게 만들뿐더러 그 견해를 시도 때도 가리지 않고 거침없이 내뱉었다. 끝내 그의 아버지는 아들을 해군 장교로 만드는 것 외에는 다른 길이 없겠다고 판단했다.

군발드 라르손은 해군 생활이 마음에 들지 않았다. 그래서 몇 년 지나지 않아 상선으로 옮겼다. 그곳에서 그는 해군 대학이나 소해정, 구축함, 장갑함에서 배웠던 내용은 별 가치가 없다는 걸 깨달았다.

다른 형제자매는 모두 순조롭게 출세했고, 부모가 돌아가셨을 때는 다들 자리를 잡은 상태였다. 군발드 라르손은 그들과 한 번도 연락하지 않았으며, 자신에게 형제자매가 있다는 사실조차 대체로 잊고 살았다.

그는 선원으로 평생 살고 싶진 않았기 때문에 다른 직업을 알아봐야 했다. 앉아서만 하는 일이 아니고 자신의 특이한 경력이 조금이나마 도움되는 직업이면 좋을 것 같았다. 그래서 그는 경찰이 되었다. 리딩예와 외스테르말름에 사는 그의 친척들이 놀라는 것은 물론이거니와 상당히 질색할 만한 결정이었다.

경찰관으로서 그의 자질에 대한 견해는 사람에 따라 크게 엇갈렸다. 그리고 무엇보다도 대부분 그를 싫어했다.

그는 대개의 일을 제 방식대로 처리했고, 그 방식이란 최대한 좋게 말해서 비정통적이었다.

지금 책상에 놓여 있는 명단도 그랬다.

예란 말름, 42세, 도둑, 사망(자살?).

켄네트 로트, 27세, 도둑, 사망, 매장.

크리스티나 모디그, 14세, 미성년 창녀, 사망, 매장.

마델레이네 올센, 24세, 빨간 머리 창녀, 사망.

켄트 모디그, 5세, 어린애(고아원).

클라뤼 모디그, 7개월, 아기(고아원).

앙네스 쇠데르베리, 68세, 노인, 로센룬드 양로원.

헤르만 쇠데르베리, 67세, 노인, 회갈리드 요양원.

막스 칼손, 23세, 범죄자, 팀메르만스가탄 12번지.

안나카이사 모디그, 30세, 창녀, 남부 병원(정신과).

칼라 베리그렌, ?, 창녀, 예트가탄 25번지.

군발드 라르손은 명단을 죽 읽어보고는 마지막 세 명만 이야기 나눠볼 가치가 있겠다고 판단했다. 나머지 사람들 중 넷은 죽었고, 둘은 아이인데다가 아무것도 모르고, 다른 둘은 너무 늙었다.

그는 종이를 접어 주머니에 넣은 뒤 나섰다. 현관의 당번 경찰에게 인사 같은 것도 하지 않았다. 곧장 주차장으로 가서 제 차를 찾아 집으로 갔다.

토요일과 일요일에는 집에 처박혀서 다른 일은 전혀 하지 않고 색스 로머의 소설을 읽었다.

화재 생각은 털끝만큼도 하지 않았다.

3월 18일 월요일 아침, 그는 일찍 일어나서 마지막 반창고들을 다 떼고 샤워와 면도를 한 뒤 오랫동안 신중하게 고민해서 옷을 골랐다. 그리고 차에 올라, 칼라 베리그렌이 사는 예트가탄 거리의 주소지로 향했다.

계단 두 층을 오른 뒤, 아스팔트가 깔린 안마당을 대각선으로 가로질러, 갈색 페인트가 푸석푸석 벗겨진 헐거운 난간이 달린 더러운 계단을 세 층 더 오른 뒤, 갈라진 문 앞에 섰다. 문 앞 철제 우편함에는 비뚤게 오린 마분지에 '칼라 베리그렌, 모델'이라고 적은 손글씨가 붙어 있었다.

초인종은 없는 것 같았다. 그는 문을 가볍게 두드린 뒤, 답을 기다리지 않고 대뜸 열고 들어섰다.

방 하나짜리 아파트였다. 찢어진 블라인드가 창 중간까지 내려져 있었고, 공기는 퀴퀴하고 답답했다. 온기는 꼬불꼬불한 전열 코일이 달린 구식 전기난로 두 개에서 나오고 있었다. 옷이며 잡동사니가 바닥은 물론이고 사방에 널려 있었다. 방에서 유일하게 쓰레기통으로 직행하지 않아도 될 것처럼 보이는 물건은 침대였다. 침대는 꽤 컸고, 침구는 비교적 깨끗해 보였다.

칼라 베리그렌은 혼자 있었다. 깨어 있었지만 일어나진 않고 침대에 누운 채 로맨스 잡지를 읽고 있었다. 군발드 라르손이 마지막으로 봤을 때처럼 알몸이었고, 그 몸도 그때와 비슷해 보였지만, 지금은 몸에 소름이 돋지 않았고 눈물과 히스테리로 떨지 않는다는 점이 달랐다. 오히려 아주 차분해 보였다.

여자는 뼈대가 가늘고 깡말랐으며, 머리카락은 탈색을 했다. 작고 늘어진 가슴은 지금처럼 등을 대고 누워 있을 때가 제일 예뻐 보일 것 같았다. 거웃은 잿빛이었다. 여자는 나른하게 기지개를 켜면서 하품을 하고 말했다.

"좀 일찍 왔네요. 그냥 해요."

군발드 라르손은 아무 말도 하지 않았다. 여자는 그의 침묵을 오해한 모양이었다.

"물론 돈 먼저 주세요. 저기 탁자 위에 둬요. 요금은 알죠? 아니면 추가 서비스를 원해요? 손으로 좀 해드리는 건 어때요?"

군발드 라르손은 현관문을 지날 때 고개를 숙여야 했다. 방이 워낙 좁아서 그가 들어서니 거의 다 찼다. 섹스 냄새와 이런 저런 체취, 찌든 담배 냄새와 싸구려 화장품 냄새가 고약했다. 그는 한 걸음 만에 창으로 다가가서 블라인드를 올리려 했지만 용수철이 빠진 블라인드는 아예 맨 밑까지 떨어졌다.

침대의 여자는 그를 눈으로 쫓다가 문득 알아보았다.

"아." 여자가 말했다. "당신 누군지 알겠어요. 나를 구해준 분이죠?"

"그래요."

"정말 고마워요."

"천만에."

여자는 무슨 생각을 하는 듯하더니 다리를 약간 벌리고 오른손으로 성기를 쓰다듬었다.

"그럼 이야기가 다르죠. 당연히 당신한테는 공짜예요."

"뭐든 좀 입어요." 군발드 라르손이 말했다.

"대부분 내 몸이 보기 좋대요." 여자가 짐짓 수줍게 말했다.

"난 아니요."

"그리고 난 잘해요. 다들 그렇게 말해요."

"내 원칙상 헐벗은…… 사람에게 질문할 순 없소."

그는 여자를 무슨 범주로 분류해야 좋을지 잘 모르겠다는 듯
단어 선택에 살짝 망설였다.

"질문? 물론 경찰이시니까."

여자는 잠시 주저하다 말을 이었다.

"난 아무 짓 안 했어요."

"매춘을 하잖소."

"아, 불공평하게 좀 굴지 마세요. 섹스는 나쁜 게 아니에요.
안 그래요?"

"옷을 입어요."

여자는 한숨을 쉬고는 이불을 뒤져서 목욕 가운을 찾아냈다.
그걸 그냥 걸치고 허리띠는 묶지 않았다.

"무슨 일이에요? 뭐 때문에 그러는데요?"

"몇 가지 묻고 싶어서."

"뭐에 대해서요? 나에 대해서?"

"그것도 있고 다른 것도 있고. 예컨대, 그때 그 집에서 뭘 하
고 있었죠?"

"불법적인 일은 안 했어요. 정말이에요." 여자가 대답했다.

군발드 라르손은 볼펜과 공책에서 찢은 종이 몇 장을 꺼냈다.

"당신 이름이 뭐죠?"

"칼라 베리그렌이요. 하지만 진짜 이름은⋯⋯."

"진짜? 거짓말일랑 하지 말고."

"안 해요." 여자는 아이 같은 자존심을 세우며 말했다. "당신한테는 거짓말 안 해요. 내 진짜 이름은 카린 소피아 페테르손이에요. 베리그렌은 엄마 성이에요. 칼라는 그냥 더 멋지게 들려서."

"고향은?"

"실링아뤼드. 스몰란드에 있는 동네예요."

"스톡홀름에 산 지는 얼마나 됐죠?"

"일 년 넘었어요. 일 년 반쯤."

"여기서 뭔가 제대로 된 일을 한 적은?"

"글쎄, 말하기 나름인데요. 간간이 모델로 일해요. 그 일 어떨 땐 꽤 힘들어요."

"나이는?"

"열일곱. 거의."

"열여섯?"

여자가 고개를 끄덕였다.

"그 집에서는 뭘 하고 있었소?"

"그냥 작게 파티를 했어요."

"식사를 하고 그런 파티?"

사라진 소방차

"아뇨, 섹스 파티요."

"섹스 파티?"

"네. 못 들어봤어요? 엄청 재밌는데."

"그래요." 군발드 라르손은 별 흥미 없이 종이를 넘기면서 말했다.

"그 사람들을 얼마나 잘 알았죠?"

"거기 사는 남자는 처음 만난 거였어요. 켄트라나 뭐라나 하는 남자."

"켄네트 로트."

"아, 그 사람 이름이 그거예요? 이름도 그날 처음 들어본 남자였어요. 마델레이네는 좀 알았지만. 지금은 둘 다 죽었죠?"

"그래요. 그러면 그 막스 칼손은?"

"그 사람은 알아요. 가끔 같이 노는 사이에요. 그냥 섹스만 하는. 나를 거기 데려간 것도 그 사람이에요."

"그가 당신 포주인가?"

여자는 고개를 저으며 순진하고 엄숙하게 말했다.

"아뇨. 포주는 필요 없어요. 둘 가치가 없어요. 그런 남자들은 돈만 밝히니까. 수수료 몇 퍼센트 그런 거."

"예란 말름도 알았나?"

"자살하면서 건물에 불낸 남자요? 아래층에 살았던?"

"그래요."

"모르는 사람이에요. 뭐 그런 인간이 다 있대요."

"다른 사람들은 그를 알았나?"

"아닐걸요. 최소한 막스랑 마델레이네는 몰랐어요. 켄트라는
남자, 켄네트인가, 그 사람은 거기 살았으니까 어쩌면 알았겠
죠?"

"그럼 거기서 당신은 뭘 했지?"

"씹했죠."

군발드 라르손은 흔들림 없는 눈으로 여자를 응시하다가 천
천히 말했다.

"좀더 자세히 하나하나 이야기해보지. 몇 시에 거기 갔소?
애초에 왜 갔고?"

"막스가 날 데리러 왔어요. 재밌게 놀아보자면서. 우리가 가
는 길에 마델레이네를 데려갔고요."

"거기까지 걸어서 갔나?"

"걸어서? 그 날씨에? 택시 타고 갔어요."

"몇 시에 도착했지?"

"9시인가 그쯤이었을 걸요. 대충 그쯤."

"그다음에는 뭘 했지?"

"거기 살던 그 남자가 와인 두 병을 내줘서 다 같이 마셨어

사라진 소방차

요. 그다음에는 레코드판을 몇 장 듣고 뭐."

"이상한 점은 없었나?"

여자는 또 고개를 저었다.

"무슨 이상한 점요?"

"계속 이야기하지." 군발드 라르손이 말했다.

"글쎄, 그러다가 마델레이네가 옷을 벗었어요. 걔 몸은 별로 볼 거 없어요. 나도 벗었죠. 물론 남자들도. 그다음에는…… 춤을 췄어요."

"다 벗고?"

"네. 기분 째져요."

"아, 그래. 계속 말하지."

"한참 그랬어요. 그러다가 앉아서 좀 피웠죠."

"피워?"

"마리화나요. 흥분하려고. 기분 좋아져요."

"마리화나는 누가 줬지?"

"막스. 막스는 늘……."

"늘? 그가 늘 뭘?"

"에잇! 당신한테는 사실대로 말한다고 약속했죠. 게다가 난 아무 짓도 안 했어요. 그리고 당신이 날 살려줬으니까."

"막스가 늘 뭘했나?"

"마리화나를 팔았어요. 주로 애들한테."

군발드 라르손은 메모를 했다.

"그다음에는?"

"음, 그다음에는 남자들이 동전을 던졌어요. 그때까진 다들 컨디션이 좋았어요. 약간 어질어질하기는 했지만. 약에 취해서. 알겠지만 그렇게 되잖아요."

"동전을 던져?"

"네. 그래서 막스가 마델레이네를 고르고, 둘이 방으로 들어 갔어요. 나랑 켄네트라는 남자는 부엌에 남았고요. 우리는 하려 고 했는데……."

"그런데?"

"당신도 그런 파티를 직접 해봐야 해요. 우리는 먼저 따로따 로 하고, 그 뒤에도 남자들이 할 수 있으면 다 같이 하려고 했어 요. 그게 진짜 제일 재밌어요."

"그다음에 불을 껐나?"

"네. 그 남자랑 나는 부엌 바닥에 누웠어요. 하지만……."

"하지만 뭐?"

"어, 좀 웃긴 일이 있었어요. 내가 기절한 거 있죠. 나중에 마 델레이네가 기어와서 나를 막 흔들기에 깼는데, 마델레이네 말 이 내가 안 깨서 막스가 짜증이 났다는 거예요. 그때 나는 그 남자 몸 위에 엎어져 있었어요."

"부엌하고 방 사잇문은 닫혀 있었나?"

"네. 그리고 켄네트라는 남자도 잠들어 있었어요. 마델레이네가 그 남자를 깨우기 시작했죠. 나는 라이터를 켜서 시간을 확인했는데, 글쎄 내가 부엌에 그 남자랑 한 시간 넘게 그렇게 엎어져 있었더라고요."

군발드 라르손은 고개를 끄덕였다.

"어, 나는 기운이 하나도 없었어요. 그래도 일어나서 방으로 갔는데, 막스는 아무렇지도 않더라고요. 막스는 날 붙잡아서 벌렁 눕히고 말했어요⋯⋯."

"뭐라고?"

"이제 좀 해볼까, 하고. 그 빨간 머리 년은 별로였으니까요. 그다음에⋯⋯."

"다음에?"

"그다음에는 총소리 같은 게 빵 터지고는 사방에 연기랑 불이 가득했다는 것 말고는 기억이 안 나요. 그러다가 당신이 와서⋯⋯ 세상에, 끔찍했어요."

"뭔가 이상한 건 눈치채지 못했나?"

"그때 내가 잠들어버린 것만요. 보통은 안 그러거든요. 나는 진짜 전문가들하고 아주 많이 해봤는데, 다들 나더러 끝내주게 잘한다고 했어요. 몸매도 보기 좋고요."

군발드 라르손은 고개를 끄덕이고 종이를 치웠다. 그러고는 여자를 한참 바라보다가 말했다.

"난 네가 못생긴 편이라고 생각해. 가슴은 늘어졌고 눈 밑도 처졌고 꼭 병든 사람처럼 보여. 몇 년 더 지나면 넌 완전히 망가져서 아주 끔찍해 보일 거고, 그땐 아무도 곁에 얼씬도 안 하려고 들 거야. 그럼 이만."

그는 1층까지 내려왔다가 멈춰서 도로 그 집으로 올라갔다. 여자는 가운을 벗고 선 채 손가락으로 겨드랑이를 더듬고 있었다. 여자가 키득거리면서 말했다.

"병원에 있는 동안 겨드랑이 털이 송송 났어요. 마음 바뀌었어요?"

"넌 스몰란드로 가는 표를 사서 집으로 돌아가서 제대로 된 일자리를 구하는 게 좋겠어." 그가 말했다.

"일자리가 없는걸요." 여자가 말했다.

군발드 라르손은 문이 떨어져 나올 정도로 세게 닫고 나왔다.

그러고는 예트가탄 거리에서 일 분쯤 꼼짝 않고 서 있었다. 자신이 무엇을 알아냈을까? 말름의 집에서 나온 가스가 아마도 수도관이나 배수관을 통해서 윗집 부엌으로 스며들었다는 것. 그 농도는 부엌에 있던 사람들이 잠들어버릴 정도는 되었지만 카린 소피아 페테르손이 라이터를 켰을 때 불이 붙을 정도는 아니었다는 것.

그게 무슨 의미지? 전체적으로 아무 의미도 없었다. 최소한 그를 조금이라도 기쁘게 할 만한 의미는 없었다.

몸이 끈적끈적하고 불결한 기분이었다. 열여섯 살 여자아이와 더러운 방에서 이야기를 나눈 것 때문에 지극히 육체적인 불쾌감이 들었다. 그는 스투레 목욕탕으로 직행하여, 남성 전용 터키탕에서 머리를 비우고 세 시간을 보냈다.

그 월요일 오후, 마르틴 베크는 아무도 엿듣지 말았으면 싶은 전화를 한 통 걸었다. 콜베리와 스카케가 사라질 때까지 기다렸다가, 과학수사연구원으로 전화를 걸어서 옐름을 찾았다. 옐름은 세계 최고로 노련한 과학수사 요원 중 하나로 꼽히는 사람이었다.

"말름의 시신을 부검 전에도 보고 부검 후에도 봤죠?" 마르틴 베크는 물었다.

"그래요, 그랬습니다." 옐름이 시큰둥하게 대답했다.

"보기에 특이한 점이 뭐 없었습니까?"

"별로. 있었다고 하면 시신이 아주 바싹 타버렸다는 것 정도겠죠. 사방에서 말입니다. 무슨 뜻인지 알지 모르겠지만. 등을 대고 누워 있었는데도 등까지 다 탔죠."

옐름은 잠시 말을 멎었다가 생각을 곱씹듯 덧붙였다. "물론 매트리스도 홀랑 타긴 했지만."

"맞아요, 그렇죠." 마르틴 베크가 말했다.

"당신들 통 이해가 안 되는군요." 옐름이 불평했다. "그 사건은 종료되지 않았나요? 그런데도……."

그때 콜베리가 문을 열었고, 마르틴 베크는 황급히 대화를 끝냈다.

12.

19일 화요일 점심, 군발드 라르손은 죄다 포기할 참이었다. 그는 자신이 지난 며칠 동안 했던 활동의 일부가 규정에 철저히 어긋난다는 걸 알았고, 행동을 정당화할 소득을 지금까지 얻지 못했다는 것도 알았다. 그는 불이 났을 때 건물에 있었던 사람들과 예란 말름 사이에 무슨 관계가 있는지를 알아내는 데 실패했으며, 더구나 점화 불꽃이 어디에서 발생했는가 하는 문제는 이전보다 더 미궁에 빠졌다.

아침에 남부 병원을 방문했을 때도 이런저런 가정을 확인하는 것 이외의 소득은 올리지 못했다. 크리스티나 모디그가 좁은 다락에서 잤던 건 그 집에 공간이 부족했고 그 아이는 시끄러운 어린 동생들에게 시달리기를 싫어했기 때문이었다. 아이의 습관은 바람직하지 않은 것이었겠지만, 솔직히 경찰이 상관할 일은 아니지 않은가? 한때 그 아이는 미성년자로서 국가의 관리 대상이었지만, 요즘은 탈선한 여자 청소년 문제에 대해서 당국의 시각이 바뀌는 추세였다. 일탈한 아이가 너무 많았고, 사회복지사는 너무 적었으며, 교정 조치란 존재하지 않거나 시대에 맞지 않았다. 그 결과 청소년들은 대체로 제멋대로 하게 되었고, 당국은 평판이 나빠졌으며, 부모들과 선생들은 좌절과 무력감에 빠졌다. 그러나 앞에서도 말했지만, 그건 경찰이 상관할 일이 아니었다.

안나카이사 모디그가 정신과 치료가 시급한 상태라는 사실은 군발드 라르손처럼 둔감한 사람이 보기에도 명백했다. 여자는 넋이 나갔고, 대화하기 어려웠고, 진저리를 내며 몸을 떨었으며, 툭하면 울음을 터뜨렸다. 군발드 라르손은 다락에 석유난로가 있었다는 사실을 알아냈지만, 그건 진작 알던 바였다. 대화에서 얻은 소득은 전혀 없었다. 그래도 그는 의사가 질려서 쫓아낼 때까지 눌러앉아 있었다.

막스 칼손이 산다는 팀메르만스가탄의 아파트에는 인기척이 없었다. 군발드 라르손이 힘차게 문을 차보았는데도 그랬다. 이유는 그냥 집에 아무도 없기 때문일 것이다.

군발드 라르손은 볼모라의 집으로 갔다. 체크무늬 앞치마를 허리에 두르고 부엌으로 가서 계란과 베이컨과 튀긴 감자를 맛있게 요리했다. 기분에 맞는 종류의 차를 골랐다. 식사를 마치고 설거지도 끝냈을 때는 오후 3시가 넘어 있었다.

그는 잠시 창가에 서서, 고상하지만 지겹도록 따분한 교외의 고층 아파트 단지를 내다보았다. 그러고는 내려가서 차를 타고 팀메르만스가탄으로 돌아갔다.

막스 칼손은 오래되었지만 관리가 잘된 건물의 2층에 살았다. 군발드 라르손은 차를 세 블록 떨어진 곳에 세웠는데, 조심성을 발휘해서 그런 게 아니라 만성적 주차 공간 부족 때문이었다. 그는 성큼성큼 인도를 걷다가, 입구가 십 미터도 안 남았을 때 맞은편에서 누가 다가오는 걸 봤다. 열셋이나 열네 살쯤 된 여자아이였다. 여느 수많은 여자아이처럼 머리카락을 아무렇게나 길게 늘어뜨렸고, 스티치가 두드러진 까만 진 바지와 재킷을 입었다. 한 손에 닳은 가죽 가방을 든 품이 아마 학교에서 곧장 나온 듯했다. 지극히 평범한 분위기와 복장이었기 때문에, 만일 아이가 그렇게 행동하지 않았다면 군발드 라르손은 눈길도 주지 않았을 것이다. 아이는 떳떳하고 자연스러워 보이려고 애쓰는 사람처럼 태연하게 행동했지만, 그러면서도 불안과 죄책감이 뒤섞인 흥분에 겨운 나머지 자꾸 주위를 두리번거렸다. 그러다가 그와 눈이 마주치자, 일순 멈칫했다가 도로 자세를 가다

들었다. 그래서 그는 아이를 지나치고 입구도 지나쳐 계속 걸었다. 아이는 고개를 휙 젖히면서 출입문으로 꺾어져 들어갔다.

군발드 라르손은 우뚝 멈춰 서서, 뒤로 돌아 아이를 따라 갔다. 덩치가 크고 육중한 그였지만 움직임은 날쌔고 조용했다. 여자아이가 칼손의 문을 두드릴 때 그는 벌써 계단을 반쯤 올라가 있었다. 아이는 가볍게 네 번 두드렸다. 모종의 간단한 신호가 틀림없었다. 군발드 라르손은 그 리듬을 기억해두려고 했다. 아이가 오륙 초쯤 간격을 둔 뒤 연달아 반복했기 때문에 기억하기가 수월했다. 두 번째 노크가 울리자마자 문이 열렸다. 안전 체인을 푸는 소리, 문이 열리는 소리, 금세 다시 닫히는 소리가 들렸다. 그는 건물 현관으로 도로 내려가서, 벽에 등을 대고 선 채 꼼짝 않고 기다렸다.

이삼 분 뒤, 위에서 그 집 문이 다시 열리고 계단을 내려오는 경쾌한 발소리가 들렸다. 신속한 거래인 것 같았다. 여자아이는 가방 바깥 주머니를 닫으려 만지작거리면서 출입구로 나왔다. 군발드 라르손은 왼손을 뻗어서 아이의 손목을 낚아챘다. 아이는 우뚝 서서 그를 보았지만, 소리를 질러 도움을 요청하거나 몸을 빼어 달아나려는 시도는 하지 않았다. 딱히 겁먹은 것 같지도 않았다. 오히려 조만간 이런 일이 있으리란 걸 예상했다는 듯 체념한 표정이었다. 그는 여전히 말 한 마디 없이 아이의

사라진 소방차

가방을 열어 성냥갑을 꺼냈다. 속에 흰 알약 열 알이 담겨 있었다. 그는 아이의 손목을 놓아주고, 가보라고 고갯짓했다. 아이는 핼쑥하고 놀란 표정으로 그를 보고는 달려나갔다.

군발드 라르손은 서두르지 않았다. 알약을 잠시 바라보다가, 주머니에 넣은 뒤 천천히 계단을 걸어 올라갔다. 문 밖에서 삼십 초 기다리면서 귀를 기울였다. 아파트 안에서는 아무 소리도 나지 않았다. 그는 손을 들어, 손가락 끝으로 재빨리 노크하기를 두 차례, 오 초쯤 간격을 두고 반복했다.

막스 칼손이 문을 열었다. 마지막으로 봤을 때보다 한결 단정한 모습이었지만 군발드 라르손은 그의 얼굴을 기억했다. 상대를 알아보기는 저쪽도 마찬가지였다.

"안녕하십니까." 군발드 라르손이 발을 문안으로 끼우면서 말했다.

"아, 당신입니까?" 막스 칼손이 말했다.

"그냥 어떻게 지내시나 궁금해서요."

"잘 지냅니다. 고맙습니다."

남자는 난감한 입장이었다. 남자는 손님이 경찰이라는 걸 알았고, 그가 사전에 약속된 신호를 썼다는 것도 알았다. 안전 체인은 걸려 있었지만, 만일 정말로 숨길 게 있어서 문을 닫으려 한다면 그건 뭔가 켕기는 게 있다는 뜻이 될 것이었다.

"몇 가지 묻고 싶어서요." 군발드 라르손이 말했다.

군발드 라르손의 입장도 간단하진 않았다. 그는 그 집에 들어갈 권리가 없었고, 상대가 자발적으로 동의하지 않는 한 그를 공식적으로 신문할 권리도 없었다.

"아." 막스 칼손은 막연하게 대답했다. 체인을 풀려고는 하지 않았지만, 어떤 태도를 취해야 할지 알 수 없어서 망설이는 게 분명했다.

군발드 라르손은 오른쪽 어깨를 문에 댄 뒤 갑자기 온 몸무게를 실어서 미는 것으로 문제를 풀었다. 체인의 나사가 메마른 나무 틀에서 뜯겨나가면서 삐걱거렸다. 안쪽에 선 남자는 문에 부딪히지 않기 위해서 황급히 물러났다. 군발드 라르손은 안으로 들어가서 문을 닫고 열쇠를 돌렸다. 망가진 체인을 보며 말했다.

"설치가 엉망이네."

"당신 미쳤습니까?"

"더 긴 나사를 쓰세요."

"이게 무슨 짓입니까? 어떻게 이런 식으로 마구 쳐들어옵니까?"

"그럴 뜻은 아니었는데." 군발드 라르손이 말했다. "저게 부러진 건 내 탓이 아닌걸. 더 긴 나사를 쓰라고 하지 않았습니까?"

"원하는 게 뭡니까?"

"그냥 얘기를 좀."

군발드 라르손은 집을 둘러보고 남자가 혼자라는 걸 확인했다. 아파트는 넓진 않았지만 쾌적하고 안락해 보였다. 막스 칼손도 꽤 점잖은 사람으로 보였다. 키가 크고, 어깨가 넓고, 몸무게는 최소한 팔십오 킬로그램은 나가는 것 같았다. 스스로를 잘 돌보는 사람인 것 같군, 군발드 라르손은 생각했다.

"얘기?" 남자가 주먹을 쥐면서 말했다. "뭐에 대해서요?"

"그 집에 불이 나기 전에 당신이 거기서 뭘 했는가에 대해서."

남자는 살짝 긴장을 푸는 듯했다.

"아, 그거요."

"그래요, 그거요."

"그냥 조촐하게 파티를 했습니다. 샌드위치도 먹고 맥주도 마시고, 레코드판도 듣고."

"가족 모임처럼요."

"네. 그 마델레이네란 애는 내 거였고……."

남자는 말을 멈추고 짐짓 괴로운 표정을 지어 보이려 했다.

"그리고?" 군발드 라르손이 조용히 물었다.

"켄네트는 칼라란 여자애랑 짝이었습니다."

"그러니까 다른 일은 없었단 겁니까?"

"다른 일이라뇨? 무슨 뜻입니까?"

"방금 오 분 전에 여기 왔던 여학생, 그 아이는 누구 짝이었습니까?"

"무슨 여학생? 아무도 안 왔는데……."

군발드 라르손이 잽싸고 세게 남자를 때렸다. 남자는 불시에 당했다.

남자는 비틀거리며 두 발짝 물러났지만 넘어지진 않았다. 대신 말했다.

"망할 놈의 경찰이 무슨 짓이야?"

군발드 라르손이 다시 남자를 쳤다. 남자는 탁자 모서리를 붙잡았지만 균형을 잡진 못했다. 탁자에 깔린 천을 움켜쥔 채 쓰러지자 두꺼운 유리로 된 장식용 물병이 바닥에 떨어졌다. 남자는 한쪽 입꼬리에서 가늘게 피를 흘리면서 일어났고, 그러면서 오른손으로 묵직한 유릿조각을 하나 움켜쥐었다.

"아니, 이 망할……."

남자는 왼손 손등으로 제 얼굴을 쓰다듬고는 피가 묻은 걸 보고 무기를 치켜들었다.

군발드 라르손이 세 번째로 남자를 때렸다. 남자는 비틀비틀 뒷걸음치다가 의자에 부딪혀 의자와 함께 바닥으로 나동그라졌다. 남자가 엎드리며 일어나는 동안, 군발드 라르손이 남자의 오른쪽 손목을 세게 찼다. 유리 물병이 쏜살같이 마루를 굴러서 벽에 가 쿵 부딪혔다.

막스 칼손은 한쪽 무릎을 대고 천천히 일어나면서 한 손으로 한 눈을 가렸다. 다른 쪽 눈동자에 겁먹고 불안한 기색이 어려 있었다. 군발드 라르손은 차분히 말했다.

"자, 물건은 어딨지?"

"무슨 물건?"

군발드 라르손은 주먹을 쥐었다.

"아니, 아니, 제발." 남자가 서둘러 말했다. "그만둬요. 난……."

"어디?"

"부엌에."

"부엌 어디?"

"스토브 아래쪽에."

"한결 낫군." 군발드 라르손이 말했다.

그는 움켜쥔 제 오른 주먹을 바라보았다. 주먹은 큼지막했고, 두꺼운 금발 털이 그슬렸던 자리마다 불긋불긋했다. 막스 칼손도 그 주먹을 바라보았다.

"그러면 이제 말해보지. 로트하고 두 창녀하고 뭘 했지?" 군발드 라르손이 물었다.

"우리는 섹스……."

"당신들의 추잡한 성생활에는 흥미 없어. 내가 알고 싶은 건 누가 집에 불을 질렀느냐야."

"불을 지르다니……. 아니, 맙소사, 그 일에 대해선 전혀 몰라요. 켄네트도 죽었으니까……."

"로트는 뭘 취급했지? 마약?"

"내가 어떻게 압니까……?"

"사실대로 말해." 군발드 라르손이 경고했다.

"아니, 아니. 그만해요. 차라리 날 경찰서로 데려가요."

"오, 이젠 그럴 맘이 나셨다?" 군발드 라르손이 한 발짝 다가서며 말했다.

"로트도 마약상이었나?"

"아니…… 술을……."

"술?"

"그래요."

"장물?"

"그래요."

"밀매?"

"그래요."

"그자는 자기 물건을 어디 보관했지?"

"그게……."

"그래, 순순히 불라고."

"자기가 살던 집 다락에."

"당신은 술은 취급하지 않고?"

칼손이 고개를 저었다.

"여자하고 약만?"

"그래요."

"말름은? 그는 뭘 했지?"

"난 말름은 모릅니다."

"아, 그러셔."

"잘은 몰랐어요."

"하지만 당신하고 로트하고 말름하고 다 같이 사업을 하긴 했지?"

칼손은 입술을 핥았다. 여전히 손으로 오른눈을 가리고 있었다. 왼쪽 눈은 증오와 두려움이 섞인 묘한 느낌으로 번득였다.

"말하자면." 이윽고 나온 대답이었다.

"로트하고 말름은 서로 알았고?"

"그래요."

"그러니까 로트도 밀주업자였나?"

"그래요."

"당신은 약을 팔았고. 불과 십 분 전까지. 이제는 영업을 중단하셨지만 말이야. 말름은 뭘 했나?"

"차에 관련된 일이었던 것 같았어요."

"아하." 군발드 라르손이 말했다. "당신들 셋은 각자 전문 분야가 있는 소규모 업자들이었군. 공통점이 뭐였지?"

"없어요."

"누가 보스였느냐고 묻는 거야."

"없었어요. 무슨 소릴 하는지 모르겠군요."

주먹이 네 번째로, 엄청난 힘으로 나갔다. 주먹은 남자의 오른쪽 어깨를 쳤고, 남자는 속수무책으로 떠밀려 벽에 부딪혔다.

"이름." 군발드 라르손이 으르렁댔다. "이름을 대! 냉큼!"

쉰 목소리가 속삭이며 대답했다.

"올로프손. 베르틸 올로프손."

군발드 라르손은 자기가 열흘 전에 목숨을 구해주었던 막스 칼손이란 남자를 한참 쳐다보았다. 그러다가 이윽고 철학자처럼 읊었다.

"진실을 말하라. 그것은 봄, 여름, 가을, 겨울 늘 이기기 마련. 언제나 여름옷을 차려입고, 어떤 날씨에도 나간다."

남자의 다치지 않은 눈이 영문 모르겠다는 듯 군발드 라르손

사라진 소방차

을 보았다.

"이제 부엌으로 가서 물건을 어디 숨겼는지 보여주시지."

은닉처는 교묘하게 만들어져 있어서, 대충 수색했다가는 간과하기 쉬웠을 것 같았다. 스토브의 하단을 뜯어내 속을 비운 공간에 물건이 가득 들어 있었는데, 마리화나에 암페타민도 있었고 모두 깔끔하게 묶음으로 나뉘어 있었다. 하지만 굉장히 많은 양은 아니었다. 칼손은 전형적인 말단 판매자였다. 학생들의 용돈, 혹은 아이들이 부모에게 훔쳤거나 공중전화와 자판기를 털어서 마련한 돈을 받고 점심시간에 마약을 내주는 잔챙이였다. 물건이 그에게 오기까지 얼마나 많은 중간상을 거쳤는지는 그도 모를 게 분명했다. 그와 악의 근원 사이에는 정치적 오산과 실패한 사회철학이라는 거대한 복합체가 놓여 있었다.

군발드 라르손은 현관으로 나가서 경찰에 전화했다.

"마약단속반을 두 명 보내." 간단히 말했다.

칼손을 데리러 온 이들은 마약만 취급하는 특별 부서 소속이었다. 둘 다 덩치가 컸고, 볼이 붉었고, 알록달록한 스웨터와 털모자로 산뜻하게 입었다. 한 명이 들어오면서 군발드 라르손에게 경례를 붙이자 그가 못되게 말했다.

"변장 한번 잘했군. 낚싯대도 가지고 다니는 게 좋겠는걸. 제복 바지는 그렇게 양말에 쑤셔 박으면 망가지지 않나? 그리고 또, 아이슬란드 스웨터를 입었을 땐 경례를 붙이지 않는 법이야."

두 마약 단속반 남자는 볼이 한층 붉어졌고, 흐트러진 가구에서 용의자의 멍든 눈으로 시선을 옮겼다.

"문제가 좀 있어서." 군발드 라르손은 대수롭지 않게 말했다. 그러고는 뒤로 돌아 덧붙였다.

"이 사건을 맡는 사람에게 가서 말해. 저 남자 이름은 막스 칼손이고 아무것도 실토하지 않을 거라고."

그는 어깨를 으쓱한 뒤 떠났다.

군발드 라르손이 옳았다. 남자는 입도 벙긋하지 않았다. 자기 이름이 막스 칼손이라는 것도 말하지 않았다. 그런 타입이었다.

군발드 라르손은 이제 셸드가탄의 건물에 잔챙이 범죄자가 셋 있었다는 것, 그중 둘은 죽었고 세 번째 사람은 감옥행이라는 걸 알아냈다. 하지만 논란이 분분한 첫 불똥이 어디에서 발생했는지는 알아내지 못했고, 그걸 알아낼 가망은 전보다 더 희박해진 듯했다.

한편 그는 자신이 병가중이라는 사실을 떠올렸다. 그는 집으로 가서 옷을 벗고 샤워를 했다. 전화 코드를 뽑고, 침대에 누워, 색스 로머의 소설을 펼쳤다.

사라진 소방차

13.

별이 폭발한 것처럼 충격적인 그 소식은 이튿날, 즉 3월 20
일 수요일 점심시간 삼십 분 전에 도착했다. 억울하게도 소식을
받은 사람은 콜베리였다.

콜베리는 베스트베리아의 남부 경찰서 자기 책상에 앉아서
《스벤스카 다그블라데트》의 체스 문제를 풀고 있었다. 하지만
점심으로 뭘 먹게 될까 하는 생각이 자꾸 드는 바람에 집중이
되지 않아 잘 풀리지 않았다. 그는 한 시간 전에 아내에게 전화
를 걸어서 점심을 집에서 먹을 거라고 말해두었다. 교묘한 계획
이었다. 아내에게 준비할 시간을 충분히 주었으니 뭔가 특별한
요리를 기대해도 좋을 거라는 점에서 그랬다.

마르틴 베크는 아침에 전화를 걸어서 본부에서 무슨 회의가

있으니 늦을 거라고 중얼거렸다. 콜베리는 스카케에게도 일을 주어 내보냈다. 스카케의 다리 근육을 강화해줄지도 모른다는 것 외에는 별로 쓸모없는 임무였다.

콜베리는 시계를 흘긋 보았다. 일상이, 그리고 기대할 일이 있다는 사실이 자못 만족스러웠다.

그 순간 전화가 울렸다.

그는 수화기를 들었다.

"네, 콜베리입니다."

"음. 아니, 옐름입니다. 여보세요!"

콜베리는 최근 과학수사연구원에 뭘 문의했던 기억이 없는지라 아무 생각 없이 말했다.

"안녕하세요! 뭘 도와드릴까요?"

"댁이 정말로 날 도울 수 있다면 범죄학 역사상 최초의 사건이겠군." 전화를 건 남자가 신랄하게 대꾸했다.

옐름은 성마르고 짜증이 잦았지만 유명한 과학수사 요원이었다. 그의 심기를 거슬러서 좋을 게 없다는 건 콜베리도 경험으로 아는 바였다. 그래서 콜베리는 꼭 필요한 경우가 아니면 옐름에게 말하길 꺼리는 편이었고, 이번에도 아무 말도 하지 않았다.

"가끔은 자네들이 제정신인지 의심스럽다니까." 옐름이 불평했다.

"왜요?" 콜베리가 정중하게 물었다.

"열흘 전에 멜란데르가 화재 현장의 수집품 수백 점을 우리한테 보냈어요. 낡은 깡통부터 군발드 라르손의 지문이 묻은 돌까지 쓰레기 같은 잡동사니들을 잔뜩."

"아, 그래요."

"아, 그래요라니, 댁은 그렇게 말할 수 있겠지. 여기 앉아서 하루 종일 난장판을 뒤질 필요는 없으니까. 꽁꽁 언 개통을 비닐 봉지에 담아서 이름표에 '미확인 물체'라고 적어넣는 건 쉽지만, 그게 뭔지 정체를 알아내는 건 훨씬 더 어렵단 말이오. 동의하지 않소?"

"일이 아주 많은 건 잘 압니다." 콜베리는 싹싹하게 대꾸했다.

"아주 많아? 그거 무슨 농담인가? 우리가 매년 분석을 몇 건이나 하는지 알아요?"

콜베리는 털끝만큼도 짐작 가는 바가 없었기에 추측을 삼갔다.

"오만 건이야. 그런데 여기 인원이 몇인지 알아요?"

잠시 침묵이 흘렀다.

"뭐, 그건 그렇고." 옐름이 말했다. "우리가 엿새 동안 그것들을 조사했는데, 뢴이 전화를 걸어서는 사건이 종료되었으니까 몽땅 쓰레기통에 내버리라고 하더군요."

콜베리는 짜증스럽게 시간을 확인했다.

"맞습니다. 정확히 그렇습니다."

"그래요? 정확히 그렇단 말이지. 그런데 우리가 그걸 치우기도 전에 이번에는 군발드 라르손이 전화를 걸어서, 사건이 종료되지 않았으니까 계속 분석을 진행해달라고 하더군. 그것도 아주 급하고 중요하다고 하면서."

"군발드 라르손은 그런 말 할 자격이 없어요." 콜베리가 황급히 말했다. "그 친구는 머리를 찢어서 전보다 더 정신이 나갔다고요."

"아하. 내가 월요일에 함마르를 우연히 만났는데, 함마르도 댁이 한 말을 똑같이 하더군요. 그 사건은 종료되었고 다 해결됐다고."

"그래서요?"

"그런데 십오 분 뒤에, 이번에는 무려 베크가 전화를 걸어서는 망할 화재 현장에서 뭔가 '특이한' 걸 발견한 게 없느냐고 묻더군요."

"마르틴이?"

"그래요. 그가. 그러니까 다들 우리한테 퍼부어대는 거요. 멜란데르도 뢴도, 라르손도 함마르도 베크도. 한 명씩 한 명씩 그러는데 다들 말이 다른 거지. 그러니까 우리는 뭐가 뭔지 알 수가 없고."

"그래서요?"

"그래서 내가 오늘 이 사태에 책임이 있는 사람하고 접촉해보려고 했지. 그런데 무슨 답을 들었는지 아시오? 라르손은 병가라서 집에 있다더군요. 집으로 전화했더니 안 받아. 그래서 함마르를 찾았는데 그는 휴가라고 하고. 그다음에는 멜란데르를 찾았더니, 전화 받은 사람이 그는 한 시간 전에 화장실에 갔는데 여태 안 나타난다고 하더군요. 뢴은 퇴근했고, 베크는 회의에 들어갔고, 스카케는 뢴을 찾으러 갔다나. 마침내 에크하고 연결되었는데, 그 사람은 막 휴가에서 돌아온 터라 내가 무슨 말을 하는지 전혀 모르겠다더군요. 그러면서 나더러 휴가 간 함마르나, 회의에 들어간 베크나, 벌써 퇴근한 뢴이나, 뢴을 찾으러 간 스카케한테 전화해보라는 거요. 그래서 내가 통화할 수 있는 사람은 당신뿐이죠."

불행하게도 말이지. 콜베리는 속으로 그렇게 생각했지만 입으로는 이렇게 말했다. "그래서 용건이 뭡니까?"

"그게, 이 말름이란 남자는 매트리스에 반듯이 누워 있었는데, 내가 베크한테도 말했지만 등 쪽도 제법 심하게 탔어요. 베크하고 나는 매트리스도 타서 그렇다고 결론 내렸었지. 논리적인 결론 같지 않아요?"

"물론입니다. 하지만 보세요, 이 사건은 정말 종료되었다고요."

"과연 그럴까." 옐름이 심술궂게 말했다. "우리가 매트리스에서 원래 있어서는 안 될 걸 몇 개 발견했거든."

"뭡니까?"

"예컨대 작은 용수철 하나, 알루미늄 캡슐 하나, 몇 가지 특이한 화학물질의 자취."

"그게 무슨 뜻이죠?"

"방화였단 뜻이지." 옐름이 말했다.

14.

렌나르트 콜베리는 평소 말문이 막히는 사람이 아니었지만, 이 순간에는 돌로 변한 듯 일 분 가까이 가만히 앉아서 창밖으로 펼쳐진 남부 경찰서 주변의 불쾌하고 시끄러운 교외 주거지와 산업 지구를 망연히 바라보았다. 이윽고 그가 힘없는 목소리로 못 믿겠다는 듯이 물었다.

"뭐라고요? 그게 무슨 뜻입니까?"

"내가 똑똑히 말하지 않았소?" 옐름이 의기양양 대꾸했다. "아니면 덜 똑똑하게 말해야 이해하시려나? 화재가 고의였다고요. 한마디로 방화였다고."

"방화요?"

"그래요. 그 점은 더 묻고 자시고 할 것도 없어요. 누군가 매트리스에 시간 지연 퓨즈가 달린 기폭 장치를 설치해둔 거예요. 작은 화학적 폭탄인 셈이죠. 시한폭탄."

"시한폭탄요?"

"그래요. 작고 귀여운 폭탄. 단순하고 다루기 쉽고, 아마 성냥갑보다 크지 않았을걸. 물론 잔해가 거의 없긴 하지만."

콜베리는 말이 없었다.

"지극히 꼼꼼하게 조사하지 않는 한 흔적도 발견하지 못할 가능성이 높아요." 옐름이 설명했다. "뭘 찾는지를 알고 봐야 보이지."

"그런데 당신은 알았다고요? 요행히?"

"우리 같은 일을 하는 사람들은 운에 맡기지 않아요. 내가 특정한 세부에 주목해서 특정한 결론을 끌어낸 거지."

콜베리는 이제 충분히 정신을 가다듬었기에, 슬슬 짜증이 나기 시작했다. 그는 텁수룩한 눈썹을 끌어내리면서 말했다.

"자기 능력이 얼마나 뛰어난지 곱씹는 짓은 그만두시고, 말할 게 있으면 그냥 다 말해요, 제발."

"벌써 말했잖아요." 옐름은 거만하게 받았다. "한마디로 다시 요약해주길 바란다면, 누군가 말름의 매트리스에 화학적 시한폭탄을 장치했다고요. 기폭 장치가 달린 화학물질을. 기폭 장치는 용수철 하나로 된 작은 장치여서, 단순한 시계랑 비슷하게

사라진 소방차

생긴 거였어요. 우리가 잔해를 좀더 분석하고 나면 더 자세한 사항을 알 수 있을 겁니다."

"확실합니까?"

"확실하냐고? 우리는 추측 따위는 안 해요. 애초에 남자가 펜싱 자세로 발견되었는데도 등 쪽 옷하고 피부가 꽤 심하게 탔다는 사실을 아무도 눈여겨보지 않았던 게 이상한 일이지. 침대는 제법 형체를 유지하고 있었는데 매트리스만 전소되다시피했다는 사실도."

"매트리스에 폭탄이라." 콜베리가 의심쩍은 듯 말했다. "성냥갑만 한 시한폭탄이라고요? 만우절은 열흘이나 남았는데."

옐름이 알아듣지 못할 소리를 웅얼거렸다. 좌우간 점잖은 말은 아니었다.

"그런 얘기는 처음 들어보는데." 콜베리가 말했다.

"나는 들어봤어요. 내가 아는 한 여기 스웨덴에서는 새로운 수법이지만, 대륙에서는 사건이 더러 있었던 걸로 알거든. 대개 프랑스에서. 이 비슷한 장치를 본 적도 있어요. 파리에서. 라쉬르테*에서."

스카케가 노크도 없이 방에 들어섰다. 그러나 콜베리의 혼란

---

* 파리 경찰.

스러운 얼굴을 보고는 입을 헤벌리고 우뚝 멈춰 섰다.

"당신들도 이따금 연구 출장을 다녀보면 나쁠 게 없을 텐데요." 옐름이 짓궂게 말했다.

"그 빌어먹을 장치에 시간은 얼마나 설정할 수 있습니까?"

"내가 파리에서 봤던 건 최대 여덟 시간 설정할 수 있었어요. 그리고 지정한 시각에 맞춰서 터뜨릴 수 있고."

"틀림없이 소리는 들리겠죠? 재깍거리는 소리가?"

"손목시계 소리보다 크진 않을걸요."

"터지면 어떻게 됩니까?"

"화학물질로 인한 고온의 불이 눈 깜박할 새에 일죠. 불은 일 이 초 만에 근처로 번지는데, 통상적인 방법으로는 못 꺼요. 그 위에 누워 자고 있던 사람이라면 탈출 가능성은 없다시피 할 거요. 그리고 경찰은 십중팔구 침대에서 담배를 태우다가 난 불이라고 추측하거나 그 밖의 다른 설명을 떠올릴 텐데……."

옐름은 잠시 침묵하여 극적 효과를 준 뒤에 말을 맺었다.

"……사건을 담당한 과학수사관의 박식함과 관찰력이 대단히 뛰어나지 않다면 말이죠."

"아니." 콜베리가 대뜸 말했다. "이건 말도 안 됩니다. 우연의 일치에도 한계가 있지. 말름이란 작자가 집에 와서 문틈이랑 환풍기를 다 막고 가스를 틀고 침대에 누웠는데 마침 그 침대가 누가 사전에 시한폭탄을 설치해둔 침대였다고요? 말름이 먼저 자살을 했고, 이미 죽은 상태로 살해당했다고요? 그리고 마침 그 폭탄 때문에 가스에 불이 붙어서 온 건물이 날아가고, 세 명이 타 죽었다고요? 그것도 수사 역사상 최고로 아둔한 형사 중 한 명이 멍청하게 서서 지켜보는 코앞에서? 이걸 다 어떻게 설명할 겁니까?"

"그건 나랑은 상관없는 일인데." 옐름이 드물게 다정한 말투로 대답했다. "난 사실을 알려드릴 뿐이에요. 설명은 당신들에게 다 맡기지. 경찰이 하는 일이 그거 아닙니까?"

"끊습니다." 콜베리는 수화기를 내던졌다.

"무슨 일입니까?" 스카케가 물었다. "누가 죽었습니까? 그건 그렇고 뢴은⋯⋯."

"닥쳐. 그리고 상사의 방에 쳐들어올 땐 노크부터 해. 스텐스트룀이 어떻게 됐나 잊지 말라고."

콜베리는 일어나서 문가로 갔다. 모자를 쓰고 코트를 입었다. 그러고는 통통한 검지로 스카케를 가리키면서 말했다.

"아주 중요한 임무를 잔뜩 주지. 본부에 전화해서 마르틴한테 회의를 당장 파하라고 해. 뢴하고 함마르를 찾아내고, 멜란데르도 변소 문을 부숴서라도 찾아내. 그 사람들한테 지금 당장 과학수사연구원의 부서장 옐름한테 전화를 걸라고 말해줘. 에크하고 스트룀그렌한테도 똑같이 말해주고, 그 밖에도 자네가 부서에서 찾을 수 있는 다른 바보들한테 똑같이 말해줘. 그걸 다 마치면, 자네도 자네 방에 가서 옐름한테 전화를 걸어서 무슨 일이냐고 물어봐."

"나가십니까?" 스카케가 물었다.

"공무야." 콜베리는 시계를 봤다. "두 시간 뒤에 쿵스홀름스가탄에서 만나지."

콜베리는 하마터면 베스트베리아알레 대로에서부터 과속으로 잡힐 뻔했다.

팔란데르가탄의 집에 도착하니 아내가 향긋한 냄새에 감싸여 부엌에서 나왔다.

"맙소사, 표정이 이상하네." 아내가 쾌활하게 말했다. "식사는 아직이야. 십오 분 남았는데."

"아냐." 콜베리가 침실 문을 흘깃하고 말했다. "저긴 안 돼. 매트리스가 폭발할지도 몰라."

15.

그날 오후에는 노력이 결실을 좀 맺었다. 함마르에게 연락이 닿았고 그가 자신을 포함하여 적잖이 놀란 다른 팀원들을 어찌어찌 한자리에 모았다는 점에서. 팀원이란 마르틴 베크, 프레드리크 멜란데르, 렌나르트 콜베리, 에이나르 뢴이었다.

함마르는 전보다 더 침울해 보였다. 햇살과 온기와 함께 당도한 봄을 맞아, 그는 아침을 먹으면서 아내에게 은퇴에 대해, 그리고 휴가에 시골 별장으로 떠나는 것에 대해 이야기한 터였다. 그때만 해도 예의 화재 사건이 골칫거리가 될 리는 없다고 믿었으며, 사실 사건 자체를 거의 잊은 터였다. 그런데 징글맞은 옐름이 그의 계획을 느닷없이 망가뜨렸다.

"라르손은 아직 병가인가?" 함마르가 물었다.

"네." 콜베리의 대답이었다. "월계관을 쓰고 쉬고 있습죠."

"월요일에 복귀합니다." 뢴이 코를 풀며 말했다.

함마르는 의자에 등을 기대고 손가락으로 머리카락을 훑은 뒤 뒤통수를 긁었다.

"우리는 베르틸 올로프손이란 자에게 집중해야 할 것 같군." 함마르가 말했다. "말름은 그냥 잔챙이였어. 가련하고, 병들고, 알코올의존증이고, 게으르고, 그냥 그런 인간이었어. 그런 인간을 대체 누가 수고스럽게 처치하려고 했는지 상상하기 어렵지. 말름에 관해서 딱 하나 분명한 점은, 올로프손이 어떤 범죄에 관련되었다는 사실을 그가 분명 알았다는 거야. 그게 뭔지는 우리가 모르지. 그러니까 올로프손을 좀더 면밀히 살펴보자고."

"아무렴요." 장광설에 질린 콜베리가 대꾸했다.

"우리가 올로프손에 대해서 뭘 알지?" 함마르가 따지듯 물었다.

"실종됐다는 것." 뢴이 비관적으로 대답했다.

"몇 년 전에 일 년 복역을 선고 받았었습니다." 마르틴 베크가 말했다. "절도였던 것 같은데. 재판 기록을 찾아봐야 할 겁니다."

멜란데르가 입에서 파이프를 빼며 말했다.

"절도랑 문서 위조로 십팔 개월 형. 1962년. 쿰라에서 복역

했어."

다른 사람들이 놀라면서도 그러면 그렇지 하는 눈으로 멜란데르를 쳐다보았다.

"자네 기억력이야 익히 알지만, 그래도 선고 기록까지 죄다 머릿속에 저장하고 있는 줄은 몰랐네." 콜베리가 말했다.

"사실 요전날 올로프손의 기록을 살펴봤거든." 멜란데르가 태연하게 대답했다. "어떤 인물인지 알아두면 좋을 것 같아서."

"행여나 그자가 지금 어디 있는지도 아는 건 아닌가?"

"몰라."

침묵이 방을 덮었다. 콜베리가 말을 이었다.

"그래서? 그는 어떤 사람인데?"

멜란데르는 파이프를 빨며 대답을 생각해보는 듯했다.

"그냥 평범한 타입이라고 해야겠지. 마르틴이 말했던 전과가 처음은 아니었어. 하지만 조건 없는 복역을 선고받은 건 그게 처음이었지. 그 전에는 장물 취득, 불법 마약 소지, 자동차 절도, 교통 법규 위반, 그 밖에도 수많은 자잘한 죄목으로 입건되었어. 이 년 전까지 보호관찰 대상이었고."

"아마도 말름이 올로프손의 차를 몰다가 붙잡혔을 때 이미 추적 대상이었겠지." 콜베리가 말했다. "아마도 자동차 절도로. 아니면 다른 일인가?"

"자동차 절도 맞아." 마르틴 베크가 말했다. "그건 내가 전에 알아봤어. 구스타브스베리 경찰이 베름되에 있는 올로프손의 은신처에서 훔친 차를 몇 대 발견했어. 올로프손은 아버지에게 물려받은 오두막을 한 채 갖고 있거든. 오두막은 깊은 숲속 외딴곳에 있어서, 좁은 숲길로 일 킬로미터 넘게 가야 해. 그런데 정말 우연히 구스타브스베리 순찰차가 거길 들어갔다지 뭔가. 거기엔 사람은 없었지만 뒷마당에 세단이 세 대 서 있었어. 차고 안에도 페인트를 칠한 지 얼마 되지 않은 차가 한 대 더 있었어. 차고에는 그 밖에 페인트, 스프레이, 광택제, 번호판, 등록증, 기타 등등도 있었고. 경찰은 차 네 대가 모두 훔친 차라는 걸 확인하자마자 올로프손을 잡으려고 오르스타에 있는 그의 집으로 사람 둘을 보냈어. 하지만 올로프손은 거기 없었지. 그리고 지금까지 행방불명이고."

마르틴 베크는 물병이 놓인 찬장으로 가서 물을 한 잔 따라 마셨다.

"그게 언제였나?" 함마르가 물었다.

"2월 12일이었습니다." 마르틴 베크가 대답했다. "한 달도 더 전이죠."

콜베리가 휴대용 일지를 꺼내 넘겨보았다.

"월요일이었군." 콜베리가 말했다. "올로프손을 붙잡으려는 노력은 안 해봤다나?"

마르틴 베크는 고개를 흔들었다.

"정례적인 수색 외에는. 처음에는 그가 조만간 나타날 거라고 기대했지. 그러다 말름이 붙잡혔고, 말름이 올로프손은 외국에 나갔다고 말했으니까, 경찰은 올로프손의 집과 오두막을 상시 감시하면서 계속 기다렸어."

"올로프손은 구스타브스베리 경찰이 제가 하는 짓을 알아차린 걸 알고 경찰이 오기 전에 용케 도망친 걸까?" 뢴이 물었다.

콜베리가 하품을 했다.

"올로프손이 의도적으로 몸을 숨기고 있는가 하는 건가?" 마르틴 베크가 말했다. "그건 아닐 것 같은데. 오두막 근처에는 경찰이 거기를 기웃거렸다는 사실을 귀띔해줄 만한 사람이 아무도 없었어."

"올로프손이 집에 언제까지 있었는지 아는 사람은 없나?" 멜란데르가 물었다. "예컨대 이웃들한테는 물어봤나?"

"안 물어봤을걸." 마르틴 베크가 대답했다. "올로프손 추적 작업은 통상적인 방식으로만 이뤄졌어."

"달리 말해서 심드렁하게 이뤄졌단 거지." 함마르가 말했다.

그러고서 함마르는 손바닥으로 책상을 때리면서 자리에서 일어나 쩌렁쩌렁한 목소리로 말했다.

"자, 그러면 움직이지, 제군. 이웃들하고 그 밖에도 접촉할 수 있는 모든 사람에게 물어봐. 올로프손과 조금이라도 관계가 있었던 모든 사람에게. 법원 기록, 신상 파일, 그 밖에도 이 망할 악당에 관한 자료란 자료는 싹 다 읽어서 우리가 찾는 인물이 어떤 사람인지 알아봐. 그리고 무엇보다도 그를 찾아내! 당장! 만일 정말로 올로프손이 말름의 매트리스에 그 물건을 심어둔 거라면 전에는 안 그랬더라도 지금은 당연히 몸을 숨기고 있을 거야. 일손이 더 필요하면 말만 해."

"일손이라뇨?" 콜베리가 물었다. "누굴 끌어옵니까?"

"글쎄……." 함마르가 어깨를 치키며 말했다. "그 스카케라는 친구도 있고."

스카케의 이름이 나온 순간 콜베리는 벌써 자리에서 일어나 문으로 향하던 중이었다. 멈춰 선 콜베리가 뭐라 말하려고 입을 열었지만 마르틴 베크가 그를 복도로 밀어내고 등뒤로 문을 닫았다.

"망할, 알맹이도 없는 말만 잔뜩." 콜베리가 말했다. "함마르를 기준으로 삼는다면 스카케가 경찰총장이 될 가능성도 높을지 몰라."

그러고는 고개를 흔들면서 덧붙였다.

"내가 나이가 있으니 그 꼴을 볼 필요는 없는 게 다행이지."

두 사람은 베르틸 올로프손에 관한 정보를 추가로 수집하며 오후를 보냈다.

마르틴 베크는 절도 담당 부서와도 이야기를 나눴다. 그들은 올로프손을 꼭 붙들고는 싶지만 인력이 달려서 그의 집과 베름 되 오두막을 감시하던 걸 그만두었다고 했다.

신상 파일의 정보는 대충 이랬다. 베르틸 올로프손은 삼십육 년 전에 태어났고, 학교는 육 년 다니고 말았으며, 이후 각양각 색의 수많은 일자리를 전전했지만 최근에는 대체로 무직 상태 였다. 아버지는 그가 여덟 살 때 죽었고, 어머니는 그로부터 이 년 뒤에 재혼하여 아직까지 두 번째 남편과 살고 있었다. 형제 자매는 그보다 열 살 어리고 아버지가 다른 남동생이 하나 있 을 뿐인데, 그 동생은 지금 예테보리에서 치과 의사로 일했다. 올로프손 자신도 결혼했었지만 아이는 없고 관계에도 실패하여 이혼했으며, 복역한 뒤로는 다섯 살 연상의 어떤 여자와 간헐적 으로 함께 살았다.

심리 분석가들은 그를 감정적으로 불안정하고 비사교적인 사람으로 묘사했다. 그는 또 내향적이었다. 담당 보호관찰관은 그가 적대적이고 비협조적인 태도를 취했기 때문에 그와 그다 지 많이 접촉하지 못했었다고 말했다.

마르틴 베크는 가장 시급한 작업을 각자에게 할당하는 것으로 그날 일을 마무리했다. 에이나르 뢴은 세겔토르프로 가서 올로프손의 어머니와 양아버지와 이야기해보기로 했다. 멜란데르는 범죄자 세계의 끈을 활용해서 올로프손의 활동에 관한 믿을 만한 정보를 좀더 알아보기로 했다. 마르틴 베크 자신은 필요한 영장을 청구하고, 콜베리와 함께 올로프손의 아파트와 오두막을 살펴보기로 했다.

추가의 공지가 없는 한, 올로프손 추적 활동에서 벤뉘 스카케는 당분간 빼두기로 했다.

16.

콜베리가 마르틴 베크를 데리러 온 건 목요일 아침 8시도 안 된 시각이었다. 마르틴 베크는 아직 옷도 갈아입지 않았다. 가운 차림으로 부엌에 앉아서 딸과 이야기하고 있었다. 잉리드는 오전 수업이 없어서 이날만큼은 학교 가기 전 여유롭게 제대로 아침을 먹고 있었다. 마르틴 베크는 차 한 잔이 전부였지만, 잉리드는 식욕 좋게 치즈를 끼운 크네케브뢰드를 코코아에 찍어 먹으면서 지난 저녁에 참가했던 베트남전 반대 집회에 대해서 재잘거렸다. 초인종이 울리자, 마르틴 베크는 허리띠를 조이고 담배를 내려놓고 일어났다. 자신이 사라지자마자 잉리드가 한 모금 훔쳐 피울 거라고 생각하면서도. 그는 현관으로 가서 문을 열었다.

"여태 옷도 안 입었어?" 콜베리가 나무랐다.

"8시라고 하지 않았나?"

마르틴 베크는 앞장서서 부엌으로 갔다.

"이 분 남았어." 콜베리가 말했다. "안녕, 잉리드."

"안녕하세요." 잉리드는 머리 위의 담배 연기를 손으로 흩뜨리면서 민망해했다.

콜베리는 마르틴 베크의 자리에 앉아서 아침 식탁을 살폈다. 방금 푸짐하게 먹고 온 참이었지만, 그래도 한 번 더 먹을 용의가 충분했다. 마르틴 베크가 컵을 가져다가 손님에게 차를 따라주었고, 잉리드는 버터 접시와 빵 바구니와 치즈를 콜베리 쪽으로 밀어주었다.

"잠깐만 기다려." 마르틴 베크는 이렇게 말하고 방으로 갔다.

옷을 갈아입으면서 반쯤 열린 부엌 문으로 흘러나오는 소리를 듣자니 잉리드가 콜베리의 칠 개월 된 딸 보딜의 안부를 물었고, 콜베리는 아빠로서 대견해하는 마음을 숨기지 못한 채 딸을 칭찬했다. 마르틴 베크가 면도를 마치고 옷도 다 입고 부엌으로 돌아갔더니 콜베리가 말했다.

"방금 아기 봐줄 사람을 한 명 더 구했지."

"맞아요. 다음에 사람이 필요하면 제가 보딜을 봐드리겠다고 약속했어요. 해도 되죠? 아기랑 노는 건 정말 재밌어요."

사라진 소방차

"일 년 전에는 세상에서 제일 싫은 게 아기라고 말했던 것 같은데." 마르틴 베크가 말했다.

"아, 그건 그때고요. 그때는 제가 완전 어린애였잖아요."

마르틴 베크는 콜베리에게 윙크를 보내면서 정중하게 말했다.

"물론 그렇지. 미안하다. 넌 이제 성숙한 여인인걸."

"바보 같은 소리 마세요." 잉리드가 대꾸했다. "전 성숙한 여인 같은 건 안 될 거예요. 바로 아가씨가 되었다가 그다음에는 할머니가 될걸요."

잉리드는 아빠의 배를 쿡 찌른 뒤 제 방으로 사라졌다. 마르틴 베크와 콜베리가 현관으로 나가서 코트를 입노라니 잉리드의 닫힌 방문에서 시끄러운 팝송 소리가 새어 나왔다.

"비틀스." 마르틴 베크가 말했다. "저 애 귀가 떨어져나가지 않는 게 신기하지."

"롤링스톤스야." 콜베리가 말했다.

마르틴 베크는 놀라서 콜베리를 쳐다봤다.

"차이를 안단 말이야?"

"크나큰 차이가 있지." 콜베리는 이렇게 말하고 계단을 내려가기 시작했다.

아침 이 시각부터 벌써 시내로 향하는 차가 많았다. 하지만 자신을 제외한 모든 사람으로부터 신경질적이라서 썩 좋은 운전자가 못 된다는 평을 듣는 콜베리는 별문제 없이 길을 찾으며, 마르틴 베크가 잘 모르는 샛길로 차를 몰아서 주거지역과 사무용 고층 건물이나 아파트가 즐비한 동네들을 요리조리 통과했다. 이윽고 오르스타에 도착해서는 비교적 새 건물인 듯한 산드피에르스가탄 거리의 어느 건물 앞에 차를 세웠다.

"이 동네 집세는 꽤 비쌀걸." 탑승자가 손수 작동시켜야 하는 엘리베이터를 타고 위로 올라가면서 콜베리가 말했다. "베르틸 올로프손 같은 인간이 이런 데서 살 줄이야."

마르틴 베크가 문을 따는 데는 삼십 초가 안 걸렸다. 꽤 오래 걸린 편이었다. 부동산 중개인에게서 미리 열쇠를 받아두었다는 사실을 고려하면. 아파트는 방 하나, 현관, 부엌, 화장실로 구성되어 있었다. 현관 매트에 광고지나 다른 자질구레한 우편물과 함께 놓인 집세 청구서를 보니 지난 분기의 집세는 1296크로나 51외레였다. 편지 구멍으로 떨어져서 쌓인 지 한 달 가까이 되는 광고지, 안내문, 이런저런 공짜 샘플 더미에는 그 밖에 별달리 눈길 가는 건 없었다. 더미 맨 밑에 스텐실로 찍은 근처 식료품점 광고지가 있었다. 제목은 '특별가'였고, 그 밑에 여러 식재료들의 기존가와 할인가가 나란히 나열되어 있었다. 가령 발트해 청어 캔의 가격은 원래 2크로나 63외레인 것이 2크로나 49외레로 떨어졌다. 마르틴 베크는 그 종이를 접어서 주머니에 쑤셔넣었다.

방에는 식탁, 의자 세 개, 침대, 침대 옆 탁자, 안락의자 두 개, 낮은 탁자, 텔레비전, 서랍장이 있었다. 가구는 모두 동시에, 그것도 최근에 구입한 것 같았다. 방은 깨끗하진 않았다. 흐트러진 침대에 구겨진 침대보가 덮여 있었다. 탁자에는 비었지만 씻지 않은 재떨이가 놓여 있었다. 서가는 제리 코튼이 등장하는 『라프와 리피피』 페이퍼백 한 권, 그것도 읽지 않은 듯한 한 권이 전부인 듯했다. 사진은 없었지만, 자동차나 다양한 수준으로 헐벗은 여자들의 사진을 잡지에서 오린 것이 스카치테이프로 벽에 잔뜩 붙어 있었다.

부엌 개수대에는 유리컵, 접시, 컵 몇 개가 뒤집힌 채 놓여 있었는데 오래전에 말라붙은 설거지물 자국이 나 있었다. 냉장고는 켜져 있었고, 속에는 마가린 반 덩어리, 멜라널 맥주 두 병, 쪼그라든 레몬 하나, 돌처럼 굳은 치즈 한 덩이가 들어 있었다. 찬장에는 조리 도구 몇 점, 크래커 한 상자, 가루 설탕 한 봉지, 빈 커피 깡통이 있었다. 청소 도구를 두는 찬장은 비어 있었지만 싱크대 밑에 쓰레받기와 비, 쓰레기를 담은 종이 봉지가 있었다. 서랍 중 하나에는 빈 성냥갑이 가득 들어 있었다.

마르틴 베크는 현관 쪽으로 가서 화장실 문을 열어보았다. 한 번도 청소하지 않은 듯한 변기에서 악취가 났다. 욕조와 세면대 주변 얼룩은 그곳에도 별다른 청소의 손길이 미치지 않았다는 걸 암시했다. 화장실 선반에는 닳은 칫솔, 면도기, 납작하게 눌린 치약, 부러진 빗, 기름, 먼지, 머리카락 뭉텅이가 들어 있었다. 세면대 옆 고리에 걸린 수건은 뻣뻣하고 더러웠다.

마르틴 베크는 충분히 살핀 뒤 다음으로 옷장을 검사했다.

더럽고 안팎으로 흙이 두껍게 묻은 신발 두 켤레, 그리고 악취 나는 더러운 천이 든 캔버스 가방이 바닥에 놓여 있었다. 철사 옷걸이들도 있었다. 거기에는 때묻은 셔츠 두 벌, 그보다 더 때묻은 스웨터 세 벌, 데이크론 천으로 된 바지 두 벌, 트위드 재킷, 연회색 여름 양복, 감색 포플린 코트가 걸려 있었다.

마르틴 베크가 주머니를 더듬기 시작하려는데 콜베리가 부엌에서 불렀다.

콜베리는 쓰레기 봉투의 내용물을 개수대에 쏟고는 그속에서 찾아낸 얇고 구겨진 비닐봉지를 손에 들고 있었다.

"이걸 좀 봐."

봉지 한구석에 초록빛 도는 가루가 좀 남아 있었다. 콜베리가 가루를 약간 꼬집어서 엄지와 검지로 비볐다.

"마리화나야."

마르틴 베크는 고개를 끄덕였다.

"왜 빈 성냥갑을 모았는지가 설명되는군." 마르틴 베크가 말했다. "그 봉지가 가득찼다면 성냥갑을 서른 개는 채우고 남았을 거야."

이후의 조사에서는 소득이 별로 없었다. 기념품 몇 개가 베르틸 올로프손이 카나리아제도와 폴란드에서 휴가를 보냈다는 사실을 알려주었다. 트위드 재킷 주머니에 든 오래된 계산서 네 장은 십이월에 앰배서더 레스토랑에서 발행된 것이었다. 침대 옆 탁자의 서랍에는 콘돔 두 개, 그리고 비키니 차림으로 해변에 있는 짙은 피부의 통통한 여자를 찍은 아마추어 사진이 들어 있었다. 사진 뒷면에 "사랑을 담아 베라에게, 케이가"라는 글이 볼펜으로 씌어 있었다.

아파트에는 그 밖의 사적인 소지품은 없었다. 무엇보다 올로프손의 현 소재를 알려줄 만한 단서는 없었다.

마르틴 베크는 옆집 초인종을 눌렀다. 웬 여자가 문을 열었다. 그는 콜베리와 함께 질문을 몇 가지 던졌다.

"글쎄요, 이런 건물에선 다들 어떻게 사는지 아시잖아요." 여자가 말했다. "다른 집에 누가 사는지 신경도 안 써요. 그 남자를 몇 번 보긴 했지만, 그 사람이 여기 오래 산 것 같진 않네요."

"마지막으로 본 게 언제인지 기억하십니까?" 콜베리가 물었다.

여자는 고개를 저었다.

"전혀 모르겠어요. 오래전이란 건 분명해요. 크리스마스였던

가 그쯤이에요. 하지만 진짜 잘 모르겠어요."

같은 층의 다른 두 집에는 사람이 없었다. 적어도 아무도 초
인종에 응답하지 않았다. 관리인은 없는 듯했다. 건물 입구에
붙은 공지를 보니 주민들에게 집에 관한 문의는 전혀 다른 주소
의 정비공에게 하라는 말이 적혀 있었다.

정문으로 나온 뒤, 콜베리는 차로 가서 앉고 마르틴 베크 혼
자 길을 건너서 맞은편 식료품점으로 갔다. 그는 관리자를 불러
서 특별가를 선전하는 전단을 보여주었다.

"그걸 정확히 언제 뿌렸는지는 모르겠습니다." 남자가 말했
다. "그런 전단은 보통 금요일에 뿌립니다. 잠시만요."

남자는 가게 안쪽으로 사라졌다가 잠시 뒤에 돌아왔다.

"2월 9일 금요일이었네요."

마르틴 베크는 고개를 끄덕이고 콜베리에게 돌아갔다.

"올로프손은 늦어도 2월 9일부터는 집을 비웠어." 마르틴 베
크가 말했다.

콜베리는 나른하게 어깨를 으쓱했다.

두 사람은 소켄베겐 거리와 뉘네스베겐 거리를 달려 함마르
뷔 산업 지구를 통과하여 베름되 도로로 나왔다. 구스타브스베
리에 도착해서는 경찰서로 가서 올로프손의 마당에서 훔친 차
를 발견했던 두 순경 중 한 명과 이야기를 나눴다. 순경이 그들

에게 오두막으로 가는 길을 알려주었다.

그곳까지 가는 데는 십오 분이 걸렸다.

오두막은 남들의 눈이 닿지 않는 곳에 숨어 있었다. 그곳까지 가는 길은 울퉁불퉁하고 꼬불꼬불했으며, 숲길이라고나 부를 만했다. 오두막 주변은 한때는 잔디밭, 바위 정원, 모랫길로 잘 가꿔져 있었던 모양이지만 지금은 흔적만 겨우 남아 있었다. 집 가까이 자갈이 깔린 땅에서는 눈이 다 녹았지만, 오두막과 바싹 붙은 숲에는 아직 칙칙한 눈이 쌓여 있었다. 마당에서 제일 먼 구석, 숲에 잇닿은 지점에 최근 지은 듯한 차고가 있었다. 차고는 비어 있었고, 타이어 자국으로 보아 자갈밭에 나란히 세워져 있었던 차 세 대도 사라지고 없었다.

"차를 옮긴 건 멍청한 짓이야." 콜베리가 말했다. "그가 돌아온다면 경찰이 다녀갔다는 걸 재깍 알아차릴 테니까."

마르틴 베크는 오두막 문을 살펴보았다. 안전 자물쇠도 달려 있고 놋쇠로 된 큼직한 맹꽁이자물쇠도 달려 있었다. 그들에게 열쇠를 줄 수 있는 사람은 올로프손뿐이었기에, 힘을 쓸 수밖에 없는 상황인 게 분명했다. 두 사람은 자동차 조수석 사물함에서 스크루드라이버와 다른 도구 몇 가지를 가져다가 몇 분쯤 자물쇠를 만지작거렸다. 그다음엔 문을 열고 들어가기만 하면 되었다.

오두막은 벽에 붙은 침상이 두 개 있고 시골풍으로 꾸며진 큰 방 하나, 부엌 하나, 세면실 하나로 이뤄져 있었다. 실내 공기는 차고 습했으며 곰팡이와 등유 냄새로 퀴퀴했다. 큰 방에는 벽난로가 있고 부엌에는 화목 난로가 있었지만, 그 밖의 난방장치는 한쪽 침상에 있는 등유 난로뿐이었다. 바닥은 모래와 마른 진흙 덩어리로 뒤덮여 있었고, 가구는 더럽고 꾀죄죄했다. 부엌의 식탁, 벤치, 선반에는 쓰레기, 빈 물통, 끈적끈적한 접시, 커피 찌꺼기가 남은 컵, 더러운 유리컵이 널려 있었다. 한쪽 침상에는 더러운 침대보, 찢어지고 지저분한 퀼트 이불이 깔려 있었다.

집안에 사람은 없었다.

좁은 현관에 난 문을 열어보니 선반장이었다. 그 속에는 훔친 차에서 꺼낸 장물처럼 보이는 물건들이 놓여 있었다. 트랜지스터 라디오들, 카메라들, 쌍안경들, 손전등들, 각종 도구, 낚싯대 두 대, 사냥총 한 자루, 그리고 휴대용 타자기도 있었다. 마르틴 베크는 등받이 없는 의자를 밟고 올라가서 맨 위 칸을 확인했다. 오래된 크로케 세트, 바랜 스웨덴 국기, 사진이 든 액자가 있었다. 그는 사진을 방으로 가지고 가서 콜베리에게 보여주었다.

젊은 금발 여자와 반바지에 반소매 셔츠를 입은 소년이 찍힌 사진이었다. 여자는 예뻤고, 여자도 소년도 카메라를 보며 웃고 있었다. 여자의 옷과 헤어스타일로 보아 1930년대 말인 것 같았고, 배경의 오두막은 마르틴 베크와 콜베리가 지금 들어와 있는 이 오두막이었다.

"아버지가 죽기 한두 해 전인 것 같아." 마르틴 베크가 말했다. "여기가 그땐 꽤 달랐군."

"아름다운 어머니를 뒀군." 콜베리가 말했다. "뢴은 어쩌고 있나 모르겠네."

에이나르 뢴은 자기 차로 세겔토르프를 한참 헤매다가 마침내 베르틸 올로프손의 어머니가 사는 집을 찾았다. 여자의 성은 이제 룬드베리였다. 뢴이 알아본 바로 여자의 남편은 대형 상점의 부서장이라고 했다.

문을 연 여자는 머리가 꽤 세었지만 쉰다섯 살이 넘어 보이진 않았다. 여자는 말랐고, 봄이 본격적으로 시작되지도 않았는데 피부가 그을어 있었다. 여자가 미심쩍은 듯 눈썹을 치키자 아름다운 회색 눈 언저리의 가는 주름살이 그은 피부에 대비되어 하얗게 두드러졌다.

"네?" 여자가 말했다. "무슨 일이죠?"

뢴은 모자를 다른 손으로 옮겨 쥐고 신분증을 꺼냈다.

"룬드베리 부인이시죠?"

여자는 고개를 끄덕였다. 뢴이 말을 잇기를 기다리는 동안 여자의 눈에 일말의 불안이 스쳤다.

"아드님 일입니다." 뢴이 말했다. "베르틸 올로프손. 실례가 안 된다면 몇 가지 질문을 드리고 싶습니다."

여자는 이마를 찌푸렸다.

"그애가 이번엔 무슨 일을 저질렀나요?" 여자가 물었다.

"아무 일도 없기를 바랍니다." 뢴이 대답했다. "잠시 들어가도 될까요?"

여자는 머뭇거리다가 손잡이에서 손을 치웠다.

"네에." 느릿한 대답이었다. "들어오세요."

뢴은 코트를 걸고, 모자를 현관 탁자에 올려두고, 여자를 따라 거실로 갔다. 거실은 지나치게 세련된 척하는 느낌 없이 잘 꾸며져 있었고 쾌적했다. 여자는 벽난로 옆 안락의자를 가리켜 보인 뒤 자신은 소파에 앉았다.

"자, 그러면." 여자가 간결하게 말했다. "바로 말씀하세요. 베르틸 일이라면 꽤나 단련되어 있으니까, 거두절미하고 본론으로 들어가는 편이 낫습니다. 그애가 무슨 일을 저질렀나요?"

"저희가 어떤 사건을 해결하는 데 아드님이 도움을 줄 수 있을 것 같아서 찾는 중입니다." 뢴이 말했다. "부인께 묻고 싶은 건 아드님이 어디 있는지 아시느냐는 것뿐입니다."

"그러면 걔가 집에 없단 얘긴가요?" 여자가 물었다. "오르스트 집에?"

"네, 집에 오지 않은 지 꽤 된 것 같습니다."

"그러면 오두막에는? 우리는…… 그애는 베름되에 오두막을 갖고 있어요. 베르틸의 아빠인 내 전남편이 지은 집인데, 지금은 베르틸 겁니다. 어쩌면 거기 있을지도 몰라요."

뢴은 고개를 저었다.

"부인께 어디 간다는 얘기를 하진 않았습니까?"

베르틸 올로프손의 어머니는 두 손바닥을 내밀었다.

"아니요. 요즘은 서로 대화가 없습니다. 그애가 뭘 하는지, 어디 있는지 전혀 모르고 지내요. 그애가 여기 온 지도 일 년이 넘었는데, 그때도 나한테 돈을 빌리려고 왔던 것뿐이었죠."

"최근에 전화도 없었습니까?"

"없었어요. 우리가 스페인에 삼 주 가 있다가 막 돌아오긴 했지만 아마 그사이에 전화하지도 않았을 겁니다. 이제 서로 볼일이 없는 사이니까요."

여자는 한숨을 쉬었다.

"남편하고 나는 베르틸에 대한 희망을 진작 접었습니다. 듣자 하니 나아진 게 없는 모양이로군요."

뢴은 여자를 바라보면서 잠시 말없이 앉아 있었다. 이제 여자의 입언저리에 씁쓸한 주름이 도드라져 보였다.

"아드님이 어디 있는지 알 만한 사람을 모르십니까?" 뢴이 물었다. "사귀는 애인이나 친구나 뭐 그런 사람은?"

여자는 크고 짧게 꾸민 듯한 웃음을 웃었다.

"한 가지 말씀드리죠. 그애도 한때는 착한 아이였답니다. 하지만 나쁜 친구를 사귀더니 금세 물들었고, 나랑 남편이랑 동생한테 맞서기 시작했죠. 모든 사람에게. 그러다가 소년원에 갔어요. 하지만 상황은 조금도 나아지지 않았죠. 거기서 사회를 증오하는 법만 더 배웠어요. 진짜 프로가 되는 법도, 마약을 쓰는 법도 거기서 배웠죠."

여자는 매섭게 뢴을 보았다.

"소년원이나 시설이 마약이나 범죄의 입문소처럼 기능한다는 건 이제 천하가 다 아는 사실이죠. 당신들이 교정이라고 부르는 절차에는 한푼어치 가치도 없습니다."

뢴은 대체로 여자의 말에 동의했지만 뭐라고 대꾸해야 좋을지는 알 수 없었다.

"뭐……." 그는 마침내 입을 열었다. "그렇게 볼 수도 있겠죠."

그러고는 마음을 가다듬고 이어 말했다.

"부인을 불편하게 하려고 온 건 아닙니다. 질문 하나만 더 드려도 되겠습니까?"

사라진 소방차

여자가 고개를 끄덕였다.

"두 아드님의 관계는 어떻습니까? 서로 만나거나 연락하거나 합니까?"

"이제는 안 합니다." 여자가 대답했다. "예르트는 면허를 딴 치과 의사이고 예테보리에서 개인 병원을 하고 있어요. 여기서 치과 대학을 다닐 때 베르틸을 구슬러서 자기한테 오라고 해서 이를 봐준 적이 있죠. 예르트는 그렇게 착한 애예요. 둘은 한동안 사이가 아주 좋았습니다. 그러다가 무슨 일이 있었는지, 난 무슨 일인지는 정확히 모르지만, 더이상 만나지 않더군요. 그러니까 예르트한테 물어봐야 소용없을 겁니다. 그애도 요즘은 베르틸에 대해서 전혀 모르니까. 그건 확실합니다."

"두 사람이 왜 안 만나게 됐는지 아십니까?"

"아니요." 여자는 시선을 돌리면서 말했다. "전혀. 뭔가 있었다는 것밖에는. 베르틸에게는 늘 뭔가 일이 있으니까요. 안 그런가요?"

여자가 뢴을 정면으로 응시했다. 뢴은 거북한 헛기침을 했다. 대화를 끝낼 때가 된 걸까?

뢴은 자리에서 일어나며 손을 내밀었다.

"도와주셔서 고맙습니다, 룬드베리 부인."

여자는 악수를 했지만 말이 없었다. 뢴은 명함을 꺼내 탁자에 놓았다.

"혹 아드님 소식을 들으면 제게 전화를 해주시겠습니까?"

여자는 가타부타 대꾸가 없었지만 그를 따라 나와서 문을 열어주었다.

"그럼 안녕히 계십시오."

뢴이 출입문까지 절반쯤 가다가 뒤를 돌아보니, 여자는 현관에 미동 없이 꼿꼿하게 선 채로 그를 지켜보고 있었다. 이제 여자는 뢴이 도착했을 때보다 상당히 더 나이들어 보였다.

사라진 소방차

17.

베르틸 올로프손에 관한 그림이 약간 또렷해지긴 했지만 대단한 정도는 아니었다. 그가 훔친 차를 거래했다는 건 알게 되었다. 그는 차에 페인트를 새로 칠하거나 번호판을 바꾼 뒤에 팔아넘겼다. 그가 마약을 팔았다는 것도 짐작할 수 있었다. 아마 큰손은 아닐 테고, 모르면 몰라도 마약을 팔아서 제 생활비 정도를 버는 판매자일 것이었다.

이런 발견 중에서 딱히 놀라운 내용은 없었다. 올로프손은 예전부터 경찰에 알려진 인물이었기 때문에, 그가 무슨 일을 하는지도 어느 정도는 알려져 있었다. 말름이 올로프손에 대해서 알아낸 것 같은 사실은 분명 훨씬 더 심각한 내용이었을 것이다. 올로프손이 큰 위험을 감수하고서라도 말름의 입을 막아야겠다고 느꼈던 걸 보면 말이다.

물론, 그건 말름의 매트리스에 기발한 작은 장치를 설치해둔 장본인이 올로프손이었을 경우의 이야기였다. 정황이 아무리 그럴듯하더라도 가설을 뒷받침하는 증거는 추측뿐이었지만, 수사진 중 이 단계에서 그 추측을 의심하는 사람은 아무도 없었다.

지하 세계를 탐문하러 나선 프레드리크 멜란데르는 처음에는 운이 나빴다. 우선 그의 가장 믿음직한 정보원 중 하나, 왕년에 금고털이였지만 지난 몇 년간 손 씻고 살아왔던 사내가 도로 범죄에 빠져서 삼 년 형을 받고 벌써 팔 개월째 헬란다 감옥에서 수감 생활중이란 걸 알았다. 그다음에는 말름과 올로프손을 알지도 모르는 이들이 단골인데다가 멜란데르도 주인장을 잘 아는 시 남쪽 맥줏집이 사라지고 없는 걸 알았다. 건물이 철거되었기 때문인데, 주인 여자는 스톡홀름을 떠나 쿰라로 가서 시가 가게를 열었다는 것 같았다. 이런 좌절을 겪은 뒤, 멜란데르는 역시 남쪽에 있는 삼류 카페로 갔다. 그곳 단골 중에는 기분이 좋다면 술 한두 잔을 대가로 귀중한 정보를 건네줄 만한 늙은 도둑이 두엇 있었다. 하지만 거기에서도 운이 나빴다. 카페는 이름이 바뀌었고 입구 위 간판에 '댄스 나이트'라고 적혀 있었다. 창에는 웬 오케스트라의 컬러 사진이 붙어 있었는데, 까만 머리의 남자들이 나풀거리는 소맷자락에 가려 잘 보이지 않는 웬 희한한 악기들을 들고 있는 오케스트라였다. 예전에는 소박한 손글씨로 양배추와 미트볼과 완두콩 수프를 권하는 메뉴가 붙어 있던 출입구 옆 진열장에 이제 스페인어로 된 현란한 메뉴가 붙어 있었다.

멜란데르는 안으로 들어갔다. 문 안쪽에 서서 내부를 둘러보았다. 천장이 더 낮아졌고, 조명은 더 어두워졌으며, 이제 체크무늬 식탁보가 깔린 탁자는 개수가 더 많아졌다. 투우와 플라멩코 무용수가 그려진 포스터들이 벽에 붙어 있었다. 금요일 밤이었다. 젊고 시끄러운 손님들이 자리를 절반쯤 메우고 있었다. 누구도 멜란데르에게는 신경쓰지 않았다. 한참 뒤에야 멜란데르는 낯익은 종업원을 하나 발견했다. 여자는 달라르나 출신의 시골 처녀가 될지 카르멘이 될지 미처 정하지 못한 채 가장무도회에 온 사람처럼 옷을 입고 있었다.

멜란데르는 여자를 손짓으로 불러서 옛 손님들이 어디로 갔는지 아느냐고 물었다. 여자는 안다면서, 같은 거리에서 좀 떨어져 있는 어느 가게 이름을 알려주었다. 멜란데르는 고맙다고 인사하고 나왔다.

이번에는 운이 나았다. 그 가게 저쪽 벽을 따라 놓인 벤치에 그가 잘 아는 인물이 앉아서 울적하게 술을 홀짝이는 모습이 눈에 들어왔다. 멜란데르가 만나고 싶어 한 이들 중 하나였다. 이 남자는 왕년에 유능한 위조꾼이었지만, 나이가 들고 알코올의 존중도 심해지는 바람에 간헐적으로나마 수지 좋던 직업을 접었다. 남자에게는 짧고 그다지 성공적이지 못했던 도둑 경력도 있었다. 그러나 요즘은 울워스 잡화점에서 덜미를 잡히지 않고 양말 한 짝 훔치는 것조차 해내지 못했다. 남자는 붉은 곱슬머리 때문에 셰레트*라는 별명으로 불렸는데, 장발이 유행하기 한참 전부터 머리카락을 기다랗게 길러서 구불구불 늘어뜨리고 다녔다. 독특한 헤어스타일 때문에 그는 눈에 쉽게 띄었고, 덕분에 경찰이 그를 잡은 적도 몇 번 있었다.

멜란데르는 셰레트 맞은편에 앉았다. 남자의 얼굴이 공짜 술을 마실 전망에 확 환해졌다.

"어이, 셰레트. 어떻게 지냅니까?" 멜란데르가 물었다.

셰레트는 잔을 휘휘 돌려서 남은 술을 입에 털어넣었다.

"별로요. 끼니 대기도 어렵고 있을 데도 없고. 일을 알아볼까 하는 중이오."

셰레트가 평생 단 하루도 정직한 노동을 해본 적 없다는 걸 아는 멜란데르는 지극히 태연하게 소식을 받아들였다.

"지낼 데가 없습니까?"

---

* 스웨덴어 Sköret는 '곱슬곱슬한'이라는 뜻이다.

사라진 소방차

"뭐어. 지난 겨울에는 잠시 회갈리드에 있었지만, 거긴 워낙 좆 같은 데라서."

부엌 문가에 여자 종업원이 나타나자, 셰레트가 잽싸게 덧붙였다.

"목도 무진장 마르고."

멜란데르는 종업원에게 손짓했다.

"댁이 산다면 좀더 근사한 걸 마셔도 되겠지." 셰레트는 이렇게 말하면서 진토닉을 큰 잔으로 시켰다.

멜란데르는 종업원에게 메뉴를 달라고 했다. 종업원이 가고 나서 셰레트에게 물었다.

"보통은 뭘 마십니까?"

"그냥 아크바비트랑 설탕이랑. 꿀맛은 아니지만 경제 형편을 고려해야 하는 것 아니겠소."

멜란데르는 동의의 뜻으로 고개를 끄덕였다. 그건 멜란데르가 전적으로 동의하는 바였다. 하지만 지금은 좀 우회적인 방식으로나마 국가가 사는 것이니까, 셰레트의 만류에도 불구하고 돼지고기와 으깬 순무 요리를 2인분 시켰다. 음식이 앞에 놓였을 때 셰레트는 벌써 술을 해치운 뒤였고, 멜란데르는 너그럽게 같은 걸로 한 잔 더 시켜주었다. 하지만 셰레트가 금세 만취해서 대화하기 어려울까 봐 걱정되었기 때문에, 서둘러 진짜 방문

목적을 밝혔다.

셰레트는 멜란데르가 꺼낸 이름과 술을 음미하다가 말했다.

"베르틸 올로프손이라. 어떻게 생겼소?"

멜란데르는 올로프손을 직접 본 적은 없었지만 사진은 봤고, 인상착의도 머릿속에 저장해두고 있었다. 셰레트는 곰곰이 생각하면서 손으로 그 유명한 머리카락을 쓰다듬었다.

"호오." 그가 말했다. "그래요, 압니다. 약쟁이죠? 자동차도 하고 이것저것. 사적으로 알진 않지만 누군지는 알죠. 뭘 알고 싶소?"

멜란데르는 접시를 밀어놓고 바삐 파이프를 채웠다.

"당신이 그 사람에 대해서 아는 것 몽땅." 멜란데르가 말했다. "이를테면, 그가 지금 어디 있는지 압니까?"

셰레트는 고개를 흔들었다.

"아니. 한동안 못 봤소. 하지만 알다시피 우리는 활동하는 동네가 다르니까. 그 사람은 내가 안 다니는 데를 주로 다니니까 말이오. 여기서 몇 블록 떨어진 곳에 무슨 클럽 같은 게 있는데 그 사람은 거기 자주 가는 것 같습디다. 주로 애들이 다니는 데죠. 거기서 올로프손은 다른 손님들보다 나이가 많을걸."

"그 사람은 마약하고 자동차 외에 또 뭘 합니까?"

"몰라요." 셰레트가 말했다. "그것만 하는 것 같은데. 하지만 그치가 어떤 사람 밑에서 일한다는 얘기는 들었소. 누군지는 모르겠지만. 올로프손은 거물은 절대 아닌데 몇 년 전부터 갑자기 신수가 훤해진 것 같더구먼. 큰 걸 굴리는 사람 밑에서 일하나 보다 했지. 소문은 그렇지만 정확하게 아는 사람은 없소."

셰레트는 혀가 꼬이기 시작했다. 멜란데르는 그에게 예란 말름을 아느냐고 물었다.

"우벤에서 한두 번 본 게 다요." 셰레트의 대답이었다. "그 불탄 집에 있었다면서. 그 인간은 그냥 잔챙이였지. 신경쓸 것도 없는. 게다가 죽었으니까. 딱한 친구 같으니."

멜란데르는 떠나기 전에 잠깐 망설이다가 십 크로나 지폐 두 장을 셰레트의 손에 쥐여주며 말했다.

"뭔가 이야기를 듣거들랑 연락하세요. 주변에 슬며시 떠볼 수 있겠지요?"

문간에서 돌아보니 셰레트는 종업원을 부르고 있었다.

멜란데르는 셰레트가 일러준 클럽을 찾아갔다. 그러나 입구에 붐비는 젊은이들을 보고는 자신이 저곳에서 눈에 띄지 않게 녹아들 가능성은 닭떼 속에 낀 타조 수준이란 걸 깨달았다. 그래서 가던 길을 계속 갔다. 집으로.

집에 도착하자마자 그는 마르틴 베크에게 전화를 걸어, 혹 스카케에게 클럽에 가보는 일을 맡길 수 있겠느냐고 물었다.

벤뉘 스카케는 기뻤다. 마르틴 베크가 저쪽에서 수화기를 내려놓자마자, 스카케는 여자친구에게 전화를 걸어서 중요한 임무 때문에 저녁에 만나기로 했던 약속을 취소해야겠다고 말했다. 그는 다소 막연한 표현으로 위험한 살인자를 붙잡는 일이라고 설명했다. 하지만 애인은 별로 감명받는 것 같지 않았다. 감명은커녕 부루퉁했다.

스카케는 그날의 대부분을 금요일마다 따르기로 정해둔 일과에 따라 보냈다. 먼저 철봉을 삼십 분 연습했고, 그다음에는 오케스호브 목욕탕에 가서 사우나를 즐긴 뒤에 수영을 천 미터 했고, 집에 돌아와서 책상에 앉아 법률 공부를 두 시간 했다.

늦은 오후가 되자 옷을 어떻게 입어야 경찰관처럼 안 보일까 하는 걱정이 들었다. 플레이보이처럼 보이면 좋을 것 같았다. 평소에 정장을 입는 스카케는 넥타이를 매지 않고 출근하는 건 상상도 할 수 없었다. 술집에 자주 가는 편이 아니고 식당이나 나이트클럽에도 안 다니기 때문에 사람들이 그런 데서 보통 어떤 옷을 입는지 잘 몰랐다. 어쨌든 자기 옷장에 걸린 평범한 기성복 양복들은 젊은 플레이보이가 입을 만한 패션이 아니란 것쯤은 알았다. 그는 결국 쿵스홀름에 있는 부모님 댁으로 가서 남동생의 옷을 빌렸다. 어머니가 소고기 예르파르*를 만들어두었기에 간 김에 저녁도 해결했다. 식탁에서 그는 형사의 위험한 삶이 어떤지를 들려준답시고, 그의 이야기에 놀라면서도 자랑스러워하는 부모에게 말짱 거짓말을 좀 늘어놓았다. 대미는 군발드 라르손이 겪었다더라고 들은 이야기로 장식했다.

아브라함스베리로 돌아오자마자 그는 빌린 옷을 입어보았다. 느낌이 희한했지만 제 모습을 거울에 비춰보니 만족스러웠다. 온 경찰을 통틀어 이런 의상을 갖고 있는 사람은 아무도 없을 거라고 확신했다.

재킷은 길이가 길고 허리가 쏙 들어간 디자인이었다. 주머니가 사선으로 달렸고, 칼라는 폭이 아주 넓고, 목 뒷부분은 높이 올라가 있었다. 바지는 아주 꽉 끼었고, 배꼽 바로 밑에서 단추가 잠겼다. 허벅지까지는 타이츠처럼 착 붙었지만 무릎 아래로는 원뿔처럼 통이 넓어져, 걸으면 정강이 언저리에서 바지 자락이 불쾌하게 너풀거렸다. 번들거리는 파란 코듀로이로 된 양복에는 밝은 오렌지색 터틀넥 스웨터가 딸려 있었다.

벤뉘 스카케는 10시가 갓 넘었을 때 나이트클럽으로 들어가면서 자신이 눈에 띄지 않게 잘 변장했다고 생각했다. 나이트클럽은 지하에 있었다. 계단을 내려가기 전에 입장료로 삼십오 크

---

* 고기를 다져서 타원형으로 빚은 패티. 스웨덴에서 흔히 먹는다.

로나를 내야 했다.

클럽은 큰 방 두 개와 작은 방 하나로 이뤄져 있었다. 실내 공기는 담배 연기와 땀냄새로 텁텁했다.

큰 방 중 한쪽에서는 사람들이 팝 그룹의 연주에 맞춰 열광적으로 춤추고 있었고, 다른 방에서는 맥주를 마시면서 귀청이 터질 듯 시끄럽게 대화를 나누고 있었다. 작은 방은 상대적으로 조용했다. 자리에 앉아서 안주를 곁들여 와인을 마시고 깜박거리는 촛불의 낭만적 불빛 속에 손을 맞잡는 걸 좋아하는 사람들을 위한 방인 듯했다. 그 방 사람들이 조용한 건 촛불 때문인지도 모르겠다고 스카케는 생각했다. 산소 부족으로 빈사 상태일 테니까.

스카케는 사람들을 헤치고 바로 가서 한참 후에 간신히 맥주 한 잔을 손에 넣었다. 그걸 들고 슬슬 돌아다니면서 손님들을 살펴보았다. 열네 살에서 하루도 더 넘지 않은 것 같은 여자아이들이 많았고, 쉰이 확실히 넘어 보이는 남자가 최소한 다섯은 있었지만, 전체적인 평균 연령은 스물다섯에서 서른 사이인 듯했다.

스카케는 누구와 이야기를 나누기 전에 사람들이 무슨 대화를 나누는지 좀 들어보기로 했다. 그래서 한구석에 모여 선 삼십 대 남자 네 명 곁으로 조심스레 다가갔다. 표정을 보니 진지한 주제의 대화를 나누는 듯싶었다. 남자들은 생각에 잠겨 찌푸린 얼굴로 맥주를 홀짝거렸고, 누가 입을 열든 귀기울여 들었으며, 간간이 성급한 몸짓으로 서로의 말을 가로막기도 했다. 스카케는 바짝 다가가고서야 남자들이 하는 얘기를 들을 수 있었다.

"그애는 대체로 리비도라는 게 전무한 것 같던데." 한 명이 말했다. "그래서 난 리타를 추천해."

"그애는 솔로로만 일하는데." 다른 남자가 말했다. "그러니까 난 베반이 낫다고 생각해."

나머지 두 남자가 동의의 말을 중얼거렸다.

"좋아." 첫 번째 남자가 말했다. "베반을 데려가자. 그러면 어쨌든 세 명을 확보한 거야. 어서 가서 걔를 찾아보자고."

네 신사는 춤추는 사람들 속으로 사라졌다. 스카케는 그 자리에 그대로 서서 리비도가 뭘까 생각했다. 집에 가면 찾아봐야겠다고도 생각했다.

바 주변의 인파가 줄어 있었다. 스카케는 카운터로 뚫고 들어가는 데 성공했다. 바텐더가 다가오자, 맥주를 주문한 뒤 지나가는 말처럼 물었다.

"혹시 베라 올로프손 봤습니까?"

바텐더는 줄무늬 앞치마로 손을 닦으면서 고개를 흔들었다.

"아뇨. 몇 주째 못 봤는데요."

"그 사람 친구 중 누구라도 여기 안 왔습니까?"

"모르겠는데요. 아, 좀 전에 올레를 봤습니다."

"어딨죠?"

바텐더는 눈길로 사람들을 훑은 뒤, 스카케 뒤편 대각선 방향을 고갯짓으로 가리켰다.

"저기 있네요."

스카케가 돌아보니, 올레일지도 모르는 사람이 최소한 열다섯 명 있었다.

"어떻게 생겼죠?"

바 너머의 남자는 놀라서 눈썹을 치켰다.

"올레를 아시는 줄 알았더니. 저기 서 있는 남잡니다. 구레나룻을 기르고 까만 터틀넥을 입은 남자."

스카케는 맥주를 집어 들고, 카운터에 돈을 놓은 뒤, 뒤로 돌았다. 올레라는 남자는 한눈에 알아볼 수 있었다. 그는 주머니에 손을 찔러 넣고 서서, 한껏 부풀린 헤어스타일에 가슴이 큰 금발 여자와 이야기 나누고 있었다. 스카케는 그리로 가서 남자의 어깨를 가볍게 때렸다.

"안녕, 올레!"

"안녕." 남자가 주저하며 대답했다.

스카케는 금발 여자에게도 고개를 까딱했다. 여자가 너그러운 눈길로 화답했다.

"어떻게, 잘 지내?" 구레나룻을 기른 남자가 물었다.

"괜찮아." 스카케는 대답했다. "있잖아, 내가 베라를 찾고 있는데. 베라 올로프손. 최근에 본 적 있어?"

올레는 주머니에서 손을 빼고 검지로 스카케의 가슴팍을 찔렀다.

"아니, 못 봤어. 나도 그 친구를 찾아서 온 데를 다 가봤지. 하지만 없더라고. 대체 어딨는지 모르겠어."

"마지막으로 본 게 언제야?" 스카케가 물었다.

"엄청 오래됐지. 잠깐, 이월 초였던 것 같다. 월초에. 그때 그 친구가 일이 주쯤 파리에 가 있을 거라고 말했어. 그 뒤로는 나도 못 봤고. 베라는 왜 찾는데?"

금발 여자는 몇 미터 떨어진 다른 무리에게로 옮겨갔지만, 간간이 스카케 쪽을 흘끔거렸다.

"그냥 뭐 좀 말할 게 있어서." 스카케는 막연하게 대답했다.

올레가 스카케의 팔을 잡고 몸을 가까이 붙였다.

"아가씨 때문이라면 나한테 말해도 돼. 내가 베라한테 몇 명 넘겨받았거든."

"뭐, 그가 없을 땐 누구든 대신 일을 챙겨야 할 테니까." 스카케가 말했다.

올레가 씩 웃었다.

"어때?"

스카케는 고개를 젓고 말했다.

"아냐. 아가씨는 아니고. 다른 일."

"아하. 알겠어. 안타깝지만 그건 못 도와주겠네. 내 것도 충분하지 않아서."

금발 여자가 건너와서 올레의 팔을 잡았다.

"갈게, 자기." 올레가 말했다.

스카케는 춤을 잘 춘다고는 절대 말할 수 없었지만, 그래도 올로프손이나 올레의 밑에서 일하는 것처럼 보이는 한 여자에게 다가갔다. 여자는 지겨운 표정으로 쳐다보고는, 그를 따라 댄스 플로어로 나와서 기계적으로 몸을 흔들기 시작했다. 여자와 말을 나누기가 쉽진 않았지만, 좌우간 스카케는 여자가 올로프손을 모른다는 사실을 확인했다.

말수의 수준이 다양한 네 여자와 힘겹게 춤춘 끝에 스카케는 드디어 뭔가를 물었다.

다섯 번째 여자는 키가 거의 그만큼 컸고, 옅고 푸른 눈동자가 눈에 띄었으며, 엉덩이가 크고, 뾰족한 가슴은 작았다.

"베라?" 여자가 말했다. "당연히 알죠."

여자는 발이 바닥에 못 박힌 것처럼 서서 가슴을 내밀고 손

가락을 튕기며 엉덩이를 돌렸다. 스카케는 여자 앞에 가만히 서
있기만 해도 되었다.

"하지만 이제는 베라 밑에서 일 안 해요." 여자가 덧붙였다.
"혼자 일해요."

"그 사람 어딨는지 알아요?" 스카케가 물었다.

"폴란드에 있어요. 요전날 누가 그렇게 말하는 걸 들었어요."

여자는 엉덩이를 돌리고 또 돌렸다. 스카케는 너무 안 움직
이는 것처럼 보이지 않기 위해서 손가락을 좀 튕겼다.

"확실해요? 폴란드?"

"응. 누군지는 기억나지 않지만 그렇게 말했어요."

"언제부터?"

여자가 어깨를 으쓱했다.

"몰라요. 간 지 한참 됐지만 당연히 돌아오겠죠. 뭘 원해요?
헤로인?"

음악 소리에 말소리가 묻히지 않게 하려면 고함을 질러야만
대화가 가능했다.

"그거라면 내가 마련해줄 수 있을지도 몰라요." 여자가 소리
질렀다. "하지만 내일은 돼야 해요."

스카케는 베라 올로프손을 안다는 여자를 셋 더 만났지만,
그들도 그가 어디 있는지는 몰랐다. 최근 몇 주 동안 그를 본 사

람은 아무도 없었다.

3시가 되자 불이 점멸하면서 손님들에게 그만 떠날 시각임을 알렸다. 스카케는 한참 걸은 뒤에야 택시를 잡을 수 있었다. 맥주와 나쁜 공기 때문에 머리가 무거웠고, 어서 집에 가서 눕고 싶었다.

주머니에는 그에게 포즈를 취해주겠다고 제안한 여자 둘, 그냥 대체적으로 흥미가 있다고 말한 여자 하나, 그에게 약을 팔고 싶어 한 여자 하나의 전화번호가 들어 있었다. 그 밖에는 그날 저녁의 소득은 신통하지 않았다. 내일 그는 마르틴 베크에게 자신이 알아낸 것은 베르틸 올로프손이 사라졌다는 사실뿐이라고 보고해야 했다.

하지만 소득으로 기록할 만한 사항도 두 가지 있었다.

그는 베르틸 올로프손이 대충 언제 사라졌는지를 알아냈다.

그리고 폴란드 이야기가 있었다.

언제든 뭔가는 있는 법이지, 벤뉘 스카케는 생각했다.

18.

목욕을 갓 마친 군발드 라르손이 산뜻한 기분으로 쿵스홀름스가탄의 경찰서로 걸어 들어가 살인수사과 사무실로 올라갔을 때, 그는 말름 사건이 그간 어떻게 진행되었는지 전혀 모르는 상태였다. 3월 25일 월요일이었고, 그가 병가 후 처음 출근한 날이었다.

그는 지난 화요일에 막스 칼손과 대거리한 뒤로 전화를 받지 않았다. 신문들은 마델레이네 올센의 사망을 보도한 이래 그 화재에 대해서 보도하지 않았다. 군발드 라르손은 조만간 메달을 받을 예정이었지만, 그의 영웅적인 행위와 참극은 이미 지난 뉴스가 되었으며 대중의 머릿속에서 군발드 라르손이라는 이름은 벌써 한구석으로 아스라히 밀려났다. 세상은 악한 곳이라 1면

뉴스는 늘 넘쳤다. 그리고 자살은 스웨덴 언론이 딱히 열 올리는 뉴스가 아니었는데, 윤리적인 이유도 있거니와 낯부끄러울 정도로 잦기 때문이기도 했다. 세 명이 희생된 화재 따위는 그렇게 오래 물고 빨 사건이 못 되었다. 경찰에게 대단한 갈채를 보낼 이유도 없었다. 경찰이 참혹한 마약 거래를 중단시키거나, 헤아릴 수 없이 많은 시위를 처리하거나, 거리의 기본적인 평화를 보장하거나, 기타 등등을 해내는 데 성공하지 않는 한.

그래서 군발드 라르손은 막 함마르와 회의를 마치고 쏟아져 나오는 화려한 면면을 진심으로 놀란 표정으로 멍하니 보았다. 멜란데르, 에크, 뢴, 스트룀그렌은 물론이고 그가 꼭 필요할 때 말고는 대화하기를 극히 꺼리는 두 사람인 마르틴 베크와 콜베리도 있었다. 스카케조차 짐짓 엄숙한 표정으로 서둘러 복도를 지나가며, 다른 동료들의 높은 수준에 부합하려 애쓰고 있었다.

"무슨 일이야?" 군발드 라르손이 물었다.

"어, 함마르가 수사 본부를 여기에 둘지 베스트베리아에 둘지 결정하느라고." 뢴이 울적하게 대답했다.

"뭘 쫓는데?"

"올로프손이라는 남자. 베르틸 올로프손."

"올로프손?"

"이걸 읽어보는 게 낫겠어." 멜란데르가 파이프의 통으로 타

사라진 소방차

자된 문서를 톡톡 치면서 말했다.

군발드 라르손은 읽어보았다.

그의 숱 많은 눈썹이 잔뜩 찌푸려졌고, 표정은 점점 더 혼란스러워졌다. 그는 이윽고 문서를 내려놓고는 못 믿겠다는 듯 말했다.

"이게 뭔가? 무슨 농담인가?"

"유감스럽지만 아니라네." 멜란데르가 말했다.

"방화는 그렇다 쳐도 매트리스에 설치된 폭탄이라니······. 이게 다 진지하게 믿으라고 하는 소리란 말이야?"

뢴이 대답 대신 우울하게 고개를 끄덕였다.

"그런 게 있기는 하나?"

"어, 옐름이 그러는데 있다는군. 알제리에서 발명된 거라는데."

"알제리?"

"남아메리카 일부 지역에서도 흔하고." 멜란데르가 거들었다.

"이 올로프손이란 놈은? 어딨다나?"

"실종." 뢴이 간단히 답했다.

"실종?"

"해외로 나갔다는 말이 있지만 아무도 몰라. 인터폴도 못 찾았고."

군발드 라르손은 종이칼로 큼직한 앞니 틈을 쑤시면서 생각에 잠겼다. 멜란데르는 헛기침을 하고 나가버렸다. 마르틴 베크와 콜베리가 들어왔다.

"올로프손이라." 군발드 라르손이 혼잣말했다. "막스 칼손에게 마약을 제공하고 로트에게 밀주를 제공한 놈이지. 말름의 자동차 밀거래 배후에 있는 놈이기도 하고."

"말름이 쇠데르텔리에베겐 거리에서 붙들렸을 때 그 차에 붙어 있던 이름이기도 하지." 마르틴 베크가 설명해주었다. "절도 부서에서 말름을 시야에 두고 싶어 했던 것도 올로프손을 잡기 위해서였어. 그들은 올로프손이 나타나길 기다렸고, 나타난다면 말름이 제가 살기 위해서라도 올로프손에 대해서 증언할 거라고 기대했지."

"올로프손이 사건 전체에서 핵심 인물이로군. 그놈 이름이 계속 튀어나온단 말이지."

"우린들 그걸 모르는 것 같나?" 콜베리가 싫은 티를 역력히 내면서 말했다.

"그러면 나가서 그놈을 찾으면 끝이네." 군발드 라르손이 의기양양 말했다. "건물에 불을 지른 것도 당연히 그놈이겠지."

"그러니까 그자가 종적 없이 사라졌다고." 콜베리가 말했다. "이해가 안 되나?"

"왜 신문에 공개 수배하지 않지?"

"그가 겁먹고 숨으면 안 되니까." 마르틴 베크가 대답했다.

"이미 실종된 사람을 겁줄 순 없는 거 아닌가?"

콜베리는 지친 표정으로 군발드 라르손을 보며 어깨를 으쓱했다.

"인간이 어디까지 멍청해질 수 있을까." 콜베리가 덧붙인 말이었다.

"우리가 말름은 자살했고 가스폭발은 사고였다고 믿는다고 그가 여기는 한, 자기는 안전하다고 생각할 거야." 마르틴 베크가 참을성 있게 설명해주었다.

"그러면 왜 그가 몸을 숨기고 있지?"

"어, 그건 좋은 질문이야." 뢴이 말했다.

"나도 질문이 하나 있어." 콜베리가 천장을 응시하면서 말했다. "지난 금요일에 마약단속반의 야콥손하고 이야기했었는데, 그가 말하기를 막스 칼손이 화요일에 거기 붙들려 왔을 때 꼭 누구한테 흠씬 쥐어 터진 것 같은 모습이었다더군. 그 누군가가 누굴까 모르겠어."

"칼손은 자기하고 로트하고 말름에게 물건을 공급한 사람이 올로프손이라고 자백했어." 군발드 라르손이 대뜸 말했다.

"지금은 그렇게 말 안 하던데."

"안 하겠지. 하지만 나한테는 그렇게 말했어."

"언제? 자네가 그를 신문했을 때?"

"그래." 군발드 라르손은 태연히 대답했다.

마르틴 베크는 플로리다 담배 한 개비를 꺼내어 필터 끝을 꼬집으면서 말했다.

"군발드, 전에도 말했고 지금 다시 말하지만, 자네 그러다 조만간 큰일날 거야."

전화가 울렸고, 뢴이 받았다.

군발드 라르손은 무심하게 하품을 했다.

"그래, 그렇게 생각하나?"

"그냥 생각만이 아냐." 마르틴 베크는 심각하게 대꾸했다. "확신해."

"무슨 일이 있어도……." 뢴이 갑자기 전화기에 대고 말했다. "사라져? 그건 불가능해. 뭐가 됐든 그렇게 감쪽같이 사라질 순 없어. 애가 속상해하는 건 나도 이해하지……. 뭐가…… 뭐가 사라졌다고 해서 울기만 해선 아무 소용이 없다고 애한테 말해줘. 여기선 웬 남자가 사라졌다고. 그런데 내가 울기만 한다고 생각해봐. 물건이든 사람이든 사라졌을 때는……. 뭐?"

동료들이 의아한 표정으로 뢴을 쳐다보았다.

"그래, 그거야, 발견할 때까지 찾아봐야지." 뢴은 이렇게 말하고 전화기를 쾅 내려놓았다.

"뭐가 사라졌는데?" 콜베리가 물었다.

"그게, 아내가……."

"뭐?" 군발드 라르손이 끼어들었다. "룬다가 사라졌어?"

"아니." 뢴이 설명했다. "내가 요전에 아들한테 생일 선물로 소방차를 사줬거든. 32크로나 50외레짜리. 그런데 애가 그걸 잃어버렸대. 집안에서. 그래서 울면서 새로 사달란다는 거야. 사라져? 황당하지. 집안에서. 이만큼 큰데."

뢴이 두 손가락을 쳐들었다.

"허, 그것 참 놀랍군." 콜베리가 말했다.

뢴은 손가락으로 계속 하늘을 찌르고 있었다.

"놀랍다, 그래, 그렇지. 소방차가 송두리째 사라지다니 말이야. 이만한데. 32크로나 50외레짜리."

방은 조용했다. 군발드 라르손이 찡그리면서 뢴을 쳐다보았다. 그러더니 한참 만에 중얼거렸다.

"사라진 소방차……."

뢴이 무슨 뜻인지 모르겠다는 눈으로 군발드 라르손을 보았다.

"누가 사크리손이랑 얘기해봤나?" 군발드 라르손이 갑자기 물었다. "마리아 경찰서의 그 얼간이하고?"

"그래." 마르틴 베크가 대답했다. "아무것도 모르던걸. 말름은 호른스가탄 거리의 맥줏집에 혼자 있다가 8시에 가게가 문을 닫자 나왔대. 말름은 곧장 집으로 갔지. 사크리손은 말름을 따라 집으로 가서 건물 밖에서 세 시간 동안 꽁꽁 얼어 있었고. 그동안 세 사람이 들어가는 걸 봤는데, 그중 한 명은 죽었고 나머지 한 명은 체포됐지. 그러다가 자네가 도착했고.”

“내가 궁금한 건 그게 아닌데.” 군발드 라르손이 말했다.

그러고는 벌떡 일어나서 나가 버렸다.

“저 친구 왜 저래?” 뢴이 물었다.

“아무 일도 아닐걸.” 콜베리가 멍하니 말했다.

콜베리는 속으로 어떻게 군발드 라르손이 뢴의 아내를 이름으로 불렀는지 의아해하고 있었다. 콜베리 자신은 뢴에게 아내가 있다는 것도 몰랐다. 아마 전반적인 관찰력 부족 탓이겠지.

군발드 라르손은 경찰관 하나도 못 잡는 판국에 사라진 살인자를 어떻게 잡겠느냐고 생각하고 있었다.

오후 5시였고, 그가 사크리손을 찾아 나선 지 여섯 시간 가까이 흘렀다. 도시를 끝에서 끝까지 두 번이나 가로질렀지만 추적은 헛수고가 될 것 같았다. 마리아 경찰서에서는 사크리손이 근무를 마치고 퇴근했다고 했다. 그의 전화는 아무도 안 받더니 한참 만에 누가 받아서는 그가 아마 수영하러 갔을 거라고 알려 주었다. 어디로? 시 서쪽, 벨링뷔까지는 못 가서 중간쯤에 있는 오케스호브 목욕탕일 거라고 했다. 사크리손은 오케스호브 목욕탕에 없었다. 하지만 다른 경찰관 두 명이 있었는데, 어지간히 고맙게도 그들은 그런 이름의 동료는 금시초문이지만 아무튼 역시 경찰들이 곧잘 운동하러 가는 에릭스달 목욕탕에 가면 있을지도 모른다고 알려주었다. 군발드 라르손은 칙칙하고, 춥고, 바람 불고, 오들오들 떠는 사람들로 가득한 도시를 다시 한번 가로질렀다. 에릭스달 목욕탕 남탕의 접수원은 유난히 쌀쌀맞았다. 군발드 라르손에게 옷을 벗지 않는 한 안에 들어갈 수 없다고 못 박았다. 하지만 마침 사우나에서 발가벗고 나오던 남자들이 자기들도 경찰관이라면서 사크리손을 안다고 나섰는데, 그는 며칠째 그곳에 나타나지 않았다고 말했다. 추적은 계속되었다.

군발드 라르손은 이제 토르스가탄 거리의 오래되었지만 잘 관리된 아파트 건물 1층에 서서, 코담배 색깔의 문을 잡아먹을 듯 노려보고 있었다. 우편함에 붙은 흰 마분지 조각에는 '사크리손'이라고 씌어 있었다. 아주 단정한 볼펜 글씨였고, 무슨 덩굴 장식도 그려져 있었다. 녹색 볼펜으로 정성껏 그려넣은 것 같았다.

군발드 라르손은 초인종을 누르고, 문을 두드리고, 발로 좀 차기까지 했다. 돌아온 결과라고는 옆집 노파가 문을 열고 고개를 내밀며 나무라듯 그를 째려본 것뿐이었다. 군발드 라르손도 맞받아 째려봤다. 어찌나 매섭게 째려봤던지, 노파가 얼른 도로 들어갔다. 닫힌 문 너머로 안전 체인과 빗장을 거는 소리가 달가닥거렸다. 가구를 끌어와서 바리케이드도 쌓을 것 같았다.

군발드 라르손은 턱을 긁적이며 어떻게 할지 궁리했다. 메모를 적어서 우편함에 꽂을까? 아니면 저 한심한 마분지 이름표에다 직접 갈길까?

건물 현관이 열리면서 서른다섯 살쯤 되어 보이는 여자가 들어왔다. 식료품이 가득 든 종이 봉투 두 개를 안은 여자는 엘리베이터로 걸어가면서 불안한 눈길로 군발드 라르손을 흘끔거렸다.

"저기 잠깐만!"

"네?" 여자가 놀라서 대꾸했다.

"이 집에 사는 경찰관을 만나러 왔습니다."

"아, 네. 사크리손 씨?"

"맞습니다."

"형사님 말이죠?"

"네?"

"사크리손 형사님이요. 불난 집에서 사람들을 구출했던 분 말이잖아요?"

군발드 라르손은 여자를 멍하니 쳐다보다가 한참 만에 대답했다.

"네, 내가 찾는 사람이 맞는 것 같군요."

"다들 그분을 정말 자랑스러워해요." 여자가 말했다.

"아."

"여기 관리인이기도 해요." 여자가 알려주었다. "관리인 일도 아주 잘하시죠."

"아."

"하지만 엄격해요. 애들을 단단히 다스리죠. 가끔 모자를 써서 애들한테 겁도 주고요."

"모자?"

"네, 보일러실에 경찰 모자를 걸어두고 있거든요."

"보일러실?"

"네, 거기는 확인해보셨어요? 보통 거기서 일하시거든요. 문을 두드리면 열어줄 거예요."

여자는 엘리베이터 쪽으로 한 걸음 가다가 멈추더니 군발드 라르손을 보며 키득거렸다.

"뭔가 말썽을 저지르신 게 아니어야 할 텐데요." 여자가 말했다. "사크리손 씨는 만만한 분이 아니거든요."

군발드 라르손은 삐걱거리는 엘리베이터가 눈앞에서 사라질 때까지 못 박힌 듯 서 있었다. 그런 뒤 이윽고 지하실로 통하는 문으로 성큼성큼 걸어가서 꼬불꼬불한 돌계단을 내려가, 닫힌 방화문 앞에 섰다. 두 손으로 손잡이를 붙잡았지만, 문은 꿈쩍도 하지 않았다.

주먹으로 쾅쾅 문을 두드렸다. 아무 기척이 없었다. 뒤로 돌아, 발뒤꿈치로 문을 다섯 번 찼다. 두꺼운 철판이 우렁차게 흔들렸다.

갑자기 무슨 일이 벌어졌다.

보호문 너머에서 웬 고압적인 목소리가 외쳤다. "꺼져!"

군발드 라르손은 지난 몇 분의 일로 워낙 얼떨떨해 있던 터라 즉각 대꾸할 말을 찾지 못했다.

"여기서 놀면 안 돼." 철문에 가려 소리가 좀 죽은 목소리가 이어서 으름장을 놓았다. "똑똑히 말했을 텐데."

"문 열어!" 군발드 라르손이 호통쳤다. "빌어먹을 건물을 몽땅 부숴버리기 전에 이 문 열어!"

십 초쯤 잠잠했다. 이윽고 큼직한 철제 경첩이 삐걱거리면서 문이 천천히, 시끄럽게 열리기 시작했다. 겁먹고 망연자실한 표정의 사크리손이 빼꼼 내다보았다.

"아." 사크리손이 말했다. "아, 이런. 죄송합니다……. 전 전혀 몰랐……."

군발드 라르손은 사크리손을 밀치면서 보일러실로 들어섰다. 그러고는 금세 우뚝 서서, 놀란 눈으로 내부를 둘러보았다.

보일러실은 먼지 한 점 없이 깨끗했다. 바닥에는 환한 색깔의 비닐 끈을 엮은 러그가 깔려 있었고, 기름 보일러 맞은편에는 배배 꼬인 철제 다리에 둥근 상판을 올리고 흰 페인트칠을 한 커피 테이블이 있었다. 두 등나무 의자 위에는 파란색과 오렌지색 체크무늬 쿠션이 놓여 있었다. 탁자에는 큼직한 꽃무늬 천이 깔려 있었고, 손으로 칠한 빨간 꽃병에 붉은 튤립 네 송이와 노란 튤립 두 송이가 조화로 꽂혀 있었다. 초록 도자기 재떨이, 레모네이드 한 병, 유리컵, 펼쳐진 잡지도 있었다. 벽에는 두 가지 물건이 걸려 있었는데, 경찰 모자와 국왕의 칼라 사진이 든 액자였다. 잡지는 스트립쇼를 하는 여자들 사진과 유명한 옛 범죄 사건을 멋대로 변형시키고 각색한 이야기가 반반씩 실리는 종류의 범죄 잡지였다. 펼쳐진 대목을 보니, 사크리손은 '미친 의사, 나체의 두 여자를 60조각 토막 내다'라는 제목의 기사를 읽고 있었거나 아니면 풍만한 가슴의 헐벗은 여자가 말끔히 면도한 제 성기를 두 손가락으로 살짝 벌려 독자에게 유혹하듯이 보여주는 전면 컬러 사진을 연구하던 중에 방해를 받은 모양이었다.

사크리손은 러닝셔츠, 펠트 슬리퍼, 감색 제복 바지 차림이었다.

방안은 후끈했다.

군발드 라르손은 아무런 말 없이 다채로운 장식들을 깐깐히 살피고만 있었다. 사크리손은 군발드 라르손의 시선을 쫓으면서 안절부절못하고 발을 들썩였다. 그러다 마침내 가벼운 말투가 낫겠다고 결정한 뒤 짐짓 쾌활하게 말했다.

"어, 기왕 일하는 공간이라면 보기 좋게 꾸미는 게 낫지 않습니까?"

"저걸로 아이들을 겁주나?" 군발드 라르손이 제복 모자를 가리키면서 물었다.

사크리손은 얼굴이 새빨개졌다.

"무슨 말씀인지……." 그가 입을 열었지만 군발드 라르손이 재깍 잘랐다.

"나는 애들 다루는 법이나 인테리어에 대해서 이야기하려고 찾아온 건 아냐."

"아." 사크리손이 겸손하게 대꾸했다.

"내가 알고 싶은 건 하나야. 자네가 셸드가탄의 불난 집에 왔을 때, 그래서 사람들을 다 구조하기 전에, 소방차가 이미 왔어야 하는데 어쩌고 하면서 허둥거렸지. 그게 무슨 말이었지?"

"어, 저는…… 제 말은…… 그 말은…… 제가 그런 건 아니

사라진 소방차

었지만……."

"헛소리 지껄이고 섰지 말고 대답이나 해."

"어, 불이 난 게 로센룬스가탄에서도 보이기에, 제일 가까운 공중전화 박스로 달려갔습니다. 그런데 중앙 신고 센터에서는 벌써 신고가 들어와서 소방차를 내보냈다고 말했습니다."

"그래서, 소방차가 와 있었나?"

"아니요, 하지만……."

사크리손이 조용해졌다.

"하지만 뭐?"

"중앙 신고 센터에서 전화 받은 남자가 분명히 그렇게 말했습니다. 사다리차를 내보냈다고. 벌써 도착했다고."

"어떻게 그렇지? 망할 소방차가 도중에 사라지기라도 했나?"

"모르겠습니다." 사크리손은 혼란스러워졌다.

"자네는 도로 달려갔어. 그렇지?"

"네, 저한테 가라고…… 가라고 하셔서……."

"그때는 중앙 신고 센터에서 뭐라고 말했지?"

"모르겠습니다. 그때는 제가 화재 신고함으로 갔습니다."

"첫 번째는 공중전화로 걸었고?"

"네, 그때는 그게 더 가까웠습니다. 그래서 공중전화로 달려가서 걸었더니 중앙 신고 센터가……."

"사다리차를 벌써 내보냈다고 대답했지. 그래, 그래, 그건 다 들었어. 하지만 두 번째 걸었을 땐 중앙 신고 센터가 뭐라고 말했지?"

"어…… 기억이 안 납니다."

"기억이 안 나?"

"제가 좀 흥분했던 모양입니다." 사크리손이 설득력 없는 대답을 했다.

"경찰도 화재 현장에 출동하게 되어 있어. 그렇지?"

"물론…… 그럴 겁니다……. 제 말은…….."

"그러면 왔어야 하는 경찰차는 어디로 갔나? 그것도 사라졌나?"

러닝셔츠와 제복 바지를 입은 남자는 체념한 듯 고개를 흔들었다.

"모르겠습니다." 침울한 목소리였다.

군발드 라르손은 사크리손을 똑바로 보면서 목소리를 높였다.

"그 이야기를 아무에게도 안 하다니, 어쩌면 이렇게 답답하고 멍청할 수가 있나!"

"네? 제가 뭘 말했어야 합니까?"

"자네가 전화를 걸었을 때 소방국에 벌써 신고가 들어간 상태였다는 것 말이야! 그리고 소방차가 사라졌다는 것! 자, 그렇

사라진 소방차

다면 맨 처음 신고한 사람은 누구였을까? 자네는 이 문제에 관한 질문을 부서에서 받았겠지? 자네는 또 내가 병가라는 사실을 알고 있었지? 내 말이 틀려?"

"아니요, 하지만 이해가 안 됩니……."

"못 알아들었다는 건 딱 보니 알겠고. 자네, 두 번째로 전화했을 때 중앙 신고 센터에서 뭐라고 대답했는지 기억 안 난다고 했지. 그러면 자네가 뭐라고 말했는지는 기억하나?"

"불이 났습니다, 불이 났습니다……. 뭐 그렇게요. 저는…… 저는 좀 당황했습니다. 그리고 한참 뒤라서."

"'불이 났습니다, 불이 났습니다'? 혹시 불이 어디 났는지도 말했나?"

"네, 당연히 말했습니다. 막 소리질렀습니다. 적어도 소리지르듯이 말했습니다. 셸드가탄에 불이 났다고요. 네, 그래서 소방차가 왔죠."

"그때는 소방차가 벌써 나갔다는 말은 없었고? 자네가 전화했을 때 말이야."

"네."

사크리손은 잠시 생각했다.

"그때도 소방차가 와 있지 않았던 게 맞지요?" 소심하게 덧붙인 말이었다.

"하지만 첫 번째는? 자네가 공중전화에서 걸었을 때는? 그 때도 똑같이 소리 질렀나? 셸드가탄에서 불이 났다고?"

"아니요. 공중전화에서 걸었을 때는 제가 그렇게까지 당황하 진 않았습니다. 그래서 제대로 된 주소를 말했습니다."

"제대로 된 주소?"

"네, 링베겐 37번지라고요."

"하지만 그 집은 셸드가탄에 있잖아."

"네, 하지만 정확한 주소는 링베겐 37번지입니다. 아마 우편 부에게 그게 더 편해서 그렇겠지요."

"더 편해?"

군발드 라르손은 얼굴을 찌푸렸다.

"그거 확실한가?"

"네. 마리아 경찰서에서 근무하기 시작했을 때, 맨 먼저 2구 역의 모든 도로와 주소를 다 외워야 했습니다."

"공중전화로 걸었을 때는 링베겐 37번지라고 말했지만 두 번 째로 화재 신고함에서 걸었을 때는 셸드가탄이라고 말했다는 거지?"

"네, 그런 것 같습니다. 링베겐 37번지가 셸드가탄에 있다는 건 다들 아니까요."

"난 몰랐는데."

"제 말은, 2구역을 아는 사람이라면 말입니다."

군발드 라르손은 이 말에 허를 찔렸다가 곧 중얼거렸다.

"뭔가 수상해."

"수상하다고요?"

군발드 라르손은 탁자로 가서 펼쳐진 잡지를 들여다보았다. 사크리손이 살금살금 쫓아와서 잡지를 낚아채려 했지만, 군발드 라르손이 큼직한 털북숭이 손을 척 얹으면서 말했다.

"이건 틀렸어. 68조각이야."

"네?"

"럭스턴이라는 영국 의사. 그 사람은 마누라하고 하녀를 68조각으로 토막냈다고. 그리고 두 여자는 발가벗고 있지 않았어. 그럼 이만."

군발드 라르손은 토르스가탄의 특이한 보일러실을 떠나 집으로 차를 몰았다. 볼모라의 아파트에 열쇠를 꽂는 순간 그동안 하던 일을 싹 잊었다. 그가 다시 생각하기 시작한 것은 다시 사무실에 앉았을 때, 그러니까 이튿날 아침이었다.

영문을 알 수 없는 일이었다. 아무래도 이해가 되지 않아, 뢴에게 가서 의논해봐야겠다고 생각했다.

"정말로 희한해." 군발드 라르손이 말했다. "이해가 안 돼."

"뭐가?"

"사라진 소방차 말이야."

"그러게, 내가 지금까지 겪은 일 중에서도 제일 이상한 편이야." 뢴이 말했다.

"자네도 계속 그 생각을 하고 있었군?"

"그랬지. 아들이 그게 사라졌다고 말했을 때부터 계속. 아들은 밖에도 안 나갔어. 감기에 걸려서 집안에만 있었거든. 집안 어디에서 뿅 사라져버린 거야."

"자네 정말 바본가? 내가 여기서 자네가 잃어버린 장난감 이야기나 하고 있을 것 같아?"

"그게 아니면 뭘 말하는 건데?"

군발드 라르손은 하려던 말을 들려주었다. 뢴이 코를 긁으면서 물었다.

"소방국은 확인해봤나?"

"그래, 방금 전화 걸어봤어. 전화 받은 사람은 좀 덜떨어진 것 같더군."

"어쩌면 그 사람이 자네를 덜떨어졌다고 여겼을지 모르지."

"허!"

군발드 라르손은 문을 쾅 닫고 가버렸다.

이튿날 아침인 27일 수요일, 수사 결과를 정리하는 회의가 열렸다. 그리고 아무 결과도 없다는 게 확인되었다. 올로프손은 일주일 전 실종 공지가 발표된 뒤에도 계속 실종 상태였다. 수사팀은 그가 마약중독자였고 전문 범죄자라는 것 등 그에 관해서 꽤 많은 사실을 확인했지만, 전부 이전부터 알던 내용이었다. 수사팀은 또 전국에 올로프손의 행방을 문의했고 인터폴에도 문의했다. 과장하자면 전 세계에 문의했다고 할 수 있었다. 사진, 지문, 인상착의를 수천 장 복사해서 내보냈다. 쓸모없는 제보가 꽤 들어왔지만 이른바 위대한 탐정이라고 불리는 일반 대중에게 신문, 라디오, 텔레비전을 통해 알리진 않았기 때문에 수가 아주 많지는 않았다. 지하 세계에서의 탐문도 소득이 거의 없었다. 그 안에서 알아본 결과도 도움될 게 없었다. 일월 말이나 이월 초 이래 올로프손을 본 사람은 아무도 없었다. 그는 해외로 나갔다고들 했다. 하지만 해외에서 그를 본 사람도 없었다.

"그를 꼭 찾아야 해." 함마르가 강조했다. "지금 당장."

함마르가 한 말은 그게 다였다.

"저런 지시는 별로 생산적이지 않아." 콜베리가 말했다.

콜베리가 말한 것은 회의 후 멜란데르의 책상에 걸터앉아 심드렁하게 다리를 대롱거리던 중이었다.

자리에 앉은 멜란데르는 어깨를 등받이에 붙이고 두 다리를 겹쳐서 죽 펴고 있었다. 입에는 파이프를 물었고 눈은 반쯤 감겨 있었다.

"뭐하나?" 콜베리가 멜란데르에게 물었다.

"생각중이겠지." 마르틴 베크가 대신 대답했다.

"그건 나도 알아. 무슨 생각을 하느냐는 거지."

"경찰의 치명적인 실수 중 하나에 관해서." 멜란데르가 말했다.

"아, 그래, 어떤 실수?"

"상상력 부족."

"그게 자네가 할 말인가?"

"그래, 나한테도 그런 결함이 있지." 멜란데르는 차분히 받았다. "현재의 문제는 이 사건이 상상력 부족의 완벽한 사례가 아닐까 하는 거야. 수사 활동의 편협함이라고 말할 수도 있겠지."

"내 상상력은 아무 문제 없어." 콜베리가 말했다.

"잠깐만." 마르틴 베크가 끼어들었다. "좀더 설명해보겠나?"

마르틴 베크는 좋아하는 자리에, 그러니까 문 바로 안쪽 서류함에 팔꿈치를 세우고 선 채였다.

"맨 처음 우리는 사고로 가스가 폭발했다는 가설에 만족했지." 멜란데르가 말했다. "그다음에는 누군가 기발한 발화 장치로 말름을 죽이려고 했다는 확실한 증거를 얻었고, 그래서 그 순간 수사 방향을 정했어. 올로프손을 찾아야 한다는 걸로. 그 결론에는 올로프손이 그 짓을 저지른 장본인이라는 가정이 깔

사라진 소방차

려 있지. 그래서 우리는 눈가리개를 쓴 사냥개처럼 그 방향으로만 쫓았어. 하지만 만일 우리가 막다른 골목으로 빠져들고 있는 거라면 어쩌겠나?"

"빠져든다는 표현이 딱이군." 콜베리가 맥없이 말했다.

"우리 경찰은 지금까지 이런 실수를 무수히 반복하면서, 중요한 수사를 무수히 망쳐왔어. 처음에 우리는 확실한 단서로 보이는 어떤 사실을 알아내지. 그리고 그 사실이 가리키는 특정 방향으로만 수사를 진행해. 그 밖의 다른 견해는 억압되거나 기각돼. 보통은 제일 떠올리기 쉬운 가설이 옳을 때가 많다는 이유로, 언제나 반드시 그런 것처럼 행동하지. 세상에는 경찰이 그런 교조적인 방식으로 생각하는 바람에 법망을 피한 범죄자가 넘쳐 나. 상상해보자고. 지금 이 순간, 누가 올로프손을 찾아내는 거야. 그는 파리의 레스토랑에 앉아 있을 수도 있고, 스페인이나 모로코의 호텔 발코니에 앉아 있을 수도 있어. 어쩌면 자신이 거기 두 달 동안 계속 앉아 있었다는 사실을 증명할 수 있을지도 몰라. 그렇다면 우리는 어떻게 되겠나?"

"올로프손 수색을 관둬야 한다는 얘기야?" 콜베리가 물었다.

"전혀 아니야. 우리가 말름을 붙든 순간, 그자는 말름이 자신에게 위험한 존재가 되었다는 사실을 깨달았을 거야. 따라서 여전히 올로프손은 제일 손쉬운 해답이야. 우리가 그를 찾아내야 할 이유는 무진장 많아. 하지만 우리는 올로프손이 우리 사건, 즉 화재 사건에서는 쓸모없을지도 모른다는 가능성을 잊고 있어. 설령 그가 마약을 유통했고 훔친 차에 가짜 번호판을 달았다는 게 사실로 확인되더라도, 수사에는 아무런 진전이 없지. 그런 건 우리하고는 무관한 일이야."

"올로프손이 이 일에 전혀 관계되지 않았다면 그건 엄청 희한한 일인데."

"맞는 말이야. 하지만 세상에는 가끔 희한한 일이 벌어진다네. 예를 들어, 말름의 자살과 누군가 그를 죽이려고 한 일이 동시에 벌어졌던 것도 아주 희한한 우연의 일치였잖나. 나도 현장에서 깜박 속았지. 그리고 지금까지 아무도 신경쓰지 않은 희한한 점이 또 하나 있어. 화재가 난 지 곧 삼 주가 되고, 그동안 올로프손을 보거나 소식을 들은 사람은 아무도 없어. 그래서 다들 이런저런 결론을 내리는데 말이야, 사실은 우리가 아는 한 화재가 나기 전에도 한 달 동안 올로프손이 아무하고도 연락이 없었다는 것 또한 분명한 사실이란 말이야."

마르틴 베크가 몸을 펴면서 곰곰이 말했다.

"그래, 사실이야."

"그 추리에 틀림없이 무슨 의미가 숨어 있을 텐데." 콜베리가 말했다.

그들은 그 의미가 무엇일지 생각에 잠겼다.

같은 층의 좀 떨어진 곳에서, 뢴은 군발드 라르손의 방으로 살짝 들어가서 말했다.

"있잖아, 어젯밤에 내가 무슨 생각이 났는데."

"무슨?"

"어, 내가 이십 년쯤 전에 스코네에서 두 달 일한 적이 있었거든. 룬드에서. 왜 갔는지는 잊었지만."

뢴은 생각에 잠겨서 말을 멈추더니 진지하게 덧붙였다.

"끔찍했어."

"뭐가?"

"스코네."

"아하, 그 생각이 났다는 건가?"

"돼지랑 소랑 밭이랑 학생들밖에 없고. 엄청 덥고. 죽는 줄 알았지. 하지만 사건이 하나 있었어. 내가 거기 내려가 있을 때 큰불이 났거든. 한밤중에 공장 한 채가 홀랑 타버렸어. 나중에 알고 보니 야경꾼이 실수로 불을 낸 거였어. 그 남자가 직접 신고도 했는데, 하도 허둥거린 나머지 말뫼 소방국에 전화한 거야. 거기 출신이었거든. 그래서 룬드에서 불이 활활 타는 동안 말뫼 소방관들은 사다리, 펌프, 그물, 기타 등등을 챙겨 출동하고서 어리둥절했지."

"사크리손이 워낙 바보 천치라서 스톡홀름 남부에 난 불을 나카 소방국으로 신고했을 거라는 뜻인가?"

"대충 그런 얘기야."

"하지만 그러지 않았어." 군발드 라르손이 말했다. "내가 가까운 거리에 있는 시내 경찰서에 전부 전화를 걸어봤거든. 그날 밤 화재 신고를 받은 곳은 없었어."

"내가 자네라면 소방국에도 전화해볼 거야."

"자네가 나라면, 불이라면 이제 지긋지긋할 거야. 그리고 소방국보다는 경찰서에서 제대로 된 답을 들을 가능성이 더 높지. 도토리 키 재기일 뿐이지만."

뢴이 문으로 향했다.

"에이나르?"

"응."

"그 사람들은 그물로 뭘 하려고 했다나? 한밤중에 공장에 불이 났는데?"

뢴이 잠시 생각해보았다.

"모르겠어." 이윽고 나온 대답이었다. "어쩌면 내가 상상력을 너무 발휘했는지도 모르지."

"그러셔?"

군발드 라르손은 어깨를 으쓱하고는 종이칼로 계속 이를 쑤

사라진 소방차

셨다.

그래도 그는 이튿날 아침에 스톡홀름 인근의 모든 소방국에 전화를 돌리기 시작했다. 답은 놀랍도록 금방 나왔다.

"예엡." 솔나-순드뷔베리 소방국 남자는 호들갑스럽도록 친근하게 대답했다. "물론 확인해볼 수 있죠."

십 초 뒤.

"네, 그날 저녁에 순드뷔베리 링베겐 37번지로 가짜 신고가 들어왔었네요. 정확히 23시 10분에. 전화로 온 신고였죠. 또 뭘 알려드릴까요?"

"경찰은 그런 말 없었는데." 군발드 라르손이 말했다. "경찰도 현장에 출동해야 하지 않습니까?"

"물론 순찰차가 나가죠. 아니면 이상하죠."

"그 전화가 스톡홀름 중앙 신고 센터를 거쳐서 왔습니까, 아니면 그쪽으로 직접 왔습니까?"

"직통으로 왔을 거예요. 하지만 확실하진 않네요. 기록이 한 줄뿐이라서요. 익명의 전화 신고, 가짜."

"그런 전화가 오면 어떻게 합니까?"

"그야 당연히 출동하죠."

"나도 그건 압니다. 하지만 그 정보를 딴 데로도 보냅니까?"

"네, 여기 짭새한테요."

"누구라고 했소?"

"경찰요. 중앙 신고 센터에도 알리죠. 큰불이 나면 눈에 확 띄니까 사방에서 신고가 쏟아진단 말입니다. 우리가 벌써 스물 다섯 통쯤 신고를 받았는데도 백 명쯤 더 전화를 걸거나 화재 신고함을 누를 수도 있단 말입니다. 그러면 어떻게 되겠어요. 그래서 우리는 출동할 때는 꼭 보고합니다. 아니면 아수라장이 될 테니까요."

"알았소." 군발드 라르손은 차갑게 말했다. "누가 그 전화를 받았는지 아시오?"

"물론이죠. 모르텐손이라는 아가씨가 받았습니다. 도리스 모르텐손."

"그 아가씨를 만나려면 어디로 가야 합니까?"

"와봤자예요, 이 사람아. 어제 휴가를 떠났거든요. 그리스로."

"그리스?" 군발드 라르손이 싫은 티를 확 내며 말했다.

"그래요. 그게 뭐 잘못입니까?"

"엄청 잘못이고 말고."

"맙소사, 내가 짭새한테 공산주의 선전이나 듣고 앉았다니. 지난가을에 나도 아크로폴리스인가 뭔가 하는 데를 직접 가봤는데 좋기만 하더구먼요. 질서도 끝내주고. 그리고 그 나라 경찰은 매너가 얼마나 좋던지. 당신들이 배울 게 많은 곳이라고요."

"입 닥쳐, 멍청아." 군발드 라르손은 수화기를 내던졌다.

미처 묻지 못한 중요한 문제가 하나 더 있었지만 더는 견딜 수 없었다. 대신 그는 뢴의 방으로 가서 말했다.

"부탁 좀 들어줘. 솔나-순드뷔베리 소방국에 전화해서, 도리스 모르텐손이라는 사람이 휴가에서 언제 돌아오는지 물어봐줘."

"어, 그러지 뭐. 그런데 무슨 일이야? 당장이라도 누굴 덮칠 사람처럼 보이는군."

군발드 라르손은 대꾸하지 않았다. 성큼성큼 제 자리로 돌아가서, 즉시 솔나의 로순다베겐에 있는 경찰서로 전화했다. 쇠뿔도 단김에 빼는 게 나을 것 같았다.

"어제 내가 전화해서 아주 중요한 질문을 했었죠. 3월 7일 밤 11시쯤 화재 신고가 있었느냐 없었느냐 하는." 군발드 라르손이 말을 꺼내자 솔나 경찰서의 남자가 이렇게 대답했다.

"맞습니다. 제가 그 전화를 받았고, 그런 신고가 들어왔다는 기록은 없다고 대답했습니다."

"하지만 내가 알아보니까 그날 밤에 가짜 신고가 있었답니다. 정확히 말하면 순드뷔베리 링베겐 37번지로. 경찰한테도 정상적으로 통지가 갔다니까 순찰차가 현장에 나갔어야 해요."

"이상하네요. 그런 기록은 없는데요."

"맙소사, 그러면 그때 당번이었던 사람들한테 확인해봐요. 누가 당번이었소?"

"순찰요? 그건 찾아볼 수 있습니다. 잠시만요."

군발드 라르손은 손가락으로 초조하게 책상을 도드락거리면서 기다렸다.

"여깄네요. 8번 순찰차, 에릭손하고 크바스트모, 린스코그라는 견습하고 같이. 3번 순찰차, 크리스티안손하고 크반트……."

"됐어요." 군발드 라르손이 말했다. "두 등신은 지금 어딨소?"

"크리스티안손하고 크반트요? 지금 당번이라 순찰중입니다."

"당장 이리로 보내요. 당장!"

"하지만……."

"하지만이고 자시고, 십오 분 안에 두 등신이 여기 쿵스홀름스가탄의 내 사무실에 조각상처럼 서 있어야 할 거요."

군발드 라르손이 수화기를 내려놓았을 때, 뢴이 문틈으로 고개를 디밀고 말했다.

"도리스 모르텐손은 삼 주 뒤에 돌아온대. 4월 22일에 다시 출근한다는군. 그건 그렇고, 전화 받은 남자는 무진장 성질이 났던데. 자네 팬클럽은 아닌가 봐."

"그래, 점점 더 줄고 있지." 군발드 라르손이 말했다.

"응, 그럴 것 같군." 뢴이 부드럽게 말했다.

십육 분 뒤, 크리스티안손과 크반트는 군발드 라르손의 방에 서 있었다. 둘 다 스코네 출신이었고, 푸른 눈에 떡 벌어진 어깨를 가졌으며, 키가 186센티미터에 가까웠다. 두 사람은 지금 책상 너머에 앉아 있는 남자와 이전에도 여러 차례 괴로운 만남을 가진 적 있었다. 군발드 라르손의 시선이 떨어진 순간, 둘은 대번에 굳었다. 아닌 게 아니라 정말로 어깨띠와 반짝거리는 단추가 달린 가죽 재킷을 입은 두 순경을 묘사한 딱딱한 조각상처럼 보였다. 둘은 권총과 곤봉도 차고 있었다. 세밀한 차이라면 크리스티안손은 모자를 왼팔 겨드랑이에 단단히 끼우고 있는데 크반트는 여전히 머리에 얹고 있다는 점이었다.

"맙소사, 그 사람이네!" 크리스티안손이 속삭였다. "그 끔찍한……."

크반트는 대꾸가 없었다. 크반트의 험상궂은 표정은 순순히 겁먹지는 않겠다는 결의를 보여주었다.

"아하." 군발드 라르손이 말했다. "여기 오셨군. 돌대가리 같은 얼간이 두 분께서."

"왜 그러십……?" 크반트가 말문을 뗐지만, 책상 뒤 남자가 벌떡 일어서자 황급히 입을 다물었다.

"사소한 세부적인 문제인데." 군발드 라르손이 다정한 목소리로 말했다. "3월 7일 밤 11시 10분, 자네들은 화재 신고를 접수하고 순드뷔베리 링베겐 37번지로 호출되었어. 기억하나?"

"아니요." 크반트가 뻔뻔하게 대답했다. "기억 안 납니다."

"거짓말 집어치워!" 군발드 라르손이 호통쳤다. "그 주소로 갔나, 안 갔나? 대답해!"

"네, 아마도……." 크리스티안손이 대답했다. "우리는…… 저, 기억나는 것 같습니다. 하지만……."

"하지만?"

"하지만 아무 일도 없었습니다." 크리스티안손이 말했다.

"그만 말해, 칼레, 바보처럼 왜 그래." 크반트가 경고했다.

그러고는 우렁차게 덧붙였다.

"저는 기억이 안 납니다."

"둘 중 누구든 한 번만 더 거짓말을 하면……." 군발드 라르손이 열 배 더 큰 목소리로 말했다. "둘 다 스카뇌르-팔스테르보의 분실물 센터든 어디든 자네들이 왔던 데로 도로 내쫓아버리겠어. 법정에서든 어디서든 멋대로 거짓말해도 좋지만, 여기선 안 돼! 그리고 모자 벗어!"

크반트는 모자를 벗어 왼팔에 단단히 끼웠다. 그러고는 크리스티안손을 흘깃거리며 애매하게 말했다.

"네 잘못이야, 칼레. 네가 게으르지만 않았어도……."

"아예 가지 말자고 한 건 너였잖아." 크리스티안손이 말했다. "네가 아무것도 못 들었으니까 그냥 복귀해서 퇴근 카드를 찍자고 했잖아. 무선이 좀 이상하다고 하면서."

"그건 다른 문제지." 크반트가 어깨를 으쓱하면서 말했다. "무선이 고장나는 건 어쩔 수 없는 일이야. 평범한 경찰관이 통제할 수 없는 상황이라고."

군발드 라르손은 도로 앉았다.

"이제 털어놔." 그는 간단히 말했다. "짧고 간단하게."

"제가 운전을 하고 있었는데……." 크리스티안손이 말했다. "무선 메시지가 들어왔습니다……."

"아주 지직거리면서요." 크반트가 끼어들었다.

군발드 라르손이 잡아먹을 듯 크반트를 쳐다보며 말했다.

"장황한 설명은 됐어. 그리고 거짓말을 두 번 반복해서 말한다고 해서 사실에 가까워지는 건 아냐."

"그래서……." 크리스티안손이 안절부절못하며 말했다. "그 주소로, 순드뷔베리 링베겐 37번지로 갔습니다. 소방차가 와 있었지만 화재는 없었습니다. 그러니까 아무 일도 아니었습니다."

"자네들이 순전히 게으르고 멍청한 까닭에 보고하지 말자고 결정해버린 가짜 신고를 빼고는 말이지. 맞나?"

"네." 크리스티안손이 웅얼거렸다.

"몹시 피곤했습니다." 크반트가 희망을 품고 말했다.

"뭐 때문에?"

"길고 힘든 근무 때문에."

"염병……." 군발드 라르손이 말했다. "순찰중에 사건을 몇 건 처리했나?"

"한 건도 없었습니다." 크리스티안손이 말했다.

똑똑하진 않지만 진실된 대답이로군, 군발드 라르손은 속으로 생각했다.

"날씨가 나빴습니다." 크반트가 말했다. "시야도 나쁘고."

"곧 근무가 끝날 시각이었습니다." 크리스티안손이 호소했다. "순찰을 다 돌았고요."

"시브도 아주 아팠습니다." 크반트는 이렇게 말하고는 고맙게도 덧붙였다. "우리 마누랍니다."

"그리고 아무것도 없었으니까요." 크리스티안손이 거듭 말했다.

"그래, 그랬지." 군발드 라르손이 온화하게 말했다. "아무것도 없었지. 삼중 살인의 핵심 증거 외에는."

그러고는 버럭 고함을 질렀다.

"나가! 썩 나가! 꺼져!"

크리스티안손과 크반트는 허겁지겁 방을 나왔다. 이제 둘의 모습은 별로 조각상 같지 않았다.

"세상에!" 크리스티안손이 이마에서 땀을 훔치며 말했다.

"그러니까……." 크반트가 말했다. "내가 마지막으로 말하는 거야, 칼레. 아무것도 보지 말고, 아무것도 듣지 말아야 해. 하지만 어쩌다가 뭘 보거나 들으면, 그때는 제발 꼭 보고해야 해."

"세상에." 크리스티안손은 아둔하게 대꾸했다.

스물네 시간 뒤, 군발드 라르손은 머릿속에서 모든 것을 한 단계 한 단계 철저히 정리해냈다. 그 생각을 알기 쉬운 문장으로 종이에 적어 내리기까지 했다. 이런 내용이었다.

1968년 3월 7일 23시 10분, 셸드가탄 거리의 한 건물에 불이 났다. 건물의 정식 주소는 링베겐 거리 37번지다. 동월 동일 23시 10분, 현재까지 신원이 밝혀지지 않은 한 사람이 솔나-순드뷔베리 소방국 교환원에게 전화를 걸어서 링베겐 37번지에 불이 났다고 말했다. 순드뷔베리에도 링베겐이라는 거리가 있기 때문에, 소방관들은 그곳으로 출동했다. 동시에 소방국은 중복을 막기 위한 정례적인 조치로서 경찰 그리고 스톡홀름 중앙 신고 센터에도 메시지들을 전달했다. 23시 15분경, 사크리손 순경은 로센룬스가탄 거리의 공중전화에서 중앙 신고 센터로 전화를 걸어, 링베겐 37번지에 불이 났다고 신고했다. 주소를 그보다 더 자세히 밝히지는 않았다. 중앙 신고 센터의 담당 접수원은 막 솔나-순드뷔베리에서 메시지를 받았기 때문에 똑같은 화재라고 생각했고, 그래서 사크리손 순경에게 벌써 소방차가 출동해서 현장에 가 있을 거라고 말해주었다. (소방차는 실제로 출동했지만 순드뷔베리의 링베겐에 가 있었다.) 23시 21분, 사크리손 순경은 다시 한번 중앙 신고 센터에 연락했다. 이번에는 화재 신고함을 사용했다. 순경 본인의 진술에 따르면 이번에는 "불이 났습니다! 셸드가탄에 불이 났어요!" 하고 말했기 때문에, 오해가 생길 여지가 없었다. 그래서 소방관들은 스톡홀름의 링베겐 37번지로 출동했다. 즉, 셸드가탄의 건물로 출동했다.

솔나-순드뷔베리의 소방국에 전화를 건 사람은 사크리손 순경이 아니었다.

결론: 화재는 방화였고, 시간을 맞출 수 있는 기폭 장치가 설치된 화학 폭탄으로 인해 발생했다. 사크리손 순경의 진술을 믿을 수 있다면, 장치가 말름의 집에 설치된 것은 아무리 늦어도 21시였다. 이 경우 시한 장치는 세 시간으로 맞춰져 있었을 것이다. 범인은 그 세 시간 동안 어디로든 마음대로 사라질 수 있었다. 불이 23시 10분에 난다는 걸 확실히 알 수 있었던 사람은 방화를 계획한 사람뿐이었다(만일 교사가 있었다면, 교사자도 알았다). 따라서 순드뷔베리 소방국에 전화한 사람은 아마도 범인이었을 것이다.

의문 1: 그 사람은 왜 잘못된 소방국에 전화했을까?

가능한 답: 그 사람이 솔나나 순드뷔베리에 있었기 때문에. 그리고 스톡홀름과 근교의 지리를 잘 몰랐기 때문에.

의문 2: 그 사람은 애초에 왜 화재 신고를 했을까?

가능한 답: 그는 말름을 살해하려고 했지만 같은 건물에 있는 다른 사람 열 명을 더 죽이거나 해칠 마음은 없었기 때문에. 필자의 견해로 이것은 의미심장한 지점이다. 범죄가 전문가에 의해 치밀하게 계획된 것이었음을 강조해주는 사실이기 때문이다.

군발드 라르손은 쓴 것을 죽 읽어보았다. 몇 분 고민하다가, '메시지들'에서 '들'을 지우고 '경찰 그리고'에서 '그리고'를 지웠다. 볼펜으로 어찌나 철저하게 덮어버렸던지 원래 단어를 해독하려면 과학수사라도 필요할 지경이었다.

"군발드가 뭔가 궤도에 올랐어." 마르틴 베크가 말했다.

"아하." 콜베리가 의심스럽게 말했다. "철도에 올랐다 이거겠지?"

"아니. 이건 건설적인 방향이야. 최초의 진정한 단서야."

콜베리는 보고서를 읽어보았다.

"브라보, 라르손." 콜베리가 말했다. "최곤데. 특히 문장의 간결함이. '만일 교사가 있었다면, 교사자도 알았다'. 훌륭하군."

"그렇게 생각하나?" 군발드 라르손이 부드럽게 말했다.

"농담은 그만두고." 콜베리가 말했다. "이제 우리가 할 일은 올로프손이란 놈을 찾아서 신고 전화와의 관계를 확인하는 거야. 하지만 어떻게 그러지?"

"간단해." 군발드 라르손이 말했다. "신고 전화를 받은 아가씨가 있어. 그 아가씨가 신고자의 목소리를 알 거야. 전화 교환원들은 그런 일에 능하니까. 안타깝게도 그 아가씨는 지금 휴가라서 연락이 안 되지만 삼 주 뒤에 돌아온다고 했어."

"그전에 우리는 올로프손을 찾아내면 되는 거지." 콜베리가 말했다.

"그래." 뢴이 덧붙였다.

3월 29일 금요일 오후에 이야기된 건 그게 다였다.

하루하루 흘러갔다. 새 달이 시작되었다. 또 한 주가 지나갔다. 곧 두 주가 지나갔다. 그런데도 베르틸 올로프손의 행방은 묘연했다.

19.

　말뫼는 스웨덴에서 세 번째로 큰 도시이고, 스톡홀름과는 전연 다르다. 인구는 스톡홀름의 3분의 1도 안 되고, 스톡홀름이 그물망처럼 얽힌 고지대 섬들에 건설된 것과는 달리 널찍한 평지에 뻗어 있다. 말뫼는 스톡홀름보다 600킬로미터 더 남쪽에 있고, 유럽 대륙으로 통하는 관문이다. 삶의 리듬도 스톡홀름보다 더 차분하고 분위기도 덜 거칠어, 경찰마저도 좀더 친근하고 사회에 잘 녹아 있다고 한다. 기후가 더 온화한 것처럼 말이다. 말뫼에는 비가 자주 오지만 아주 추워지는 일은 드물다. 스톡홀름 근처에서 슬슬 얼음이 녹기 한참 전부터, 외레순드 해협에서는 평평한 모래 사장과 낮은 석회암 지대로 파도가 찰싹찰싹 밀려든다.

스웨덴 다른 지역에 비해서 봄이 더 일찍 찾아오며, 특히 이월, 삼월, 사월에는 종종 해가 나고 하늘이 맑고 쥐 죽은 듯이 고요한 날이 선물처럼 찾아오곤 한다.

4월 6일 토요일이 그런 날이었다.

부활절 방학이 시작되었고, 많은 사람이 도시를 떠났다. 주말을 이용해서 여름 별장을 살피러 가거나 시골 친구 집을 방문하는 것 정도라도 말이다. 나뭇잎은 아직 돋지 않았지만 때가 머지않았고, 길가에는 벌써 노란 봄꽃이 피었다.

도시 북동쪽의 산업용 항구 지구는 이 토요일 오후에 유달리 고요했다. 당연했다. 도심으로부터 꽤 멀리 떨어져 있는데다가 산책자들이나 드라이브하는 사람들에게 딱히 매력적인 구경거리가 아니었기 때문이다. 길고 조용한 선창에는 크레인들이 늘어져 있었고, 화물차들이 꼼짝 않고 서 있었다. 목재와 녹슨 철제 들보가 무더기로 쌓여 있었다. 울타리를 두른 공장 부지 안에서 외로운 경비견이 이따금 컹컹 짖었다. 덴마크 굴착선이 몇 척 정박해 있었지만 선원들은 부활절을 맞아 다들 집에 가고 없었다. 어느 잠긴 창고 앞에는 새파란 트랙터가 이백 대 서 있었다. 영국에서 막 배로 실어 온 것들로, 곧 근처 농가의 구매자들에게 배달될 물건이었다.

개 짖는 소리 말고는 몇백 미터 밖 정유 시설이 내는 희미한 소음이 들릴 뿐이었다. 기름 냄새도 풍겼는데 코가 민감한 사람이라면 충분히 짜증스럽게 느낄 정도였다.

항구 전체에서 눈에 보이는 사람이라고는 딱 두 명뿐이었다. 배를 깔고 엎드려서 낚시하는 두 소년이었다. 둘은 다리를 벌리고 고개를 선창 너머로 내민 채 서로 딱 붙어 엎드려 있었다. 두 소년은 공통점이 많았다. 둘 다 여섯 살 반이었고, 머리카락이 검었고, 눈동자가 갈색이었고, 엄밀히 말해 아직은 겨울인데도 벌써 피부가 그은 것 같았다.

소년들은 도시 동쪽 끝에 있는 가난한 집에서 여기까지, 칼집에 든 칼을 허리띠에 차고 돌돌 만 낚싯줄을 주머니에 넣은 채 걸어서 왔다. 도착해서는 트랙터 이백 대 사이를 누비고 그중 최소한 오십 대에는 직접 올라앉아보면서 한 시간쯤 놀았다. 빈 물통을 두어 개 발견해서 바다로 던졌고, 그다음에는 돌을 던져서 그 물통을 맞히려고 했지만 맞히진 못했다. 버려진 지게차도 한 대 발견했는데 폐기장으로 갈 물건이었다. 소년들은 그 엔진에서 자기들이 보기에 귀하고 흥미로운 부속을 몇 개 풀어내는 데 성공했다. 그다음에 이제 선창에 엎드려서 낚시를 하고 있었는데, 애초에 여기 온 목적이 이것이었다.

두 소년이 스웨덴 출신이 아니란 건 행동만 봐도 어느 정도 알 수 있었다. 스웨덴에서 태어난 사람이라면 아무리 소년들처럼 어린 나이라도 여기서 낚시할 생각일랑 하지 않는다. 여기서 뭔가 낚을 가능성은 앤초비 통조림에서 산 청어를 찾아낼 가능성과 비슷하기 때문이다. 여기는 항구 바닥 진흙 속에서 먹이를 찾는 장어 외에는 아무것도 없다. 그리고 장어는 낚싯바늘로는 잡히지 않는다.

소년들의 이름은 오메르와 미오드라그였고, 둘 다 유고슬라비아 출신이었다. 아버지들은 부두 노동자였고, 어머니들은 직물 공장에서 일했다. 둘 다 여기 산 지가 오래되지 않아서 아직 스웨덴어를 익히지 못했다. 미오드라그는 "하나, 둘, 셋"을 말할 줄 알았지만 그게 다였다. 앞으로 두 아이가 말을 잘 배울 가능성도 그다지 높지 않았다. 낮에 머무는 탁아소는 전체 아이의 70퍼센트가 외국인이었고, 두 소년의 부모는 부자라고 느껴질 만큼 돈을 충분히 번 다음에야 퇴근했다.

두 소년은 가만히 엎드려서 물 속을 응시했다. 둘 다 곧 거대한 물고기가 바늘을 물 거라고 생각했다. 하도 크고 힘센 물고기가 걸려서, 자기들이 물속으로 끌려들지도 모른다고 상상했다. 바로 그 순간, 특수한 기후 및 수력학적 조건이 갖춰진 순간에만 드물게 발생하는 현상이 벌어졌다. 고요하고 화창한 이 날 오후 3시 15분, 해협 밖에서 해류에 떼밀리던 깨끗하고 맑은 물줄기가 내항에 고인 더러운 물속을 천천히 통과해 지나갔다.

사라진 소방차

오메르와 미오드라그는 갑자기 물에 잠긴 낚싯줄을 똑똑히 볼 수 있었고, 납추와 미끼로 단 벌레까지 볼 수 있었다. 물은 서서히 점점 더 깨끗해졌고, 급기야 두 소년은 항구 바닥에 놓인 낡은 요강과 녹슨 철제 빔까지 볼 수 있었다. 그다음에는 선창에서 십 미터쯤 떨어진 곳에 놓인 무언가가 눈에 들어왔다. 그것을 본 순간 두 소년은 엄청나게 놀랐고, 바로 상상력이 용솟음쳤다.

그 물체는 차였다. 소년들은 그것을 똑똑히 봤다. 차는 파란색 같았고, 꽁무니가 선창을 향한 방향으로 서 있었으며, 문은 닫혀 있고 바퀴는 진흙에 묻혀 있었다. 꼭 누가 바다 밑 비밀의 도시 속 광장에 떡 세워둔 것 같았다. 소년들이 보기에 차는 온전했고 조금도 찌그러지거나 망가진 데가 없는 듯했다.

그때 물이 다시 탁해졌다. 물속의 차는 소년들의 시야에서 사라지기 시작했고, 일이 분 뒤에는 차도 요강도 낚싯줄도 보이지 않았다. 더러운 녹회색 물 표면에 뜬 자갯빛 기름 막과 끈끈한 회색 기름 덩어리가 보일 뿐이었다.

두 소년은 주변에 딴 사람이 없나 둘러보았다. 자신들이 발견한 걸 보여주기 위해서, 적어도 말해주기 위해서. 왜냐하면 이제 보이는 건 아무것도 없었으니까. 하지만 사월의 아름다운 토요일에 항구는 텅 비어 있었고, 간간이 짖던 외로운 개조차 짖지 않았다.

오메르와 미오드라그는 낚싯줄을 걷어, 그러잖아도 낡은 플러그와 구리 관 조각과 녹슨 너트와 볼트로 터져나갈 듯한 주머니에 쑤셔넣었다. 그러고는 있는 힘껏 달렸다. 하지만 숨을 고르려고 멈췄을 때도 아직 항구 동쪽 구역에 있었다. 항구는 아주 넓었고, 뭘로 봐도 두 소년은 아주 작았다.

소년들은 십 분을 더 달리고서야 벳쿠스트베겐 거리로 나왔다. 사람들이 있었다. 아이들은 막상 어떻게 해야 좋을지 알 수 없었다. 차를 탄 사람들은 다들 차갑고 냉담하게 앞만 보며 도로를 쌩 달릴 뿐 인도에서 손을 흔드는 두 꼬마에게는 신경쓰지 않았다. 더군다나 소년들은 피부색이 짙은 이른바 '외국인 어중이떠중이'였으니까.

그러나 스물다섯 번째 차는 그냥 지나치지 않고 멈췄다. 지붕에 무선 수신기가 달려 있고 측면에 굵은 글씨로 '경찰'이라고 적힌 흑백 폭스바겐이었다.

차 안에는 엘로프손과 보릴룬드라는 이름의 제복 경찰관이 타고 있었다. 두 경찰은 평온하고 기분 좋은 상태였고, 소년들이 하는 말을 한 마디도 알아듣지 못했다. 엘로프손이 겨우 이해한 것은 소년들이 항구를 가리킨다는 것, 그리고 한 소년이 "차"라고 말한 것이었다. 엘로프손은 아이들에게 사탕을 하나

　　　　　　　　　　　　　　사라진 소방차

씩 쥐여준 뒤, 창을 도로 올리고 미소를 지으며 손을 흔들고 떠났다.

엘로프손과 보릴룬드는 꽤 양심적인 경찰들이었고 특별히 할 일도 없었으므로 동쪽 부두를 한 바퀴 돌아보았다. 제일 멀리까지 나간 다음에 좌회전을 하여 흉벽을 따라 차를 세웠다. 보릴룬드가 차에서 내렸다. 그는 흉벽 위까지 올라가서 몇 분쯤 서 있었다. 보이는 것이라고는 모래 굴착선들이 열심히 만들어낸 기묘한 인공 늪지대 풍경뿐이었다. 개 짖는 소리가 들렸고 정유 시설에서 나는 쉭쉭 소리도 들렸다.

스물네 시간 뒤, 다른 경찰관 하나가 항구의 부둣가에 서 있었다. 그는 형사였고, 이름은 몬손이었다. 그에게도 차는 보이지 않았다. 빈 맥주 캔과 늘어진 콘돔이 동동 뜬 지저분한 물이 보일 뿐이었다.

몬손을 이곳으로 데려온 소문은 입에서 입으로 전달되는 동안 내용이 상당히 왜곡되었다. 두 유고슬라비아 소년이 여기 예른카옌에서 경찰차가 바닷물로 돌진하여 사라지는 걸 보았다는 이야기였다. 두 소년은 학교에 갈 나이가 안 되는 꼬마들이고 스웨덴어를 못한다고 했다. 게다가 선창에서 전혀 다른 여러 지점을 가리켰다고 했다. 그리고 물론 경찰에서 사라진 차는 없었다.

몬손은 생각에 잠겨 이쑤시개를 씹으면서 근처 어디선가 개가 짖는 소리를 멍하니 들었다. 오십 대의 몬손은 체격이 좋았고, 동작이 느리터분했으며, 성품이 온화했다. 그는 선창 끝에서 끝까지 천천히 오르내리며 꼼꼼히 살폈지만 특기할 만하거나 이상한 것은 발견하지 못했다.

몬손은 잘근잘근 씹힌 이쑤시개를 뱉어 바다에 던졌다. 이쑤시개는 콘돔과 맥주 캔 사이에서 평화롭게 까딱거렸다. 그는 어깨를 으쓱하고 차로 돌아갔다.

그러면서 생각했다. 내일 잠수부를 불러야겠군.

20.

잠수부는 서른한 번째 수면으로 떠올랐을 때 차를 찾았다고 말했다.

"아하." 몬손이 말했다.

몬손은 입에 문 이쑤시개를 살살 굴리면서 어떻게 할까 궁리했다.

이 순간까지, 그러니까 1968년 4월 8일 오후 2시 23분까지 그는 차가 두 꼬마의 상상 속에서만 존재하는 게 틀림없다고 생각하고 있었다.

이제 상황이 바뀌었다.

"어떻게 놓여 있습니까?"

"물속에서는 앞이 거의 안 보입니다." 잠수부가 말했다. "하지만 제가 보기로는, 선창에서 십오 미터쯤 떨어진 곳에 꽁무니를 선창 쪽으로 향하고 있습니다. 꼭 흙벽을 따라 달리다가 미처 방향을 틀 겨를이 없었던 것처럼 살짝 비낀 각도로 놓여 있습니다."

몬손은 고개를 끄덕였다.

"딱히 위험해 보이는 낌새는 없습니다." 잠수부가 말했다.

잠수부는 경찰이 아니었다. 더구나 젊고 경험이 적었다.

반면 몬손은 지난 이십 년 동안 바다에서 차를 건진 경험이 최소한 열 번은 있었다. 전부 빈 차였고, 도난당한 차량으로 신고된 차였다. 그것 때문에 누가 법정에 선 일은 없었지만 차 주인이 고물차도 처분하고 보험금도 받을 요량으로 그런 방식을 택했다고 볼 근거가 많았다.

"또 다른 건?"

"글쎄요, 말했듯이 아무것도 안 보입니다. 소형차이고 진흙이랑 오물이 잔뜩 들어 있다는 것 말고는."

잠수부가 잠시 말을 멎었다가 덧붙였다.

"저기 오래 잠겨 있었던 게 분명합니다."

"좋아요. 그러면 건져내야겠군요." 몬손이 말했다. "다시 한 번 내려가볼 필요가 있을까요? 윈치를 가져오기 전에?"

"별로요. 갈고리를 걸기 전에는 할 수 있는 일이 별로 없습니다."

"그러면 가서 뭘 좀 드세요." 몬손이 말했다.

아름다운 날씨는 말 그대로 바람에 날려 사라진 듯했다. 하늘은 흐렸고 비가 올 것 같았다. 낮은 구름이 빠르게 흘러갔다. 차고 매섭고 거센 바람이 북서쪽에서 불어왔다. 부두는 평소 모습으로 돌아가 있었다. 흙벽 너머에서 모래 굴착선과 준설선이 덜컹덜컹 뛰뛰거렸고, 작은 예인선이 항구로 들어오고 있었고, 빨간 깃발을 든 남자를 앞세운 디젤 기관선이 화차 몇 대를 나르고 있었으며, 아침에 막 도착한 화물선 세 척이 짐을 부리고 있었다. 경찰이나 소방국 내부의 웬 정보원이 언론에 흘린 탓에 기자와 사진사 십여 명이 벌써 몇 시간째 떨면서 선창에 섰거나 차 안에서 불퉁하게 웅크리고 있었다. 기자들과 잠수부의 모습이 호기심 많은 다른 행인들을 끌어들였고, 그들은 옷깃을 세우고 손을 주머니에 깊이 넣은 채 바람을 맞으며 오락가락하고 있었다.

몬손은 줄을 쳐서 출입을 막거나 어떤 방식으로든 사람들의 통행을 제약할 마음이 없었다. 가끔 기자 중 하나가 그에게 다가와서 "어떻습니까?" 같은 말을 건넸다. 방금도 그랬다. 주차된 차들 중 한 대에서 내린 남자가 다가와서 정말로 이렇게 물었다.

"어떻습니까?"

"어떻느냐면…….." 몬손이 느릿느릿 대답했다. "저기 차 한 대가 잠겨 있습니다. 삼십 분쯤 뒤에 건질 겁니다."

몬손은 안면을 익힌 지 몇 년째인 기자에게 윙크하면서 덧붙였다.

"가서 다른 사람들한테도 말해주지 그럽니까. 어차피 소문이 나는 건 못 막을 테니까."

"빈 차겠죠?" 신문기자가 물었다.

"글쎄요." 몬손이 이쑤시개를 새로 갈았다. "제가 아는 한은."

"이번에도 보험을 노린 거겠죠?"

"우선은 건져서 살펴봐야 합니다." 몬손은 하품했다. "그리고 앞으로 최소한 삼십 분은 더 있어야 건질 수 있습니다. 그러니까 여기 있지 말고 어디 가서 뭐라도 드시는 게 나아요."

"나중에 봅시다." 기자가 말했다.

"음." 몬손은 자기 차로 갔다.

몬손은 펠트 모자를 뒤통수로 밀고 무선 장치를 만지작거리기 시작했다. 지시를 전달하면서 내다보니 정말로 많은 기자가 그의 조언을 받아들여 차를 몰고 떠나고 있었다.

엘로프손과 보릴룬드도 거기 있었다. 두 사람은 이십오 미터 떨어진 곳에 세운 폭스바겐에 앉아서 커피를 갈구하고 있었다.

몇 분 뒤, 엘로프손이 뒷짐을 지고 몬손에게 쿵쿵 다가와서 물었다.

"무슨 일이냐고 묻는 사람들한테 뭐라고 대답할까요?"

"물에서 고물차를 꺼낼 거라고 해." 몬손이 말했다. "삼십 분 뒤에. 그동안 자네들도 커피를 마시고 와도 좋아."

"고맙습니다." 엘로프손이 말했다.

작은 경찰차는 전속력으로 사라졌다. 앞좌석에 앉은 두 경찰관은 중요하고 시급한 임무라도 처리하러 가는 것처럼 엄숙하고 결연한 표정이었다. 아마 여기서 소리가 안 들릴 만한 곳까지 나가면 재깍 사이렌을 울리고 섬광등을 켜겠지, 몬손은 이렇게 생각하면서 혼자 키들키들 웃었다.

한 시간 가까이 지나고서야 차를 꺼낼 준비가 갖춰졌다. 엘로프손과 보릴룬드, 기자들도 돌아왔다. 부두 일꾼들, 선원들, 항구의 여러 회사에서 일하는 직원들도 잔뜩 나와서 구경에 합세했다. 다 합해서 백오십 명쯤 되었다.

"자." 몬손이 말했다. "시작해볼까요?"

작업은 신속하고 시시했다. 체인들이 팽팽해지면서 끼익거리더니 탁한 물에서 보글보글 거품이 솟으면서 뱅글뱅글 소용돌이가 생겼고, 이윽고 수면에 철제 지붕이 나타났다.

"윈치를 감아요." 몬손이 말했다.

그러자 차가 진흙과 구정물을 뚝뚝 흘리면서 올라왔다. 차는 살짝 뒤틀린 각도로 갈고리에 매달려 있었다. 사진사들이 최대한 많이 사진을 찍는 동안, 몬손은 감상하는 눈으로 차를 살펴보았다. 값어치 없어 보이는 낡은 소형차였다. 포드사의 앵글리아 아니면 파퓰러 모델인 것 같은데, 요즘은 보기 드물지만 예전에는 도로에서 흔히 볼 수 있던 모델이었다.

색깔은 파란색인 것 같았다. 겉에 녹회색 오물이 뒤덮여 있어서 자세히 알기는 어려웠다. 창문은 깨졌거나 내려져 있었고, 속에는 진흙과 쓰레기가 잔뜩 들어 있었다.

"이제 내려놓읍시다." 몬손이 말했다.

구경꾼들이 밀치기 시작하자, 그는 차분히 말했다.

"좀 비켜주겠습니까? 공간이 있어야 차를 내려놓습니다."

사람들은 즉시 물러났다. 몬손도 함께 물러났다. 작은 차는 음산하게 덜커덩거리면서 선창에 내려앉았다. 소리는 펜더와 한쪽 끝이 부서진 앞 범퍼에서 주로 났다.

차는 정말 음산해 보였다. 그것이 언젠가 영국 대거넘의 공장에서 반짝거리는 새 차로 굴러 나왔으리라는 사실, 오래전 첫 주인이 흥분으로 두근거리고 자랑으로 부푼 가슴을 안고 운전석에 앉았으리라는 사실이 믿기지 않을 정도였다.

엘로프손이 맨 먼저 다가가서 안을 보았다. 뒤에서 그를 지켜보던 사람들은 그가 차츰 딱딱하게 굳더니 얼른 몸을 일으키는 모습을 바라보았다.

몬손이 느릿한 걸음으로 뒤따라가서 허리를 숙이고 열린 오른쪽 창문으로 들여다보았다.

용수철이 죄 녹슬고 틀이 까맣게 변색된 채 뒤로 젖혀진 좌석들 사이에 진흙투성이 시체가 앉아 있었다. 몬손이 평생 본 것 중에서 가장 끔찍한 시체였다. 눈구멍은 비었고, 아래턱은 사라지고 없었다.

몬손은 몸을 세우고 뒤로 돌았다.

엘로프손이 가까이 선 구경꾼들을 기계적으로 밀어내기 시작했다.

"사람들을 밀지 말게." 몬손이 일렀다.

그리고 그는 가까이 선 사람들을 한 명 한 명 똑바로 쳐다보면서 크고 차분한 목소리로 말했다.

"차 안에 남자 시체가 있습니다. 끔찍한 모습입니다."

그걸 보겠다고 앞으로 밀고 나오는 사람은 한 명도 없었다.

21.

몬손은 "어떤 이유에서든 경찰총장의 지시가 있을 때나 불가피한 경우를 제외하고는" 시민들이 경찰 활동에 관여하도록 놓아두어선 안 되고 경찰관이 사진에 찍혀서도 안 된다는 규정을 그다지 대수롭게 여기지 않았다. 오히려 그는 부자연스러운 상황에서조차 자연스럽게 행동하는 게 낫다고 여겼다. 또한 그가 사람들을 대단히 존중했기 때문에, 사람들도 그를 존중했다.

몬손도 다른 누구도 당시에는 생각조차 안 했지만, 그 월요일 오후에 부두에서 그가 보여준 처신은 아주 훌륭했다.

만일 길고 무더웠던 그해 여름에 벌어졌던 갖가지 소란들, 모든 사람이 불안하게 지켜보았던 그 소란들을 다스릴 책임이 몬손에게 있었다면, 대부분의 문제적 사건은 애초에 아예 벌어지지 않았을지도 모른다. 그러나 실제로는 로디지아가 태즈메이니아 근처 어디쯤 있는 줄 아는 사람들, 미국 국기를 태우는 건 불법이지만 베트남 국기에 코 푸는 건 괜찮다고 생각하는 사람들이 사태를 맡아 다뤘다. 그런 사람들은 물대포, 고무 곤봉, 질질 침 흘리는 셰퍼드들이 대중과의 접촉을 돕는 최선의 도구라고 믿었으며, 결국에는 그 믿음에 따르는 결과를 냈다*.

어쨌든 몬손에게는 다른 골칫거리가 있었다. 물에서 건진 시체였다.

물에서 발견된 시체란 늘 별로 유쾌하지 않은 법이지만, 특히나 이 시체는 몬손이 본 것 중에서도 제일 별로였다.

부검을 맡은 병리학자조차 말했다.

"후, 정말 고약하군."

그런 뒤 병리학자는 작업에 나섰다. 그동안 몬손은 한구석에 서서 성실하게 지켜보았다. 뭔가 골똘히 생각하는 듯했다. 그보다 젊고 아직 풋내기에 가까운 의사는 이따금 질문을 던지는 듯한 눈으로 그를 돌아보았다.

---

* 1960년대 스웨덴은 베트남전 반대 시위를 비롯하여 갖가지 시위로 시민과 경찰의 충돌이 잦았다. 그중에서도 이 소설의 배경인 1968년 5월에는 가장 극렬한 대치로 꼽히는 보스타드 시위가 있었는데, 스웨덴 스코네 주 보스타드에서 열릴 예정이었던 스웨덴과 로디지아와의 데이비스컵 테니스 시합에 대해 스웨덴 시민들이 아파르트헤이트 정책으로 흑인을 차별하는 국가가 세계 대회에 참가하는 걸 받아들일 수 없다며 대규모 시위를 벌인 사건이었다.

몬손은 차 속 남자가 골칫거리가 될 게 분명하다고 생각하고 있었다. 차가 물밖으로 나온 순간부터 뭔가 심하게 잘못된 데가 있다는 느낌이 들었다. 여느 때의 가장 간단한 해답은 이번에는 시작부터 논외였다. 이것이 보험금을 노린 일일 리는 없었다. 그렇다면 대체 누가 이십 년된 낡아빠진 고물차를 항구에 처박는 수고를 감행했을까? 그리고 왜?

이 질문들에 대한 논리적인 대답은 무서우리만치 간단했기 때문에 몬손은 병리학자가 이렇게 말했을 때 눈 하나 깜짝하지 않았다.

"이 친구는 물에 빠지기 전에 이미 죽어 있었습니다."

잠시 후 몬손이 물었다.

"물속에 얼마나 오래 있었을까요?"

"말하기 어렵습니다만." 의사의 대답이었다.

의사는 끔찍하게 부푼 부검대 위의 시신을 쳐다보고는 몬손에게 물었다.

"물에 장어가 삽니까?"

"그럴 겁니다."

"그렇다면…… 두어달쯤. 최소 두 달이고, 네 달까지 되었을지도 모릅니다."

의사는 탐침으로 시신을 살짝 찌른 뒤 이어 말했다.

"꽤 빨리 진행되었습니다. 통상적인 부패 과정이 아니에요. 아마 물에 화학물질이며 오물 따위가 많나 봅니다."

몬손은 퇴근하기 전에 질문 하나를 더 던졌다.

"장어 얘기, 그거 그냥 실없는 얘기 아닙니까?"

"장어는 신비로운 생물이죠." 의사의 대꾸였다.

"고맙습니다."

부검은 이튿날 끝났고, 아주 우울한 내용만을 알려주었다.

수사는 그보다 상당히 더 오래 걸렸지만, 전체적인 결론은 부검 못지않게 우울했다.

발견한 내용이 없어서는 아니었다. 오히려 너무 많이 발견되었다고 할 수 있었다.

4월 22일 월요일, 몬손은 아주 많은 걸 알게 되었다. 이런 내용이었다.

차는 포드 프리펙트 1951년 모델이었다. 파란색이었고, 최근에 새로 대충 도색한 것이었다. 번호판은 가짜였고, 등록증이나 납세증이나 이름표는 없었다. 몬손은 차량 등기소를 통해서 법적으로 마지막으로 차를 소유했던 두 사람에게 연락해볼 수 있었다. 옥시에에 사는 채소 재배업자는 까마득한 예전인 1956년에 이미 중고였으나 상태가 괜찮았던 그 차를 사들인 뒤 팔 년 동안 몰았다고 했다. 그후에 자기와 함께 일하던 한 고용인에게

백 크로나에 팔았다고 했다. 이 두 번째 남자는 차를 딱 석 달 썼다고 말했다. 차가 굴러는 갔지만 겉이 워낙 엉망이라, 드로 트닝토리에트의 실내 시장 뒤편 주차장에 세워두었다고 했다. 몇 주 뒤에 그는 차가 사라졌다고 신고했다. 그는 경찰이나 도로교통국이 차를 견인해 갔을 거라고 짐작했다.

그러나 경찰에도 도로교통국에도 기록이 없었다. 아마 도둑맞은 모양이었다. 이후에는 그 차를 본 사람이 아무도 없었다.

최후의 승객에 관해서도 이야기할 것이 꽤 많았다. 남자는 사십 대 초반이었고, 키는 170센티미터였고, 머리카락은 잿빛이었다. 익사한 게 아니라 뒤통수에 입은 부상으로 죽었다. 두개골에 흉기로 인한 구멍이 뚫려 있었다. 부상 가장자리에서 뼛조각이 떨어지지 않았다는 건 골절을 일으킨 무기가 공 모양이라는 뜻이었다.

남자는 깨끗하게 즉사했다.

사용된 둔기는 차 안에 있었다. 둥근 돌멩이를 남성용 나일론 크레이프 양말에 쑤셔넣은 것이었다. 돌은 지름이 약 9센티미터였고 보통 돌이었다. 정확히 말하자면 작은 화강암이었다. 양말은 발가락에서 반대쪽 끝까지 길이가 29센티미터였고 프랑스제였다. 품질 좋은 유명 브랜드 제품이었고, 원래 용도로는 한 번도 쓰이지 않은 것 같았다.

사라진 소방차

죽은 남자의 지문은 얻지 못했다. 손가락 표피가 다 늘어졌고, 남은 피부에서는 지문의 소용돌이 패턴이 간신히 눈에 보일 정도였다.

차에는 남자의 신원을 알려주는 물건이 하나도 없었다. 옷도 마찬가지였다. 해외에서 제조된 평범한 품질의 물건이었고, 출처는 알 수 없었다. 살인자에 대한 수사를 어떤 방향으로든 이끌어주는 단서 또한 없기는 매한가지였다.

경찰은 시민들에게 1964년 이후 등록되지 않은 1951년형 청색 포드 프리펙트에 대해서 아는 사람이 있다면 신고해달라고 요청했다. 연락해 온 사람은 없었다. 온 나라가 거대한 고물차 무덤으로 빠르게 변해가는 현실, 온 데서 낡아빠진 차들이 자신의 후예들이 내뿜는 유독한 매연을 수의처럼 감싸고 누운 현실을 고려하자면 어쩌면 당연한 일이었다.

몬손은 보고서를 치웠다. 사무실을 나서서 경찰서를 나왔다. 고개를 숙인 채 다비스할스토리 광장을 대각선으로 건너서 주류 판매점으로 갔다.

머리로는 내내 물에서 건진 시체를 생각했다.

몬손은 기혼자이면서도 독신이었다. 그와 아내는 십 년 전에 딸이 남아메리카 출신 기술자와 결혼하여 에콰도르로 가버린 뒤부터 서로 신경을 긁기 시작했다. 결국 그는 프리드헴스토리에트 광장 근처 레게멘트스가탄 거리에 혼자 살 아파트를 얻었고, 주로 그곳에서 생활했다. 하지만 매주 금요일 저녁이면 아내가 있는 집으로 가서 월요일 아침까지 머물렀다. 몬손은 이게 현명한 방식이라고 생각했다. 짜증은 사라졌고, 요즘 들어서는 두 사람 다 한 주가 끝나갈수록 부부로서 생활하는 주말을 은근히 기대하기까지 했다.

몬손은 낡은 안락의자에 푹 꺼져 앉아 술을 한두 잔 마신 뒤 잠자리에 드는 걸 좋아했다. 월요일 저녁인 이날도 마찬가지였다. 월요일 저녁은 한 주의 또 다른 정점이었다. 이제 싫증이 난 마누라를 금요일까지 안 봐도 되는데다가, 물론 목요일쯤 되면 다시 보고 싶어질 테지만, 지난 사흘은 식사중에 약한 맥주조차 곁들일 수 없었기 때문이다. 아내의 집에서는 이제 술이 금지였다.

몬손은 그리펜베리에르 세 잔째를 섞은 뒤 물에서 건진 시체를 생각했다.

그리펜베리에르는 진 약 1지거, 포도주스 한 병, 으깬 얼음을 섞은 칵테일이었다. 그리펜베리라는 이름의 핀란드-스웨덴 집안 출신 기병 장교가 전쟁 직후 빌만스트란드에서 그에게 만드는 법을 알려주었다. 당시만 해도 포도주스가 비싼 음료이던 시절이었다. 몬손은 이후 이 술만 마셨다.

사라진 소방차

몬손은 그동안 많은 살인 사건을 다뤘지만, 과거 경험 중에서 차에 앉아 죽은 이 남자에게 딱 들어맞는 듯한 사건은 없었다. 의도적인 살인이라는 점은 의심할 여지가 없었다. 살인자가 단순하면서도 효과적인 무기를 썼다는 점도 분명했다. 이 무기는 추적이 불가능한데다가 전혀 특이하지 않았다. 둥근 돌멩이야 어디서든 구할 수 있고, 누군가 프랑스제 까만 양말을 갖고 있다는 사실은 남들의 시선을 끌 만한 일이 못 되었다.

차 속의 남자는 단 한 방에 죽었다. 살인자는 시체를 고물차에 집어넣은 뒤 차를 바다에 밀어 빠뜨렸다.

시간이 지나면 희생자의 신원을 알아낼 수 있겠지만, 몬손은 그게 밝혀진다고 해서 살인자가 크게 걱정하진 않을 것 같다는 불편한 직감이 들었다.

기분 나쁘게 까다로운 사건일 것 같았다. 사건이 해결되기까지 오랜 시간이 걸릴 것 같다는 예감이 들었다. 해결되기라도 한다면 말이지만.

22.

도리스 모르텐손은 4월 20일 토요일 저녁에 집으로 돌아왔다.

이제 월요일 아침 8시였다. 여자는 침실의 큰 거울 앞에 서서 잘 그은 피부를 감상하며 직장 동료들이 부러워할 거라고 생각했다. 흉한 키스 자국이 오른쪽 허벅지에 하나, 왼쪽 가슴에 두 개 나 있었다. 여자는 브래지어를 차면서, 어색한 질문과 민망한 대답을 피하려면 이번 주에는 이걸 안 보이게 잘 가려야겠다고 생각했다.

초인종이 울렸다. 여자는 원피스에 머리를 꿰어 입고, 슬리퍼를 신은 뒤, 가서 문을 열었다. 트위드 양복에 짧은 스포츠 코트를 걸친 거구의 금발 남자가 문을 꽉 메우고 있었다.

남자가 도자기처럼 푸른 눈으로 여자를 응시하다 물었다.

"그리스는 어땠습니까?"

"멋있었어요."

"그곳 군사정부가 국민 수만 명을 정치범 감옥에 처넣어 썩히면서 매일 죽도록 고문한다는 걸 모릅니까? 여자를 쇠갈고리에 꿰어 천장에 매달고는 전기가 통하는 쇠집게로 젖꼭지를 태운다는 걸 모릅니까?"

"해가 쨍하게 나고 모두들 춤추면서 행복해할 땐 그런 건 생각하지 않는 법이에요."

"행복해한다고?"

여자는 감정하듯이 남자를 살피면서, 햇볕에 잘 태운 자기 몸이 흰 드레스에 대비되어 멋져 보일 거라고 생각했다. 한눈에 진짜 사내란 걸 알 수 있었다. 크고 강하고 무뚝뚝한 남자. 약간 거칠지도 모르고. 좋은걸.

"누구시죠?" 여자가 흥미 어린 말투로 물었다.

"경찰입니다. 라르손이라고 합니다. 올해 3월 7일 저녁 11시 10분에 전화로 걸려 온 가짜 신고를 받으셨죠. 기억합니까?"

"아, 네. 가짜 신고는 아주 드물거든요. 순드뷔베리 링베겐."

"좋습니다. 그 사람이 뭐라고 말했죠?"

"링베겐 37번지 집에 불이 났다고요. 지층에."

"남자였습니까 여자였습니까?"

"남자요."

"다른 말은 없었습니까?"

"네. 그 말뿐이었어요."

"그 사람이 정확히 그렇게 말했습니까?"

"네, 제 기억에는."

군발드 라르손은 주머니에서 종이 몇 장과 볼펜을 꺼내 뭔가 적었다.

"달리 눈치챈 건 없습니까?"

"있어요. 많아요."

남자는 놀란 듯 미간을 찌푸리면서 푸른 눈으로 여자를 욕심 사납게 응시했다. 누가 뭐래도 스웨덴 남자가 매력이 있다니까. 키스 자국이 없으면 좋았을걸. 하지만 이 남자는 그런 편견이 없는 사람일지도 몰라.

"그렇습니까. 어떤 거죠?"

"우선 그 남자는 공중전화로 걸었어요. 전화가 연결되기 전에 동전함에 동전이 떨어지면서 찰랑거리는 소리가 들렸거든요. 아마 순드뷔베리의 공중전화 박스에서 걸었을 거예요."

"왜 그렇게 생각하죠?"

"왜냐하면, 그 동네 공중전화 중에는 우리한테 직통으로 연결되는 번호가 적힌 옛날 공지가 붙어 있는 데가 아직 있거든요. 요즘은 스톡홀름 중앙 신고 센터 응급 번호로 걸라고 선전하잖아요."

남자는 고개를 끄덕이며 종이에 뭐라고 적었다.

"난 주소를 복창한 뒤에 '여기 말입니까? 순드뷔베리요?'라고 물었어요. 그 뒤에 신고자 이름이랑 그런 걸 물어보려고 했죠."

"하지만 못 물었나요?"

"네, 그 사람이 그냥 '네'라고만 말하고 끊었어요. 무지 급한 것 같았어요. 하지만 불이 났다고 신고하는 사람들은 보통 다들 당황해서 안절부절못하니까."

"그가 당신 말을 끊었다고요?"

"네, 내가 순드뷔베리라고 말한 게 들리지도 않았을 것 같아요."

"안 들려요?"

"나야 말했죠. 하지만 그 사람이 내 말 도중에 그냥 '네'라고 하더니 끊어버렸어요. 그러니까 그 사람은 내 말을 못 들었을 것 같아요."

"같은 시각에 스톡홀름의 같은 주소에서 불이 났다는 걸 당신은 알고 있었습니까?"

"아뇨, 그때 스톡홀름에서 큰 불이 나긴 했어요. 십 분인가 십이 분쯤 뒤에 중앙 신고 센터에서 메시지가 온 걸 보고 알았죠. 하지만 그건 셸드가탄이었는데요."

여자는 군발드 라르손을 뚫어져라 보면서 말했다.

"저기, 그 불난 집에서 사람들을 구해낸 분이 당신 아니에요?"

군발드 라르손은 대꾸하지 않았다. 여자가 잠시 뒤에 말했다.

"맞아요, 정말 당신이네요. 사진을 봐서 알아요. 하지만 이렇게 크실 줄은 몰랐네요."

"기억력이 좋으시군요."

"그게 가짜 신고였다는 걸 확인한 뒤부터 대화를 기억해두려고 애썼어요. 그럴 땐 보통 나중에 경찰이 물어보거든요. 이 동네 경찰이. 하지만 이번엔 안 물어보더라고요."

군발드 라르손은 여자를 쏘아보았다. 그에게 어울리는 표정이었다. 여자는 오른쪽 엉덩이를 앞으로 약간 내밀면서 동시에 무릎을 굽혀 뒤꿈치를 바닥에서 뗐다. 여자는 다리가 예뻤고, 게다가 지금은 멋지게 태우기까지 했다.

"또 뭘 기억합니까? 그 남자에 대해서?"

"스웨덴 사람이 아니었어요."

"외국인?"

군발드 라르손은 더한층 찌푸리면서 여자를 날카롭게 응시했다. 슬리퍼를 신고 있다니, 젠장. 여자는 발이 예뻤고, 자기도 그 사실을 알았다. 발도 예쁠 수 있는 법이다.

"네, 말투가 꽤 달랐어요."

"어떤 말투였습니까?"

"독일 사람이나 핀란드 사람은 아니었어요." 여자가 말했다. "당연히 노르웨이 사람이나 덴마크 사람도 아니었고요."

"어떻게 압니까?"

"핀란드 사람 말투는 알아들을 수 있고, 독일은…… 예전에 독일 남자하고 약혼한 적 있었거든요."

"스웨덴어를 잘 못하더란 말입니까?"

"그건 아니에요. 뜻은 잘 알아들을 수 있었고, 그 사람 말은 유창하면서도 빨랐어요."

여자는 인상을 쓰면서 기억을 더듬었다. 이 표정은 꽤 흥미로워 보이겠지.

"스페인 사람도 아니었어요. 영국 사람도 아니고."

"미국인?" 군발드 라르손이 제안했다.

"절대 아니에요."

"어떻게 그렇게 확신합니까?"

"난 스톡홀름에 사는 외국인을 많이 알아요." 여자가 대답했다. "일 년에 최소한 두 번 유럽으로 휴가를 가고요. 그리고 원래 영국 사람하고 미국 사람은 스웨덴어를 절대 안 배워요. 그 사람, 어쩌면 프랑스 사람이었던 것 같아요. 이탈리아 사람일 수도 있고. 하지만 프랑스 사람이었을 것 같네요."

"그냥 추측이죠?"

"그게, 예를 들면 그 사람이 휘세트라고 발음했거든요."

"휘세트?"

"네. 후세트가 아니라. 위세트에 가까울지도 몰라요. 히읗이 거의 안 들렸으니까*."

군발드 라르손은 메모를 보며 말했다.

"한 단어 한 단어 따져볼까요. 맨 처음에 그 남자는 이렇게 말했죠. '링베겐 37번지 집에 불이 났습니다.'"

"아니에요, 이렇게 말했어요. '링베겐 37번지 집에서 지층에 불이 났습니다'. 그리고 후세트 대신 위세트, 슈 대신 쉬라고 발음했고요**. 내가 듣기로는 프랑스 말투처럼……."

"프랑스 남자하고 약혼한 적도 있습니까?"

"뭐, 몇 명 알죠……. 프랑스 친구가 몇 명 있어요."

"그 사람이 '네'는 어떻게 발음했습니까?"

"'녜'라고, 스코네 사람들처럼."

"다시 연락드리겠습니다." 군발드 라르손이 말했다. "당신

---

* 스웨덴어로 '집'은 '후세트(huset)'인데 그걸 '휘세트(hyset)'혹은 '위세트(yset)'처럼 발음했다는 말이다.

** 스웨덴어로 숫자 7은 '슈(sju)'인데 그걸 '쉬(tjy)'로 발음했다는 말이다.

사라진 소방차

훌륭하군요."

"혹시 저랑……?"

"기억력 말입니다. 안녕히 계십시오."

"올로프손이 말투가 특이한 스웨덴어를 쓰고 후세트 대신 위세트라고, 슈 대신 쉬라고 발음할까?" 이튿날 쿵스홀름스가탄 경찰서에 모두가 모였을 때 군발드 라르손이 물었다.

다른 사람들이 의아한 얼굴로 그를 보았다.

"1층 대신 지층이라고 하고?"

아무도 대답이 없었고, 군발드 라르손도 묵묵히 있었다. 그러다가 마르틴 베크에게 물었다.

"베스트베리아에 있는 그 위케인가 뭔가 하는 친구……."

"스카케."

"그래, 그 친구 좀 쓸 수 있나?"

"상황 봐서."

"그 친구한테 순드뷔베리에 있는 공중전화를 전부 다 확인해보라고 할 수 있을까?"

"거기 경찰에게 직접 하라고 하면 안 되나?"

"어림없어. 그 친구를 보내. 지도를 들고 다니면서, 순드뷔베리 소방국 번호가 적힌 옛날 공지가 아직도 붙어 있는 공중전화를 다 체크하는 거야."

"설명을 좀더 해주겠나?"

군발드 라르손은 설명했다.

마르틴 베크는 턱을 쥐며 곰곰 생각했다.

"묘하네." 뢴이 말했다.

"뭐가 묘해?" 콜베르를 거느리고 막 부산하게 나타난 함마르
가 물었다.

"전부 다요." 뢴이 우울하게 대답했다.

"군발드, 자네 직무 유기로 고발되었던데." 함마르가 군발드
라르손에게 보고서를 흔들며 말했다.

"누가 신고를?"

"솔나의 울홀름 경위라는 사람이야. 자네가 거기 소방관한테
볼셰비키 사상을 선전했다는 첩보를 들었다던데. 업무 시간에."

"아, 울홀름." 군발드 라르손이 말했다. "처음도 아닙니다."

"전에도 같은 내용이었나?"

"아뇨. 그때는 내가 클라라의 위병소에서 욕을 해서 경찰의
평판을 더럽혔다는 이유로."

"그 사람, 저도 고발한 적 있어요." 뢴이 말했다. "지난가을
버스 살인 사건 후에. 내가 카롤린스카 병원에서 죽어가는 노
인에게 질문을 던질 때 먼저 내 이름과 직위를 밝히지 않았다는

이유로 말이죠. 울홀름 그 사람도 노인이 의식을 삼십 초도 못 붙들고 죽을 상황이란 걸 제 눈으로 뻔히 봤으면서."

"그래, 수사는 어떻게 되고 있나?" 함마르가 방을 휘 둘러보면서 도전하듯이 말했다.

아무도 대답이 없었다. 몇 초 뒤 함마르는 나가버렸다. 그에게 쉴 새 없이 수사는 어떻게 되어가고 있느냐고 묻는 검사, 경찰 관료, 상사들과의 끊임없는 회의에 참석하기 위해서. 그도 견딜 게 많았다.

마르틴 베크는 울적하고 골똘해 보였다. 더구나 올봄의 첫 감기에 걸렸기 때문에 오 분마다 코를 풀었다. 한참 뒤에 그가 말했다.

"만일 올로프손이 전화한 장본인이었다면, 목소리를 위장하려고 했을 거야. 십중팔구 그랬을 것 같지 않나?"

콜베리가 고개를 저으면서 대답했다.

"스톡홀름 토박이인 올로프손이 순드뒈베리 소방국으로 전화를 걸었을까?"

"아니, 아니지." 군발드 라르손이 대꾸했다.

4월 23일 화요일에는 그게 다였다.

수요일과 목요일에는 이렇다 할 사건이 없었다. 하지만 금요일에 다시 모였을 때 군발드 라르손이 물었다.

"테케는 어쩌고 있나?"

"스카케." 마르틴 베크는 이렇게 말하고 재채기했다.

"감감무소식이야." 콜베리가 말했다.

"내가 직접 했어야 하는데." 군발드 라르손이 심통을 냈다. "그런 일은 오후 한나절이면 해치우는 거 아닌가."

"다른 일이 한두 가지 더 있어서, 어제부터야 제대로 붙잡고 처리하기 시작했어." 마르틴 베크가 미안한 듯 말했다.

"다른 일 뭐?"

"글쎄, 우리에게는 순드뷔베리의 공중전화 말고도 고민할 게 많으니까."

올로프손을 찾는 작업은 진전이 없었다. 수색을 더 강화할 방도도 없었다. 인상착의, 사진, 지문, 치과 기록까지 내보낼 수 있는 건 모두 내보낸 뒤였다.

이어진 주말은 마르틴 베크에게 유난히 괴로운 시간이었다. 망해버릴 것 같은 수사에 대한 불안감이 떠나질 않았고, 감기는 빠르게 악화하는데다가 개인적인 충격도 있었다. 딸 잉리드가 곧 집을 떠나 독립할 생각이라고 선언한 것이었다. 그 자체는 부자연스럽거나 놀라운 소식은 아니었다. 곧 열일곱 살이 되는 잉리드는 어느 모로 보나 성인이었다. 또한 분별 있고 성숙했다. 당연히 독립할 권리가 있었고 스스로 판단하기에 최선이라

사라진 소방차

고 여겨지는 행동을 택할 권리가 있었다. 마르틴 베크도 오래전부터 이런 순간이 오리란 걸 예상하고 있었으나 한 가지 예상하지 못한 건 자신의 반응이었다. 그는 입이 바싹 마르고 살짝 어지러웠다. 하릴없이 재채기를 할 뿐 아무 말도 하지 못했다. 그는 잉리드를 잘 알았고 그 애가 상황을 오랫동안 철저히 따져보고 내린 결정이란 걸 알았다.

상처에 소금을 뿌리듯, 아내의 반응은 냉정하고 현실적이었다.

"잉리드가 가지고 나갈 물건을 체크해봐야겠어. 그 애 걱정은 안 해도 돼. 걘 잘살 테니까. 내가 키웠으니까 알아."

아쉽지만 대체로 옳은 말이었다.

누나의 선언에 대한 열세 살 아들의 반응은 그보다 더 간명했다. 아이는 그저 어깨를 으쓱하며 말했다.

"잘됐네. 그럼 누나 방을 내가 쓸게. 그 방 콘센트 위치가 더 좋아."

일요일 오후, 마르틴 베크는 잠시 잉리드와 단둘이 부엌에 있었다. 둘은 비닐을 덮은 식탁에 마주 앉아 있었다. 두 사람이 오랜 세월 무수한 아침마다 함께 코코아를 마신 자리였다. 문득 잉리드가 손을 뻗어 마르틴 베크의 손을 덮었다. 둘은 잠시 그렇게 말없이 있었다. 이윽고 잉리드가 침을 삼키고 말했다.

"이런 말 하면 안 되는 건 알지만, 그래도 말할게요. 아빠도 나처럼 나가 사는 게 어때요?"

마르틴 베크는 놀라서 딸을 보았다.

잉리드는 시선을 돌리지 않았다.

"그래, 하지만……." 그는 주저하며 대꾸하다가 이내 입을 닫았다. 뭐라고 말해야 할지 알 수 없었다.

하지만 자신이 앞으로 오랫동안 이 짧은 대화를 자주 떠올릴 것이라는 사실은 알 수 있었다.

4월 29일 월요일, 두 사건이 거의 동시에 벌어졌다.

하나는 그다지 놀라운 사건은 아니었다. 스카케가 마르틴 베크의 방으로 와서 책상에 보고서를 내려놓았다. 더 바랄 것 없을 만큼 자세히 잘 씌어진 보고서였다. 스카케가 확인한 바로 순드뷔베리에 아직 옛 공지가 붙어 있는 공중전화 박스는 여섯 대가 있다고 했다. 추가로 두 대가 더 있을지도 모른다고 했는데, 그건 3월 7일에는 공지가 붙어 있었지만 그 뒤에 떼어졌을지도 모르는 곳이라는 뜻이었다. 솔나에는 그런 공지가 붙은 공중전화가 없었다. 아무도 스카케에게 솔나까지 확인하라고는 시키지 않았지만 제가 알아서 확인한 모양이었다.

마르틴 베크는 책상에 구부정히 앉아서 오른손 검지로 보고서를 콕콕 찔렀다. 스카케는 이 미터 떨어져 서 있었다. 꼭 각설탕을 바라고 얌전히 앉은 개처럼 보였다.

마르틴 베크는 콜베리가 들어와서 빈정대기 전에 뭐든 칭찬을 해줘야 할 텐데 하고 생각하면서도 결단을 내리지 못했다.

그 순간, 전화가 울려서 문제가 해결되었다.

"베크입니다."

"어떤 형사가 통화하고 싶으시답니다. 제가 이름은 똑똑히 알아듣질 못했는데요."

"그냥 연결해요……. 여보세요, 베크입니다."

"여어. 말뫼의 페르 몬손입니다."

"아, 잘 지냅니까?"

"그럭저럭. 월요일에는 늘 좀 피곤하죠. 게다가 그 테니스 시합 때문에 난리 법석이 났었잖소. 로디지아랑 붙는 시합 말입니다."

몬손은 잠시 말을 멎었다가 이렇게 물었다.

"베르틸 올로프손이라는 사람을 찾고 있죠?"

"맞습니다."

"우리가 찾았습니다."

"거기서?"

"네, 여기 말뫼에서. 죽었어요. 시체는 삼 주 전에 발견했지만 신원은 오늘에서야 확인했습니다."

"확실합니까?"

"그래요. 적어도 90퍼센트 확실합니다. 위턱 치아 기록이 일치해요. 그게 꽤 독특해서."

"나머지는? 지문이나 나머지 치아나 그런 건……."

"아래턱은 발견되지 않았습니다. 지문도 확인할 수 없었어요. 유감스럽게도 물에 오래 잠겨 있었던 시체라."

마르틴 베크는 절로 몸이 펴졌다.

"얼마나 오래?"

"의사는 최소한 두 달이라고 말합디다."

"그리고 당신들이 물에서 건진 건 언제라고요?"

"8일 월요일. 항구에 가라앉은 차 속에 들어 있었어요. 어떤 꼬마 둘이……."

"그러면 3월 7일에는 이미 죽어 있었다는 거군요?" 마르틴 베크가 끼어들었다.

"3월 7일? 아, 그럼요. 죽은 지 최소한 한 달, 어쩌면 그 이상 되었겠죠. 거기서 마지막으로 목격된 건 언제랍니까?"

"2월 3일입니다. 그때 외국으로 나갈 거라고 말했답니다."

"그래요? 잘됐네요. 날짜를 확정하는 데 도움이 되는군요. 그렇다면 대충 2월 4일에서 8일 사이에 죽었다는 거로군요."

마르틴 베크는 대꾸하지 않았다. 하지만 이것이 무슨 뜻인지는 너무 잘 알았다. 올로프손은 셸드가탄의 건물이 불탔을 때 죽은 지 한 달째인 상태였다. 멜란데르가 옳았다. 그들은 그동안 잘못된 방향을 쫓고 있었다.

몬손도 아무 말 없었다.

"상황이 어떻습니까?" 마르틴 베크가 물었다.

"희한해요. 진짜 희한합니다. 그 사람은 양말에 담은 돌멩이에 맞아서 죽었고 관은 고물차였어요. 차에도 그 사람 옷가지에도 다른 물건은 하나도 없었습니다. 무기랑 그 남자의 몸 중 3분의 2를 제외하고는 말입니다."

"내가 최대한 빨리 내려가겠습니다." 마르틴 베크가 말했다. "아니면 콜베리가 가든가. 그다음에 당신도 이리로 와야 할 겁니다."

"꼭 가야 됩니까?" 몬손이 한숨을 쉬었다.

북구의 베네치아라 불리는 이 도시는 몬손에게는 지옥의 문이나 다름없는 곳이었다.

"그게, 이야기가 워낙 복잡합니다." 마르틴 베크가 말했다. "당신이 생각하는 것보다 더 나쁠 겁니다."

"그야 그렇겠죠." 몬손이 살짝 빈정대듯이 말했다. "그럼 나중에 봅시다."

마르틴 베크는 수화기를 내려놓고 멍하니 스카케를 보며 말했다.

"수고했네."

23.

발푸르기스의 밤이었다. 봄이 마침내 당도했다. 적어도 스웨덴 남부에는. 브롬마에서 아침 일찍 출발했던 비행기는 말뫼의 불토프타 공항에 정시인 8시 55분에 내려서 한줌의 회사원을, 더불어 핼쑥한 얼굴로 진땀을 흘리는 경감 한 명을 뱉어냈다. 마르틴 베크는 감기에 걸렸고 두통이 있었으며 비행을 좋아하지 않았다. 스칸디나비아 항공사가 커피라고 내놓은 액체는 상태를 개선해주지 못했다. 몬손이 출구에 서 있었다. 크고 튼실하고 어깨가 구부정한 그는 코트 주머니에 손을 넣고 입에는 그날의 첫 이쑤시개를 물고 있었다.

"여어." 몬손이 말했다. "기진맥진해 보이는군요."

"그러게 말입니다." 마르틴 베크가 말했다. "근처에 화장실

어딨습니까?"

발푸르기스의 밤은 스웨덴에서 중요한 날이다. 이날이 되면 사람들은 봄옷을 꺼내 입고, 술을 마시고, 춤을 추고, 즐거워하며, 맛있는 음식을 먹고, 여름을 기대한다. 스코네 지방에서는 길가에 꽃이 만발하고 나뭇잎도 트기 시작한다. 벌판에서 소들이 봄풀을 뜯고, 농부들은 벌써 씨를 뿌린다. 학생들은 흰 모자*를 꺼내 쓰고, 노동조합 지도자들은 좀약 든 가방에서 붉은 깃발을 꺼내며 '노동의 아들들' 노래 가사를 떠올리려고 애쓴다. 이튿날은 사람들이 잠깐이나마 다시 사회주의자인 척하는 노동절이다. 상징적인 시위 행진에서 관악대가 〈인터내셔널가〉를 연주할 때면 경찰들도 차려 자세를 취한다. 경찰이 할 일은 교통 안내, 그리고 미국 국기에 침 뱉는 사람이 없도록, 혹은 정말로 뭔가 할말 있는 사람이 시위대에 끼어들지 못하도록 단속하는 것뿐이니까.

4월 말일은 준비하는 날이다. 봄맞이를 준비하는 날, 사랑과 정치적 숭배 행위를 준비하는 날. 즐거운 날이다. 날씨가 좋다면 더 그렇다.

---

* 19세기부터 등장한 스웨덴의 학생모는 까만 챙과 띠가 달린 흰 모자로, 고등학교 졸업과 성년과 대학생을 상징하며 현재까지 전통으로 남아 있다.

사라진 소방차

이 즐거운 날, 마르틴 베크와 몬손은 베르틸 올로프손의 시신을 확인하고 경찰서 주차장에 우울하게 서 있는 고물차를 한두 바퀴 돌면서 살펴보았다. 돌멩이와 까만 양말, 올로프손의 위턱 치아를 뜬 본도 살펴보았다. 그리고 오랜 시간을 들여 부검 보고서를 샅샅이 넘겨보았다. 둘 다 말이 별로 없었다. 어차피 할말도 별로 없었다. 한번은 몬손이 물었다.

"올로프손이 말뫼와 무슨 관련이 있습니까? 그가 여기서 살해되었다는 것 말고?"

마르틴 베크는 고개를 젓고 말했다.

"올로프손은 훔친 차를 거래했던 것 같습니다. 마약도 조금. 하지만 주로 차를 다뤘는데, 훔친 차에 페인트칠을 다시 하고 가짜 번호판을 붙였죠. 그다음에 가짜 등록증을 만들어서 해외로 밀반출해 팔았던 것 같습니다. 적어도 말뫼를 자주 지나긴 했을 겁니다. 여기서 가끔 묵었을 수도 있죠. 여기 아는 사람이 몇 명 없었다면 오히려 이상할 겁니다."

몬손이 고개를 끄덕였다.

"상당히 부실한 상태였던 것 같더군요." 몬손이 혼잣말처럼 말했다. "건강도 나쁘고. 의사가 나이를 잘못 짐작한 것도 그 때문이었죠. 딱한 종자 같으니."

"말름도 마찬가지였습니다." 마르틴 베크가 말했다. "그렇다고 해서 상황이 나아지는 건 아니지만. 안 그런가요?"

"물론 아니죠." 몬손이 대답했다.

몇 시간 뒤, 두 사람은 몬손의 사무실에 앉아서 흑백 경찰차들이 세워져 있고 간간이 경찰관들이 부산히 오가는 아스팔트 마당을 내다보았다.

"뭐……." 몬손이 입을 열었다. "수사의 출발점이 보기보다 나쁘진 않습니다."

마르틴 베크는 약간 놀라서 몬손을 쳐다보았다.

"우리는 그가 2월 3일에 스톡홀름에 있었다는 걸 압니다. 의사는 그가 늦어도 7일에는 죽었다고 단언하고요. 실제 사망일은 사나흘로 좁혀집니다. 난 그를 만났던 사람을 찾아낼 겁니다. 결과가 어떻게 될지는 몰라도."

"어떻게 확신합니까?"

"이 도시는 그다지 크지 않아요. 올로프손이 어울렸던 무리는 그보다 더 좁고요. 우리한테는 끈이 좀 있습니다. 지금까지 그 끈들이 별 도움이 안 됐던 건 내가 찾는 사람이 누구인지를 몰랐기 때문이죠. 언론에도 이야기를 흘릴 생각입니다."

"우리는 아무것도 공개할 수 없는데요. 게다가 그건 검사가 할 일 아닙니까."

"여기선 그렇게 일 안 합니다."

사라진 소방차

"우리를 끌어들이진 않을 거죠?"

"스톡홀름 일에는 눈곱만큼도 관심 없습니다." 몬손이 단호히 말했다. "그리고 검사가 어쩌고 하는 건 형식 문제일 뿐이죠. 적어도 여기선 그렇습니다."

마르틴 베크는 그날 저녁에 비행기로 돌아왔다. 스톡홀름에 내린 게 10시쯤이었고, 두 시간 뒤에는 바가르모센의 집 거실의 소파 겸용 침대에 누워 있었다. 불도 껐다.

하지만 잠이 오지 않았다.

아내는 잘 자고 있었다. 가볍고 고르게 코 고는 소리가 닫힌 침실 문을 통해서 또렷하게 들려왔다. 아이들은 아직 귀가하지 않았다. 잉리드는 이튿날의 학생 시위에서 쓸 포스터를 그린다고 했고, 롤프는 아마 부모 없이 맥주와 음악만 있는 파티에 가 있을 것이었다.

마르틴 베크는 외로웠다. 뭔가 빠진 것 같았다. 이를테면 침실로 가서 아내의 잠옷을 벗겨버리고 싶다는 욕망 따위가. 최소한 다른 사람에 대해서라도, 가령 딴 남자의 아내에 대해서라도 그런 욕망을 느껴야 할 것 같았다. 그렇다면 누구에게?

새벽 2시에 잉리드가 귀가했을 때도 그는 깨어 있었다. 아내가 딸에게 그보다 더 늦으면 안 된다고 말해둔 모양이었다. 반면 롤프는 정해진 귀가 시간이 없었다. 누나보다 네 살 어리고 똑똑하기는 절반밖에 안 되는데다가 자신을 보호하고 보살피는 능력은 100분의 1도 안 되는데 말이다. 하지만 남자애니까.

잉리드는 살금살금 거실로 들어와서 허리를 숙여 마르틴 베크의 이마에 가볍게 입맞추었다. 아이에게서 땀과 페인트 냄새가 났다.

우습군, 그는 생각했다.

그는 한 시간이 더 지나고서야 잠이 들었다.

마르틴 베크는 5월 2일 아침에 쿵스홀멘 경찰서에 도착하자마자 콜베리와 멜란데르의 대화에 끼었다.

"우습군." 콜베리가 주먹으로 책상을 쾅 때리자 멜란데르를 제외한 모든 것이 폴짝 튀어 올랐다.

"그래, 이상하지." 멜란데르가 심각하게 말했다.

콜베리는 셔츠 바람에 넥타이를 느슨하게 풀고 칼라 단추도 끄르고 있었다. 그가 책상으로 몸을 숙이면서 말했다.

"이상하다고! 어쩌면 이상한 건 우리인지도 몰라. 누군가 말름의 매트리스에 시한폭탄을 설치했지. 우린 그게 올로프손인 줄 알았어. 하지만 올로프손은 죽은 지 벌써 한 달이나 된 상태였지. 누군가 그자의 머리를 깨부수고 고물차에 쑤셔넣은 뒤 바다에 내던졌기 때문에. 이제 우리는 이렇게 난처한 처지가

사라진 소방차

되었고."

콜베리는 숨을 고르려고 말을 멈췄다. 멜란데르는 말이 없었다. 둘 다 마르틴 베크에게 까딱 인사했지만, 그가 투명인간이라도 되는 듯이 하던 대화를 이어갔다.

"말름 살해 시도와 올로프손 살해 사이에 관계가 있다고 가정하면……."

"정황이 아무리 그래도 추측일 뿐이야." 멜란데르가 콜베리의 말을 잘랐다. "두 사건이 관계있다는 증거는 없어. 물론 두 사건이 완벽하게 독립적이라는 건 결코 있을 법하지 않은 얘기지만."

"말 잘했어. 그게 우연의 일치일 가능성은 희박하지. 따라서이 이야기의 세 번째 요소가 다른 두 사건과 관계되어 있다고 가정하는 게 합리적이야."

"자살 말이로군. 말름의 자살."

"당연히."

"그래." 멜란데르가 말했다. "어쩌면 말름은 게임이 끝났다는 걸 깨달았기 때문에 자살했을 수도 있어."

"바로 그거야. 자기가 당할 일에 비하면 가스 밸브를 트는 게더 낫다고 생각했던 거지."

"말름은 겁에 질렸던 거야."

"그럴 이유가 충분했지."

"그렇다면 결론은, 말름은 자신이 목숨을 부지하리라고 기대할 수 없었다는 거군." 멜란데르가 말했다. "누군가에게 살해당할 거라고 두려워했다는 거지. 그렇다면 그 상대는 누구였지?"

콜베리는 생각에 잠겼다가, 문득 이렇게 비약했다.

"말름이 올로프손을 죽였을까?"

멜란데르는 책상 서랍에서 사과 반쪽을 꺼냈다. 종이칼로 그걸 약간 베어서는 담배 쌈지에 집어넣었다.*

"그럴 것 같진 않은데." 멜란데르는 고개도 안 들고 말했다. "말름 같은 인간이 그런 수준의 범죄를 저지를 수 있었다고는 믿기지 않아. 도덕적으로야 양심의 가책 따위 없었을 테지만 그런 범죄에는 관리 능력과 기술도 필요했을 테니까."

"훌륭해, 프레드리크. 자네 논리에는 틀린 데가 없어. 자, 그러면 우리는 여기서 어떤 결론을 내려야 하지?"

멜란데르는 대꾸가 없었다.

"불 보듯 뻔한 논리적 결론은 뭐지?" 콜베리가 고집스레 다그쳤다.

"올로프손하고 말름 둘 다 제삼자에게 처치되었다는 거." 멜

---

* 사과나 감자 조각 따위를 쌈지에 넣어두는 건 담배가 마르는 걸 막고 향을 더하는 오래된 방법이다.

사라진 소방차

란데르가 내키지 않는다는 듯이 대답했다.

"그게 누구지?"

"몰라."

"그래, 몰라. 하지만 우리가 확실하게 짐작할 수 있는 게 하나는 있지."

"그래." 멜란데르가 말했다. "자네 생각이 옳을 거야."

"프로의 솜씨." 마르틴 베크가 저 혼자 중얼거렸다.

"바로 그거야." 콜베리가 말했다. "프로. 프로만이 양말에 넣은 돌멩이나 망할 폭탄 같은 걸 쓰지."

"동의해." 멜란데르가 말했다.

"바로 그렇기 때문에, 지금 우리가 꼭 기적이라도 목격한 것처럼 눈이 튀어나온 채 머리를 긁적이면서 여기 앉아 있는 거야. 우리는 지금까지 아마추어만 다뤄봤으니까. 너무 오래 그랬기 때문에 우리 자신도 아마추어처럼 되어버렸거든."

"범죄의 98퍼센트는 아마추어 짓이야. 심지어 미국에서도."

"그건 변명이 못 돼."

"물론." 멜란데르가 인정했다. "하지만 설명은 되지."

"잠깐만." 마르틴 베크가 끼어들었다. "그 가정은 다른 사실들과도 들어맞아. 군발드가 메모인지 뭔지를 쓴 뒤로 내가 줄곧 고민하던 점이 있는데 말이야."

"그래." 콜베리가 받았다. "말름의 침대에 폭발물을 설치한 사람이 왜 소방국에 전화를 걸었느냐?"

콜베리는 삼십 초 후에 스스로 대답했다.

"왜냐하면 그는 프로였으니까. 프로 범죄자. 그의 일은 말름을 처치하는 것이었을 뿐, 추가로 열 명이 더 죽는 꼴을 볼 마음은 추호도 없었던 거야."

"흠." 멜란데르였다. "그 논증에는 일리가 있군. 프로가 아마추어보다 덜 잔인하다는 얘기를 어디서 읽었어."

"나도 어제 읽었어." 콜베리였다. "만일 우리가 동전의 뒷면인 전형적인 아마추어, 가령 한때 우리의 존경하는 동료였던 헤딘 같은 아마추어를 본다면 어떨까. 십칠 년 전에 스코네에서 아홉 명을 죽였던 그 경찰관은 배려 따위는 일절 하지 않았어. 마음이 틀어진 약혼녀에게 복수한답시고 양로원 전체에 확 불을 질러버렸지*."

"그 사람은 정신이상자였어." 마르틴 베크가 말했다.

"살인을 저지르는 아마추어는 다들 정신에 문제가 있어. 범죄를 저지르는 그 순간만이라도. 하지만 프로는 안 그래."

---

* 토레 헤딘은 경찰관 신분으로 연속 살인을 저지르고 자기 범죄를 자기가 수사하기도 했다는 점에서 스웨덴에서 가장 악명 높은 범죄자로, 1952년 먼저 제 부모를 죽인 뒤 헤어진 약혼녀가 일하던 시설에 불을 질러 사람들을 더 죽이고 끝내 자살했다.

사라진 소방차

"스웨덴에 프로 살인자 같은 건 없는데." 멜란데르가 곰곰이 말했다.

콜베리가 따지는 듯한 눈길을 던지면서 말했다.

"이자가 스웨덴 사람이라는 증거가 어딨지?"

"만일 외국인이라면, 그것도 군발드의 이야기에 들어맞아." 마르틴 베크가 말했다.

"무엇보다 우리 추측에 들어맞지." 콜베리였다. "그리고 기왕 추측한 김에 더 나가보자고. 자네들 생각에는 누가 됐든 말름의 침대에 폭탄을 심고 올로프손의 머리를 깬 사람이 지금 스웨덴에 있을 것 같나? 그자가 단 하루라도 더 여기 머물렀을까?"

"아니." 멜란데르가 말했다. "그럴 이유가 없지."

"두 살인자가 같은 사람이라는 증거는 물론 없지만 말이야." 콜베리가 곰곰이 말했다.

"맞아." 멜란데르였다. "한 가지 작은 문제점이지."

"맞아." 마르틴 베크였다. "그래도 그 가정의 신빙성을 높여주는 단서가 하나 있어. 말뫼에서 살인을 저지르려면, 그리고 셸드가탄에서 불을 내려면, 이 나라에 대해서 어느 정도는 알아야 해."

"흠." 콜베리가 입을 비죽 내밀면서 말했다. "예전에 스웨덴에 와본 적 있는 사람."

"스웨덴어를 괜찮게 하는 사람." 멜란데르였다.

"스톡홀름과 말뫼를 제법 잘 아는 사람."

이건 콜베리였다.

"하지만 스톡홀름 소방국 대신 순드뷔베리 소방국에 신고하는 실수를 저지를 만큼 모르는 사람."

이건 마르틴 베크였다.

"그건 그렇고, 셸드가탄 거리에 있는 집을 링베겐 거리 37번지라고 부르는 사람은 어떤 사람일까?" 콜베리가 불쑥 물었다. "도로교통국 사람이나 몇몇 경찰관을 제외하고는 말이야. 행정에 관련된 사람?"

"지도에서 누가 위치를 찍어줘서 안 게 아니라 글자로 적힌 주소를 받아서 알게 된 사람." 멜란데르가 파이프에 불을 댕기면서 말했다.

"스톡홀름 거리 체계에 대한 지식이 부족한 사람." 마르틴 베크가 말했다.

"외국인." 콜베리가 말했다. "외국인 프로. 두 경우 모두 범인은 스웨덴에서는 쓰이지 않는 무기를 썼어. 옐름은 기폭 장치가 프랑스에서 발명되었고 한때 알제리에서 흔했다고 말했지. 만일 스웨덴 깡패가 갑자기 올로프손을 죽이고 싶어졌다면 파이프 관이나 자전거 체인을 썼을 거야."

"양말에 돌멩이를 넣어서 휘두르는 수법은 전쟁중에 쓰였어." 마르틴 베크가 말했다. "스파이나 요원이나 뭐 그런 사람들이 썼지. 동업자나 그 밖에 거슬리는 인물을 처치하라는 지령을 받은 사람들. 몸수색에서 칼이나 총이 발각될 위험을 감수할 수 없었던 사람들."

"노르웨이에서도 비슷한 사건들이 있었지." 멜란데르가 말했다.

콜베리가 금발 머리를 긁었다.

"그래, 다 좋다 이거야." 그의 말이었다. "하지만 동기가 있어야지."

"틀림없이……." 마르틴 베크가 의견을 냈다. "말름과 올로프손의 연관성이 강화되는 내용일 거야. 대체 어떤 사람들이 프로 살인자한테 제거되지?"

"거치적거리는 사람들." 멜란데르가 말했다. "올로프손과 말름의 관계는 추측해볼 수 있어. 아마 둘 다 자동차 도둑이었을 거야. 최소한 훔친 차를 판매하는 일을 했어."

"훔친 차는 큰돈이 못 될 때가 많아." 마르틴 베크가 말했다. "아주 싼값에, 그냥 받을 수 있는 값에 팔아야 하거든."

"올로프손하고 말름은 차에 페인트칠을 새로 했고, 가짜 번호판하고 서류도 마련했어. 그다음에 그걸 몰고 국경을 넘었지. 직접 판매하거나 딴 사람에게 넘길 수 있는 나라로."

"후자가 더 그럴듯한데, 안 그래?" 콜베리가 말했다. 그러더니 짜증스레 고개를 흔들며 말을 이었다.

"두 남자는 제삼의 인물, 혹은 다른 여러 사람과 함께 다양한 방면에 손대고 있는 어느 대형 갱단의 스웨덴 말단을 관리했어. 그러다가 두 사람이 뭔가 실수를 저질렀고, 조직이 둘을 제거하기로 결정하겠지."

"그래, 그런 식이었을 거야." 멜란데르가 말했다.

콜베리는 울적하게 몸을 털고서 말했다.

"우리가 이런 가설을 제기하면 사람들이 뭐라고 말할 것 같나? 이런 이야기를 누가 믿어주겠어?"

콜베리의 질문에 아무도 답이 없었다. 삼십 초쯤 뒤, 콜베리가 전화를 당겨서 번호를 돌리고는 답을 기다린 뒤에 말했다.

"에이나르? 나 지금 멜란데르 방인데, 잠시 와주겠나?"

삼십 초도 안 되어 뢴이 문간에 나타났다. 콜베리가 뢴에게 진지하게 말했다.

"우리가 방금, 말름하고 올로프손은 마피아 비슷한 국제 범죄 조직에서 일했다는 결론을 내렸어. 그러다가 조직이 두 사람한테 질렸어. 그래서 해외에서 고용한 암살자를 여기로 보내어 두 사람을 제거하라고 한 거야."

뢴은 마르틴 베크와 콜베리와 멜란데르를 차례차례 쳐다보았다. 그러고는 말했다.

"대체 그런 헛소리를 생각해낸 게 누구야? 그런 일은 영화나 책에서만 벌어진다고. 혹시 지금 날 놀리는 건가?"

콜베리가 거봐란 듯이 어깨를 으쓱했다.

24.

벤뉘 스카케는 순드뷔베리 지도에 까만 가위표를 그려서 여덟 개의 공중전화 박스를 표시했다. 그다음에 컴퍼스를 써서 가위표를 중심으로 한 원을 일일이 그렸다. 공중전화 몇 개가 순드뷔베리 중심에 몰려 있어서 원이 몇 개 겹치기는 했지만, 그래도 원들에 둘러싸인 영역의 총 넓이는 1제곱킬로미터가 넘었다. 군발드 라르손은 스카케에게 그 인구밀도 높은 영역에서 3월 7일 소방국에 전화했던 인물의 흔적을 찾아보라고 지시하면서도 대단한 결과나 성공이 있을 거라고는 기대하지 않았다. 그 인물이 여덟 개 공중전화 중 한 곳에서 전화를 걸었으리라는 가설은 추측에 지나지 않았으며, 설령 그 추측이 사실이더라도 외국 말투의 스웨덴어를 썼다는 것 말고 아는 게 아무것도 없는 사람을 찾아낸다는 건 여전히 어려운 일이었다.

하지만 스카케는 이 임무에 뜨거운 열의를 보였다. 첫 몇 주 동안은 솔나-순드뷔베리 경찰의 미적지근한 협조를 받았지만, 지금은 혼자 도맡고 있었다. 그가 할 일은 동그라미에 포함된 건물을 일일이 방문해서 그곳 거주자들을 만나는 것이었다. 다리가 튼튼한 젊은이에게도 다소 지치는 일이었다. 그러나 스카케는 결연했다. 군발드 라르손과 마르틴 베크가 결과를 볼 희망을 포기하고 어떻게 진행되고 있느냐고 묻기조차 그만둔 뒤에도, 스카케는 짬날 때마다 순드뷔베리의 집들을 두드리고 돌아다녔다. 밤이면 말 그대로 침대에 쓰러졌고, 몇 주째 체력 훈련과 법률 공부에 소홀했다. 더 나쁜 건 모니카에게도 소홀해졌다는 거였다.

스카케는 모니카를 팔 개월 전에 만났다. 수영 모임에서 안사이였다. 이후 두 사람은 점점 더 자주 만났고, 결혼 이야기를 직접적으로 꺼낸 적은 없지만 괜찮은 집을 찾는 대로 함께 살기로 했다. 스카케는 하숙에서 살았고, 물리치료사가 되려고 공부하는 스무 살의 모니카는 아직 부모와 함께 살았다.

5월 16일 저녁에 스카케에게 전화를 걸어서 그 주 들어 벌써 일곱 번째로 만나기 어렵다는 대답을 들은 모니카는 좋게 말해서 짜증난 상태였다.

"경찰 일을 혼자 다 하는 거야?" 모니카는 토라져서 말했다. "아니면 경찰이 자기밖에 없어?"

벤뉘 스카케가 이 질문을 받은 건 이번이 처음이었지만, 모르면 몰라도 마지막은 아닐 것이다. 마르틴 베크를 포함하여 그의 선배들은 대부분 아내로부터 똑같은 질문을 자주 들었으며, 일일이 대꾸하기를 그만둔 지 오래였다. 하지만 스카케는 그걸 몰랐다. 그래서 이렇게 대답했다.

"당연히 나 말고도 있지. 난 순드뷔베리 공중전화에서 전화 걸었던 남자를 꼭 찾아내겠다고 결심했지만, 안타깝게도 뾰족한 방법이 없어. 그래도 내일도 하루 종일 문을 두드리고 다닐 거고, 아침 일찍 나갈 생각이기 때문에 오늘밤엔 일찍 자야 돼."

모니카가 뭐라 말하려고 숨을 들이마시는 소리가 들리자 스카케는 얼른 덧붙였다.

"화내지 마, 자기. 나도 당연히 보고 싶지. 하지만 뭐라도 결과를 얻으려면 일에 매달려야 해."

모니카는 달래지지 않았다. 모니카는 오히려 룰레라는 체육 강사와 데이트하겠다고 으름장 놓은 뒤 전화를 탕 끊었다. 스카케는 자신이 판단하기에 역겨운 놈팡이인 그 남자를 아주 잘 알았다. 그는 보기 드물게 잘생겼다는 소리를 들을 뿐 아니라 수영을 포함하여 대부분의 스포츠에서 스카케보다 뛰어났다. 스

사라진 소방차

카케가 자신이 더 낫다고 조금이라도 자신 있게 말할 수 있는 종목은 축구뿐이었다. 종종 언젠가 어떻게든 상황을 조성해서 그놈을 축구장으로 끌어내는 데 성공할 날이 있을 거라고 꿈꾸곤 했다. 모니카가 그 우쭐대는 한량과 함께 있는 모습을 상상하니 어찌나 속이 뒤집히던지, 스카케는 우유를 두 잔 들이켜고 나서야 겨우 진정되어 모니카에게 다시 전화해볼 마음이 났다.

스카케가 전화기에 손을 얹은 순간 벨이 울렸다. 놀랍게도 모니카였다. 모니카는 잔뜩 후회하면서 용서를 빌었다. 한 시간 넘게 통화한 뒤, 두 사람은 이튿날 모니카가 수업을 마친 뒤 순드뷔베리에서 만나 늦은 점심을 함께 먹기로 약속했다.

금요일 아침, 스카케는 가가호호 방문 작전을 이어 가기 위해서 사랑해 마지않는 순드뷔베리로 직행했다. 그는 지도에 매일 가위표를 쳐서 그날 답사한 영역을 지웠고, 초인종을 눌렀을 때 아무도 나오지 않았던 집은 따로 목록으로 작성했다. 외국인 관리 사무소에서 받은 별도의 목록도 있었는데, 그건 순드뷔베리에 거처를 등록해둔 비非스칸디나비아인 명단이었다. 스카케는 그 명단에서 아직 만나지 못한 사람들이 출근하기 전에 만나기 위해서 7시도 되기 전에 집을 나섰다.

9시 무렵에는 명단의 이름이 절반으로 줄었다. 하지만 소득은 그뿐이었다.

벤뷔 스카케는 이제 그날 방문하기로 고른 동네로 가려고 순드뷔베리를 관통해 걸었다. 언덕 꼭대기에 선 고층 건물들을 향해 경사진 공원으로 들어섰다. 공원은 인공적으로 조성된 것 같지 않았다. 그보다는 일대가 개발될 때 도시 계획가가 드문 자비심을 발휘하여 건드리지 않고 남겨둔 땅처럼 보였다. 길 양편으로 신선한 풀이 파릇파릇했고, 저 멀리 경사진 숲의 소나무들 사이에서는 이끼 덮인 회색 화강암 바위들이 솔잎 흩어진 땅에서 군데군데 고개를 내밀고 있었다. 스카케가 걷는 길은 아스팔트 길도 모랫길도 아니었다. 사람들이 다녀서 다져진 흙길이 자작나무와 참나무 사이로 구불구불 났다. 성긴 나뭇잎 틈으로 비쳐 든 햇살이 메마르고 단단한 흙과 늙은 나무뿌리에 떨어져 군데군데 금색으로 일렁였다. 스카케는 발걸음을 늦췄다. 갑자기 솔향기와 태양에 달궈진 흙냄새가 풍겼지만 아주 잠깐이었다. 다음 순간 코로 공기를 들이마셨을 때는 매연 냄새와 저 아래 길가 그릴에서 날아온 시큼한 튀김 기름 냄새가 날 뿐이었다.

스카케는 모니카를 생각하고 있었다. 두 사람은 3시에 만나기로 했다. 그는 어서 만나고 싶었다. 두 사람이 일주일이나 만나지 않은 건 드문 일이었다.

첫 번째 건물에는 두 집을 제외한 모든 집에 사람이 있었다. 그러나 삼월 초에 거기 살았을지도 모르는 외국인을 아는 사람은 없었고, 소방국에 신고하는 걸 들은 사람도 없었다. 다음 건물에는 외국인이 두 명 있었다. 하지만 둘 중 핀란드인은 알아듣기 힘든 스웨덴어를 쓰는데다가 도리스 모르텐손이 말했던 말투와는 달랐다. 다른 사람은 이탈리아인이었는데, 3월 7일에 밀라노의 집에 얌전히 있었다고 했다. 그는 묻지도 않았는데 여권을 꺼내어 날짜가 찍힌 도장을 보여주었다. 두 사람에게 외국인 친구가 있을까? 당연히 그들에게는 외국인 친구가 많았다. 하지만 그게 뭐?

네, 물어볼 수도 있는 거죠.

스카케가 비탈길에서 제일 먼 곳의 건물들을 다 돌았을 때는 정오가 가까웠다. 배가 고팠다. 그는 한 고층 건물의 1층에 있는 카페에 들어가서 코코아와 오픈 치즈 샌드위치를 시켰다. 그와 여종업원 외에는 아무도 없었다. 종업원은 스카케에게 음식을 가져다준 뒤 카운터로 돌아가서 지루한 표정으로 창밖을 응시했다. 밖에는 교외의 고층 건물들 사이에 흔히 조성되어 있는 널찍한 광장이 있었다. 보통은 광장이라기보다 쇼핑센터라고 불리는 공간, 어떨 땐 심지어 이탈리아풍으로 피아차라고 불리는 공간이었다. 음울한 석조 사막에 지중해의 풍취를 조금이라도 가미해보려는 도시 계획가들의 처절한 시도가 아닌가 싶은 이름이었다.

문이 열리고 웬 남자가 살며시 들어섰다. 실크 자수가 놓인 파란 벨벳 베레모를 쓰고 빈 나일론 그물 가방을 든 남자였다. 남자는 천천히 가게를 가로지르면서 찌푸린 눈썹 아래 교활한 눈으로 스카케를 쳐다봤다. 그러다 종업원을 발견하자, 남자의 갈색눈이 반짝거렸다. 남자는 두 팔을 활짝 펼치면서 핀란드어와 스웨덴어가 뒤섞인 말투로 발랄하게 말했다.

"맙소사, 오늘은 숙취가 끔찍해요. 내가 보통 사 가는 그 훌륭한 새 음료수 이름이 뭐죠?"

"톰 콜린스요." 여자가 대답했다.

"맞아요. 그거 여덟 캔을 당장 주세요. 하지만 차가워야 해요. 티베트 산맥의 폭포처럼 차가운 걸로 줘요."

남자는 여자에게 가방을 건넸고, 여자는 뒷방으로 사라졌다. 베레모를 쓴 남자는 지갑을 뒤지며 난처한 표정을 지었다. 냉장고 닫히는 소리가 들린 뒤, 종업원이 음료수 캔이 가득 든 그물 가방을 들고 돌아왔다.

"혹시 외상 될까요?" 남자가 물었다.

"네, 괜찮을 거예요. 여기 사시잖아요, 그러니까……." 여자가 대답했다.

"네, 괜찮을 거예요." 여자는 홀린 것처럼 반복했다.

남자는 지갑을 치우고 가방을 집었다.

"잘됐네요. 오늘이 그렇게 끔찍한 날은 아닌가 봐요."

남자는 문을 향해 걸어가다가 뒤로 돌아서 말했다.

"아가씨는 천사예요. 돈은 월요일에 가져올게요. 안녕."

스카케는 컵을 밀어놓고 안주머니에서 지도를 꺼냈다. 지도는 이제 손길을 꽤 탄 것처럼 보였다. 접힌 부분은 테이프로 붙여둬야 했다. 스카케는 광장 주변 지역에 가위표를 쳤다. 그러고는 시계를 보고, 모니카를 만나기 전에 비탈길 건너편 아래쪽에 있는 건물들도 돌 수 있겠다고 생각했다. 그걸 마치면 순드뷔베리에서 꽤 넓은 영역을 확인하게 되는 셈이었다. 비탈길 밑 간선도로의 오래된 건물들은 이미 마쳤으니까. 비탈길을 따라선 건물들은 현대식 건물들이긴 했으나 언덕 꼭대기의 고층 건물들처럼 높진 않았다.

2시 20분, 스카케는 비탈길 맨 밑 모퉁이에 선 건물을 제외하고는 확인을 다 마쳤다. 바로 그 모퉁이에 순드뷔베리 소방국 번호가 붙은 공중전화들 중 한 대가 서 있었다.

건물 입구에 웬 남자가 서서 맥주를 마시고 있었다. 남자가 대뜸 술병을 스카케에게 디밀면서 뭐라고 지껄였다. 스카케는 처음에는 남자의 말을 못 알아들었지만, 잘 들어보니 남자는 노르웨이어로 5월 17일을 축하하는 중이라고 말하고 있었다. 스카케는 남자에게 제 신분증을 보여주었다. 그러고는 엄하고 권

위 있는 목소리로, 길에서 술 마시는 건 금지되어 있다고 말했다. 남자가 깜짝 놀라 스카케를 쳐다보았다. 스카케는 말했다.

"당신은 스웨덴 사람이 아니니까, 이번에는 법대로 하지 않고 봐드리지. 술병을 이리 주고 꺼져요."

남자는 반쯤 든 술병을 스카케에게 건넸다. 스카케는 남은 맥주를 하수구에 부었다. 그리고 길을 건너, 쓰레기통에 병을 버렸다. 뒤를 돌아보니 노르웨이인은 모퉁이를 돌아 사라지면서 어깨 너머로 멍하니 스카케를 쳐다보았다.

스카케는 엘리베이터를 타고 꼭대기 층으로 올라가서 세 집의 초인종을 눌렀다. 아무도 안 나왔다. 그는 재방문할 집 목록에 이름 세 개를 적어넣고 한 층 내려왔다.

첫 번째 집 문을 열어준 사람은 머리를 붉게 염색하고 초록색 플라스틱 안경을 쓴 여자였다. 머리카락 뿌리는 희끗했다. 여자는 예순쯤 되어 보였다. 여자는 스카케가 용건을 두 번 설명한 뒤에야 알아들었다.

"아, 네." 여자가 말했다. "방 하나를 세준답니다. 정확히 말하면 전에 세를 줬죠. 외국인을 찾는다고요? 삼월 초? 보자. 네, 우리집에 프랑스 사람이 묵었던 게 삼월 초였던 것 같네요. 아랍 사람이었나? 정확히는 기억이 안 나요."

이 순간, 누구든 깃털 하나로도 스카케를 쓰러뜨릴 수 있을

사라진 소방차

것이었다.

"아랍 사람이라고요?" 스카케가 되물었다. "어느 나라 말을 했습니까?"

"스웨덴어요. 물론 아주 잘하진 못했지만 알아들을 정도는 됐어요."

"그 사람이 언제 여기 묵었는지 정확히 기억하십니까?"

스카케는 초인종을 누르기 전에 문패를 보지 않았기 때문에, 이제야 코를 푸는 척 고개를 돌려서 우편함에 붙은 이름을 슬쩍 확인했다. 그가 '보리'라는 이름을 겨우 확인하자마자 여자가 문을 활짝 열면서 말했다.

"들어오시겠어요?"

스카케는 현관으로 들어서서 문을 닫았다. 붉은 머리카락의 여자는 앞장서서 안으로 들어갔다. 여자가 창가에 놓인 파란 플러시 천 소파를 가리키기에 스카케는 거기 앉았다. 여자는 책상으로 가서 서랍을 열고 적갈색 표지의 가계부를 꺼냈다.

"언제였는지 금방 알려드릴 수 있어요." 여자가 가계부를 넘기면서 말했다. "방세 받은 걸 다 여기 적어두는데, 그 남자는 마지막 손님이었기 때문에 어렵지 않거든요……. 여깄네요. 3월 4일에 일주일 치를 미리 치렀어요. 그런데 이상하게 그보다 일찍 나갔죠. 나흘만 있다가. 그러니까 8일에 나갔어요. 사흘 치방세를 돌려달란 말은 안 했어요."

여자는 가계부를 든 채 소파 앞 탁자에 걸터앉았다.

"이상하다고 생각했죠. 그 사람을 왜 찾나요? 그 사람이 무슨 일을 했기에?"

"수사에 도움이 될지도 모르는 사람이라 찾고 있습니다." 스카케가 말했다. "이름이 뭐였습니까?"

"알폰세 라살레."

여자는 알퐁스 라살을 그렇게 발음했다. 그걸로 보아 프랑스어에 능통하진 않다는 걸 짐작할 수 있었다. 하기야 스카케도 마찬가지였다.

"어쩌다 그에게 방을 빌려줬습니까?" 스카케가 물었다.

"어쩌다? 아까 말했지만 우리는 방 하나를 계속 세주고 있었어요. 하지만 우리 남편이 아파서 낮에 집에 있게 됐죠. 남편이 낯선 사람이 있는 걸 싫어해서, 내가 소개소에 전화해서 당분간 우리집을 명단에서 빼달라고 말했어요."

"소개소를 통해서 손님을 받았다는 거죠? 그 소개소가 어딥니까?"

"스베아 소개소. 스베아베겐 거리에 있어요. 우리가 이 집을 산 1962년부터 그 소개소가 계속 손님을 보내줬어요."

스카케는 공책과 펜을 꺼냈다. 여자는 궁금한 듯 그가 뭘 적

사라진 소방차

는 모습을 지켜보았다.

"그 사람은 어떻게 생겼습니까?" 스카케는 받아쓸 준비를 하고 물었다.

여자는 고개를 갸우뚱 기울여 천장을 보았다.

"글쎄, 어떻게 말하나. 지중해 사람처럼 생겼어요. 피부가 가무잡잡하고 키가 작은 편이고. 머리카락은 굵고 까맣고, 이마랑 관자놀이까지 덮고 있었어요. 키는 나보다 약간 더 컸죠. 내가 164센티미터거든요. 코가 좀 크고 살짝 굽었고, 눈썹은 까맣고 일자였어요. 실팍했지만 뚱뚱진 않았고요."

"나이는 얼마나 된 것 같았습니까?"

"글쎄, 서른다섯쯤이었을까, 아니면 마흔. 말하기 어렵네요."

"외모에서 달리 기억나는 게 있습니까? 다른 특이한 점이라도?"

여자는 잠시 고민하다가 고개를 흔들었다.

"없는 것 같아요. 여기 오래 묵진 않았으니까요. 예의 발랐고 교육을 잘 받은 것 같았어요. 단정하게 입었고요."

"말투는 어땠습니까?"

"외국인다운 말투가 있었어요. 좀 웃기게 들렸죠."

"말투를 좀더 자세히 설명하실 수 있겠습니까? 그가 구체적으로 뭐라고 말했는지 기억하십니까?"

"글쎄에, 모르겠어요. 프루 대신 프뤼라고 발음했고, 카페 대신 캬페라고 말했어요. 시간이 이렇게 많이 흐른 뒤에 떠올리는 건 어렵고, 또 난 말투를 잘 흉내내지 못해요."

스카케는 또 뭘 물어야 할까 고민했다. 펜을 씹으면서 붉은 머리의 여자를 바라보았다.

"그 사람은 여기서 뭘 했습니까? 관광객이었나요, 일을 했나요? 언제 들어오고 나갔습니까?"

"뭐라고 딱 말하기 어려운데요." 보리 부인이 대답했다. "짐은 별로 없었어요. 가방 하나. 그리고 아침에 나갔다가 대부분 저녁 늦게야 돌아왔어요. 하지만 열쇠를 따로 갖고 있었기 때문에 그 사람이 언제 들어왔는지 내가 일일이 알진 못했어요. 조용하고 점잖은 사람이었고."

"손님들에게 전화를 쓰게 허락합니까? 그 사람이 여기서 전화를 걸었나요?"

"아니요. 그러니까, 허락하진 않아요. 하지만 꼭 걸어야 할일이 있다면 당연히 걸 수 있죠. 그래도 이 라살레란 손님은 내가 아는 한 안 썼어요."

"그 사람이 부인 모르게 전화를 쓰진 않았을까요. 밤중에라거나?"

"밤 늦게는 어차피 안 돼요. 현관이랑 우리 방에 잭이 있어서, 밤에는 내가 전화를 우리 방으로 옮겨둬요."

"그 사람이 3월 7일, 그러니까 마지막 날 밤에 언제 귀가했는지 기억하십니까?"

여자는 어울리지 않는 안경을 벗어서 잠시 살펴보고는 치맛자락으로 알을 닦은 후 도로 꼈다.

"마지막 날 저녁이라. 그날 그 사람이 들어오는 소리를 들었던 기억은 없네요. 난 보통 10시 반쯤 자러 가요. 하지만 그날 밤에 어땠는지는 확실히 모르겠어요."

"한번 생각해보십시오, 부인. 제가 다시 연락해서 또 기억난 게 없으신지 여쭤보겠습니다." 스카케가 말했다.

"네, 그러세요. 생각해보죠."

스카케는 까만 공책에 전화번호를 받아 적었다.

"보리 부인, 아까 라살이란 사람이 마지막 손님이었다고 하셨죠."

"네, 그 사람이 나가고 나서 며칠 뒤부터 요세프가 아팠거든요. 우리 남편 이름이에요. 그래서 내가 전화를 걸어서 그다음에 어떤 사람에게 방을 주겠다고 약속했던 걸 취소했죠."

"방을 좀 봐도 됩니까?"

"그럼요."

여자는 일어나서 안내했다. 방문은 현관에서 대문 맞은편에

나 있었다. 방은 가로세로 삼 미터와 오 미터쯤 되었다. 침대, 침대 옆의 작은 탁자, 보통 탁자, 의자 두 개, 안락의자, 작은 책상, 문에 타원형 거울이 달린 구식 커다란 옷장이 있었다.

"화장실은 바로 옆 문이에요." 여자가 말했다. "남편하고 나는 우리 침실에 딸린 화장실을 써요."

스카케는 고개를 끄덕이고 둘러보았다. 삼류 호텔 방처럼 몰개성적이었다. 안락의자 옆 탁자에는 체크무늬 천이 깔려 있었고, 책상에는 메모지가 놓여 있었다. 벽에는 그림 두 점과 조화화환이 걸려 있었다. 러그, 침대보, 커튼은 얄브스름한데다가 하도 많이 빨아서 색이 바랬다.

스카케는 창으로 갔다. 거리에 면한 창이었다. 모퉁이에 선 공중전화 박스와 자신이 좀 전에 노르웨이 남자의 맥주병을 버렸던 쓰레기통이 내다보였다. 저 멀리 거리의 시계방에 내걸린 시계가 3시 10분을 가리키고 있었다. 스카케는 자기 시계를 보았다. 3시 10분이었다.

그는 황급히 보리 부인에게 인사한 뒤, 계단을 한 걸음에 두 단씩 달려 내려갔다. 그러나 출입구에서 뭔가 떠올리고, 급하게 엘리베이터를 타고 도로 5층으로 올라갔다. 여자가 놀라서 그를 보았다. 이렇게나 빨리 돌아오리라곤 예상하지 못한 표정이었다.

사라진 소방차

"보리 부인, 방을 청소하셨습니까?" 스카케는 숨을 헐떡이며 물었다.

"청소요? 물론 했……."

"먼지를 떨고 걸레로 닦고요? 가구랑 전부 다?"

"그게, 난 보통 손님이 오기 직전에 청소해요. 그전에 깨끗하게 해나봐야 의미가 없잖아요. 방이 며칠, 가끔은 몇 주나 비어 있을 수도 있으니까요. 그래서 보통은 손님이 나가고 나면 침대보를 벗기고, 재떨이를 비우고, 환기만 해요. 왜 그러시죠? 왜 물으세요?"

"아무것도 만지지 마십시오. 저희가 와서 단서가 있는지 살펴봐야 합니다. 지문이랑 그런 거요."

여자는 방에 들어가지 않겠다고 약속했다. 스카케는 인사를 하고 다시 곤두박질치듯 계단을 내려갔다.

이미 늦어버린 모니카와의 약속을 지키러 달려가면서, 그는 자신이 마침내 뭔가 낚은 걸까 생각했다.

모니카가 벌써 이십오 분 동안 기다리고 있는 식당에 도착했을 때, 머릿속에서 그는 이미 승진하여 경찰총장에 한 걸음 다가간 상태였다.

하지만 쿵스홀름스가탄의 경찰서에서 군발드 라르손은 이렇게 말했다.

"그 사람이 뭘 입고 있었지?"

십 초 후에는 이렇게 물었다.

"어떤 코트를 입었지? 양복은? 신발은? 양말은? 셔츠는? 넥
타이는? 머리에 기름을 발랐나? 치아는 어떻게 생겼지? 담배
를 피웠나? 피웠다면 어떤 종류를 얼마나? 자러 갈 땐 무슨 옷
을 입었지? 파자마였나 잠옷 셔츠였나? 아침에는 여자가 커피
를 만들어줬나? 이런 건?"

또 삼십 초 후.

"그 바보 같은 여편네는 왜 외국인을 받을 때 규정대로 등록
증을 보내지 않았지? 여자가 그 사람 여권을 확인했다나? 자
네, 그 여편네를 제대로 윽박질렀나?"

스카케는 상심한 표정을 보이고는 돌아서서 나가려 했다.

"있어봐, 레케."

"네."

"지문 채취하는 녀석들 중 하나를 당장 그리로 보내."

스카케가 나갔다.

"멍청하기는." 군발드 라르손이 닫힌 문에 대고 말했다.

그들은 순드뷔베리의 그 방에서 지문을 여러 개 발견했다.
그중 보리 부인의 것과 스카케의 것을 제외하니 세 개가 남았는

데, 하나는 번들번들한 포마드에 깊게 찍힌 것이었다.

5월 21일 화요일, 그들은 지문 복사본을 인터폴에 전송했다. 달리 뭘 할 수 있었겠는가?

25.

예수승천대축일 다음 월요일, 마르틴 베크는 말뫼에 전화를 걸어서 상황이 어떠냐고 물었다.

함마르가 이 미터 떨어진 곳에서 이렇게 말했기 때문이다.

"말뫼에 전화를 걸어서 상황이 어떠냐고 물어봐."

몬손의 목소리를 듣는 순간, 마르틴 베크는 물어본 것을 후회했다. 자신도 지난 세월 동안 그런 바보 같은 질문을 무수히 받았던 게 문득 떠올랐다. 상사로부터, 언론으로부터, 아내로부터, 멍청한 동료들로부터, 호기심 많은 친구들로부터. 상황이 어때?

그럼에도 불구하고, 그는 목청을 틔우고 말했다.

"여어, 상황이 어떻습니까?"

"글쎄요." 몬손이 대답했다. "알려드릴 게 있으면 내가 전화했겠죠."

마르틴 베크가 들어 마땅한 대답이었다.

"전반적으로 진척이 좀 있었는지 물어봐." 함마르가 거들었다.

"전반적으로 진척이 좀 있었습니까?" 마르틴 베크가 물었다.

"올로프손 사건?"

"네."

"뒤에서 구시렁거리는 사람은 누굽니까?"

"함마르."

"아하." 몬손이 말했다. "그런 상황이로군요."

"국제적인 측면도 고려했는지 물어봐." 함마르가 또 말했다.

"국제적인 측면도 고려했습니까?" 마르틴 베크가 물었다.

"그래요." 몬손이 대답했다. "고려했습니다."

잠시 침묵이 흘렀다. 마르틴 베크가 당황해서 헛기침을 했다. 함마르가 문을 쾅 닫고 나가버렸다.

"갔습니까?" 몬손이 물었다.

"네. 있잖습니까, 나는 별로……."

"으흥." 몬손이 말했다. "그런 일에는 익숙합니다. 올로프손에 관해선데……."

"네."

"여기서 잘 알려진 인물은 아니었던 모양입니다. 그래도 두어 명 찾긴 했습니다. 최소한 올로프손을 알기는 했던 사람들을 찾았어요. 그를 좋아하진 않았다고들 말하지만. 허풍쟁이였다더군요. 그자는……."

몬손이 다시 조용해졌다.

"네?"

"전형적인 스톡홀름 속물이었다고." 몬손은 그 표현에 어느 정도 동의한다는 듯 힘있게 말했다.

"그 사람들은 올로프손이 무슨 일을 했는지 안답니까?"

"그렇기도 하고 아니기도 합니다. 올로프손을 개인적으로 아는 사람은 둘밖에 못 찾았는데, 둘 다 그자를 만난 건 몇 번 안 된다고 하더군요. 그들 말이, 올로프손은 마약 밀매를 했답니다. 대단한 규모는 아니었지만요. 올로프손이 여기 가끔 내려올 때 뜨문뜨문 만났답니다. 여기 올 때는 보통 스톡홀름에서 온 것 같았다고 해요. 늘 새 차를 몰고 왔고, 허풍을 잔뜩 떨었지만 실제로 돈이 많은 것 같진 않았답니다. 말뫼에 하루나 이틀 이상 머무는 경우는 거의 없었는데 간혹 며칠 연달아 나타나는 때도 있었답니다. 둘 중에서 올로프손이 마지막으로 여기 왔을 때 그를 만난 사람은 없는 것 같아요. 최소한 한 명은 지난겨울에 감방에 들어앉아 있었고 사월에서야 나왔으니까요."

침묵. 마르틴 베크도 말이 없었다. 한참 뒤에 몬손이 다시 입을 열었다.

"뭐, 이건 아직 명확히 밝혀진 게 아니니까. 지금 내가 아는 변변찮은 내용은 당신한테 알려줄 가치는 없어요. 정보는 꽤 많이 모았지만 아직 앞뒤가 안 맞아요. 아까 그 두 사람한테 얻은 정보도 있고, 내가 직접 캔 것도 있고."

"이해합니다." 마르틴 베크가 말했다.

"올로프손은 폴란드에 자주 다녔습니다." 몬손이 말했다. "그건 확실해요. 그가 입었던 옷도 폴란드산이었고."

"거기서 차를 팔았다는 뜻일까요?"

"아마도." 몬손이 대답했다. "문제는 우리가 그걸 안다고 해서 더 나아질 게 있느냐 하는 거죠. 그보다 더 중요한 문제는……."

그러다가 말을 멎었다.

"뭡니까?"

"그 말름이란 사람하고 올로프손이 여기서 여러 차례 만났다는 것도 확실한 것 같습니다. 최소한 함께 있는 모습이 목격되었으니까."

"그렇군요."

"하지만 올해는 아니었고요. 여기선 올로프손보다 말름이 좀더 알려져 있어요. 사람들도 말름을 좀더 좋아했고. 내 정보원

은 둘 다 말름하고 올로프손을 최소한 한두 번 함께 만났다는
데, 그때 두 사람이 동업자라는 인상을 받았답니다……. 뭐, 그
렇지만 내가 중요하다고 말한 건 이 문제는 아닙니다."

"그게 아니면?"

"불확실한 구석이 많아요." 몬손이 주저하며 말했다. "예를
들어, 올로프손은 여기 내려왔을 때 어디서든 묵었을 겁니다.
방을 빌리거나 딴 사람 집에 얹혀 지내거나. 하지만 그게 어딘
지, 누구 집인지는 내가 아직 못 알아냈어요."

"쉽지 않겠죠."

"아, 결국엔 알아낼 겁니다. 시간이 지나면. 말름이 여기 내
려왔을 때 어디서 묵었는지는 알아요. 도시 서쪽에 있는 싸구려
여인숙들에 묵었습니다. 베스테르가탄 거리하고 메스테르요한
스가탄 거리 근처 말이죠."

마르틴 베크는 말뫼를 잘 몰랐기 때문에 그 지명들은 아무 의
미가 없었다.

"훌륭하네요." 그는 더 나은 말이 생각나지 않아서 이렇게
대꾸했다.

"그건 쉬웠습니다." 몬손이 말했다. "그건 중요한 것 같지 않
아요. 하지만 이 다른 일은."

마르틴 베크는 슬슬 짜증이 나기 시작했다.

사라진 소방차

"그 다른 일이 뭡니까?"

"올로프손이 어디 묵었나 하는 것 말입니다."

"몇 시간만 있다가 떠났을지도 모르죠. 지나는 길에 들르거나. 말름을 잠시 만나려고."

"글쎄요." 몬손의 대답이었다. "그럴 것 같진 않아요. 올로프손은 어딘가 은신처가 있었습니다. 대체 어디였을까요?"

"그걸 내가 어떻게 압니까. 그렇게 따지면 당신은 어떻게 압니까?"

"왜냐하면 여기 여자가 있었거든요." 몬손이 말했다.

"여자?"

"그래요. 올로프손이 웬 여자하고 함께 있는 모습이 여러 번, 꽤 긴 기간에 걸쳐서 목격되었어요. 맨 처음은 적어도 일 년 반 전이었고, 내가 아는 한 맨 마지막은 크리스마스 직전이었고요."

"그 여자를 찾아야 합니다."

"내가 지금 그러려는 겁니다." 몬손이 말했다. "여자가 어떻게 생겼고 그런 건 좀 알지만 이름이나 사는 데는 몰라요."

몬손은 잠시 조용하다가 덧붙였다.

"이상하죠."

"뭐가요?"

"내가 여자를 못 찾는 게 말입니다. 이 도시에 있다면 찾을 수 있을 텐데."

"이유야 여러 가지 생각해볼 수 있죠." 마르틴 베크가 말했다. "어쩌면 말뫼 사람이 아닐지도 모릅니다. 스톡홀름 사람일 수도 있죠. 아예 스웨덴 사람이 아닐지도 모르고요."

"글쎄요." 몬손이 말했다. "여기 사람인 것 같습니다. 뭐, 두고 보죠. 내가 찾아낼 테니까."

"그럴 것 같습니까?"

"물론. 시간은 좀 걸릴지 모르지만 말입니다. 그리고 내가 유월에는 휴가를 갑니다."

"아, 그래요." 마르틴 베크가 말했다.

"네, 돌아와서 다시 여자를 찾아볼 겁니다." 몬손이 차분히 말했다. "찾으면 알려드리죠. 지금은 이게 답니다."

"그럼 이만." 마르틴 베크는 기계적으로 대답했다.

상대는 벌써 끊었는데도 그는 한참 수화기를 쥐고 앉아 있었다. 이윽고 그는 한숨을 쉬고, 코를 풀었다.

몬손은 알아서 일하도록 내버려두는 게 나은 사람임에 분명했다.

26.

6월 1일 토요일, 몬손은 아내와 함께 루마니아로 날아갔다. 삼 주의 휴가 기간을 세심하게 잡았기 때문에, 하지 휴가가 끝난 뒤에야 돌아올 것이었다. 정확히 말하면 24일 월요일에야.

몬손은 그 사건에 관한 정보를 남에게는 말하지 않은 것 같았다. 올로프손의 인생과 비참한 죽음에 관한 모든 생각과 가설까지도. 왜냐하면 이후 말뫼로부터 별 소식이 들려오지 않았기 때문이다. 마르틴 베크가 관심을 가질 만한 소식은 전혀 없었다.

유월에 휴가를 떠난 사람이 몬손만은 아니었다. 선거 전에 휴가를 쓰지 말라는 은근한 암시가 있었음에도 경찰에서는 사람이 점점 줄었다. 적어도 상층부에서는 놀라운 속도로 줄었다. 총선거가 구월에 있으니 칠월과 팔월은 시련의 달이 될 게 뻔했고, 대부분의 경찰은 연차휴가를 이론에서 현실로 바꾸려고 시도했다. 멜란데르는 베름되의 별장으로 떠났고, 군발드 라르손과 뢴은 백야의 햇빛 아래 여름밤 낚시를 즐길 수 있는 아리에플로그로 조용히 떠났다.

군발드 라르손과 뢴은 주로 회색숭어와 송어에 관해서, 여러 종류의 제물낚시와 미끼에 관해서만 이야기했다. 이따금 뢴의 얼굴에 문득 먹구름이 끼고 말을 걸어도 대답하지 않을 때가 있었다. 그런 순간에 뢴은 사라진 소방차를 생각하고 있었지만, 생각을 입 밖으로 꺼내진 않았다.

함마르는 다가오는 은퇴만을 생각했고, 그전에 아무 일도 생기지 않아야 한다고 생각했다.

마르틴 베크는 자신에게 휴가가 있는지 없는지조차 궁금하지 않다는 사실을 깊이 생각했다. 그는 매일 베스트베리아로 출근해서 정규 업무를 처리했고, 여유 시간에는 주로 어떻게 하면 하지 휴가를 아내와 처남과 함께 보내지 않을 수 있을까 하는 방법을 궁리했다.

콜베리는 잠시 경감 대행이 되어 스톡홀름 살인수사과로 전출해 있었으며, 두 상황 모두 즐기지 않았다. 쿵스홀름스가탄의 찜통 같은 사무실이 싫었다. 그는 땀을 뻘뻘 흘리고 욕을 해댔다. 그러는 사이사이에는 아내와 함께 집에 있으면 좋겠다고 생

사라진 소방차

각하며, 요즘의 낙은 그것밖에 없다고 생각했다.

멜란데르는 별장 밖에서 나무를 패며, 별채 뒤편에 담요를 깔고 알몸으로 누워 일광욕을 즐기는 못생긴 아내를 사랑스레 떠올렸다.

한편 흑해의 에포리에 호텔에서, 몬손은 전함 포툠킨 빛깔의 청회색 수평선을 권태롭게 바라보고 있었다. 속으로는 여름에 기온이 사십 도나 되고 포도주스마저 없는 나라가 어떻게 사회주의를 성취하고 오개년 계획을 삼 년 만에 달성해냈는지 모르겠다고 생각했다.

그로부터 북쪽으로 삼천 킬로미터 떨어진 곳에서, 부츠를 신고 스포츠 재킷을 입은 군발드 라르손은 룀이 입은 기계 뜨개 울 스웨터를 못마땅하게 흘겨보았다. 엘크가 그려져 있고 빨간색, 파란색, 녹색이 섞인 흉측한 스웨터였다.

룀은 시선을 알아차리지 못했다. 사라진 소방차를 생각하고 있었기 때문이다.

벤뉘 스카케는 사무실에 앉아서 막 완성한 보고서를 읽어보았다. 그러면서 경찰총장이 되려면 얼마나 걸릴까, 그때는 자기가 어디에 있을까 하고 생각했다.

다들 자기 생각에 빠져 있었다.

말름이나 올로프손이나 셸드가탄의 다락에서 산 채로 타 죽은 열네 살 소녀를 생각하는 사람은 아무도 없었다.

적어도 겉으로는 그렇게 보였다.

하지 전야인 6월 21일 금요일, 마르틴 베크는 열다섯 살 때 결석장에 어머니의 서명을 베껴서 학교를 땡땡이치고 때마침 스톡홀름에 방문한 히틀러의 소형 전함을 구경하러 갔던 때 이래 처음으로 죄책감이 느껴지는 짓을 저질렀다.

그가 한 일은 객관적으로 따져서 그다지 심각하지 않았다. 대부분의 사람들은 자연스럽다고 여길 만한 것이었다. 사실은 죄도 아니었다. 성서에 손을 얹고 진실만을 말하겠다고 맹세한 게 아닌 한 거짓말은 죄가 아니니까.

그가 한 일은 그저 아내에게 휴가 동안 처리할 일이 있기 때문에 그녀와 롤프와 함께 놀러가지 못하겠다고 말한 것이었다.

그것은 말짱 거짓말이었고, 그는 그 거짓말을 아내를 똑바로 쳐다보면서 크고 똑똑한 목소리로 말했다. 한 해 중 낮이 제일 길고 가장 아름다운 날에, 여름 햇살을 받으면서. 더구나 그 거짓말은 공모와 계략의 결과였다. 뭔가 곤란한 질문을 받게 되더라도 입을 꾹 다물겠다고 약속한 제삼자가 관여한 일이었기 때문이다.

그 인물은 경감 대행이었다.

이름은 스텐 렌나르트 콜베리. 그리고 공모자로서 콜베리의 역할은 모호하기는커녕 더없이 분명했다.

계획의 배경은 두 부분으로 나뉘어 있다고 말할 수 있었다. 첫째는 마르틴 베크가 아내와 주정뱅이 처남과 함께 지긋지긋한 이틀을, 최악의 경우 사흘을 보낼 전망에 진저리가 났기 때문이었다. 더군다나 그의 기분을 돋울 수 있는 잉리드는 무슨 어학연수 같은 걸 하려고 레닌그라드로 가고 없는 터라, 휴가는 더욱더 견디기 힘들 것 같았다. 둘째, 콜베리는 쇠름란드에 있는 사돈의 별장을 자유롭게 쓸 수 있었고, 거기에 벌써 상당량의 음식과 술을 실어둔 터였다.

따라서 마르틴 베크에게는 자신의 행동에 대한 좋은 이유가, 적어도 정당화할 만한 이유가 있었다. 그래도 그는 자신의 거짓말을 무척 진지하게 여겼다. 자신이 평소에는 못된 짓을 별로 하지 않는다는 걸 깨달았고, 그래서 더더욱 이 상황이 익숙하지 않았다. 훨씬 더 나중에 그는 자기 인생에서 뒤늦은 크나큰 변화의 씨앗이 바로 이 순간 싹텄다고 돌아보게 될 것이었다. 이 문제는 그가 경찰이라는 사실과는 아무 관계가 없었다. 경찰이 일반적으로 다른 사람들보다 거짓말을 덜 한다는 증거, 혹은 스웨덴 경찰이 외국 경찰보다 거짓말을 덜 한다는 증거는 없기 때문이다. 존재하는 데이터를 보면 오히려 그 반대가 사실인 듯했다.

마르틴 베크에게 이것은 순전히 개인적 윤리의 문제였다. 그는 한 입장을 선택한 뒤 자신을 정당화했으며, 그럼으로써 근본적인 개인적 가치를 거슬렀다. 이 일이 그의 사적인 대차대조표에서 이익으로 기록될지 손해로 기록될지는 시간만이 말해줄 것이었다.

아무튼, 정말이지 아주 오랜만에 그는 즐겁고 근심 없는 주말 휴가를 즐겼다. 유일하게 마음에 걸리는 건 거짓말이었지만, 당분간만이라도 그 문제는 어렵지 않게 뒷전에 밀어둘 수 있었다.

콜베리는 휴가의 주최자이자 공모자로서 훌륭했으며, 함께한 사람들도 대단히 뛰어난 선택이었다. 경찰이라는 말은 자주 언급되지 않았다. 평소 그들의 일상을 지배하는 넌더리 나는 공무에 관한 이야기는 축제 같은 휴가의 풍경에서 대체로 추방되어 있었다.

예외적인 순간이 한 번은 있었다. 마르틴 베크가 오사 토렐과 콜베리 등과 함께 어스름이 서서히 부드럽게 내리는 풀밭에 앉아 있을 때였다. 그들은 방금 자신들이 세우고 주변을 빙글빙글 돌면서 춤도 춘 오월제 기둥을 바라보고 있었다. 좀 지친데다가 모기도 잔뜩 물렸다. 그래서인지 마르틴 베크는 생각이 정

344   사라진 소방차

처 없이 흘렀다.

"우리가 순드뷔베리의 남자를 언젠가는 찾아낼 것 같나?" 마르틴 베크가 불쑥 물었다.

콜베리가 단호하게 대답했다. "아니."

오사 토렐이 말했다. "순드뷔베리의 남자라뇨?"

오사 토렐은 젊고 명민한 여성으로, 여러 자질을 갖추고 있었고 세상만사에 호기심이 많았다.

콜베리가 갑자기 말했다.

"또 어떨 것 같은지 아나? 이 사건은 눈앞에서 폭발해버릴 거야. 시작이 그랬던 것처럼."

콜베리는 잔에 든 와인을 죽 들이켠 뒤 두 팔을 내던지면서 말했다.

"펑! 이렇게. 처음처럼 이렇게 폭발해서 모든 게 끝날 거야."

그러자 오사 토렐이 말했다.

"아, 그 사건요. 무슨 얘긴지 알겠네요. 누구 눈앞에서 터져요?"

"그야 당연히 나지." 콜베리가 말했다. "그 사건에 아무 관심 없는 사람은 나뿐이니까. 됐고, 경찰 얘기를 또 꺼내면 머리를 쏴버릴 거야."

오사 토렐은 경찰이 되려고 하는 중이었다.

또 다른 때, 그 문제에 관해서 마르틴 베크가 오사 토렐과 몇 마디 나누기도 했다.

마르틴 베크는 물었다. "경찰이 되려는 거, 혹시 오케가 살해당한 것 때문에 든 생각인가?"

오사 토렐은 손가락에 낀 담배를 뱅글뱅글 휘두르면서 골똘히 생각하다가 대답했다.

"꼭 그런 건 아니에요. 그냥 다른 직업을 갖고 싶어요. 새로운 인생을. 그리고 경찰에도 필요할 거라고 생각해요."

"뭐가? 경찰이 되려는 여자들?"

"경찰이 되려는 분별 있는 사람들. 경찰에 바보가 얼마나 많은지 아시잖아요."

오사 토렐은 어깨를 으쓱하고 미소를 지은 뒤, 맨발로 풀을 사뿐사뿐 밟으며 가버렸다.

커다란 갈색 눈, 짧고 검은 머리카락, 날씬한 체격을 지닌 여자였다.

그 밖에는 별다른 일이 없었다. 마르틴 베크는 일요일에 집에 돌아왔다. 숙취가 좀 남았지만 흡족한 기분으로, 죄책감도 별로 없이.

찌는 듯 무더운 불가리아 콘스탄차 공항에서 그보다 훨씬 선

선한 말뫼의 불토프타 공항으로 페르 몬손을 데려다준 건 타롬 항공의 반짝거리는 일류신 18 터보 프로펠러 항공기였다. 바람이 남동쪽으로 꽤 거세게 불었기 때문에, 비행기는 일단 외레순드 해협까지 나가서 크게 원을 그린 다음에 스웨덴으로 강하했다. 아름다운 여름날이었다. 몬손의 자리에서는 살트홀름 섬과 코펜하겐이 꽤 또렷이 보였다. 증기 여객선도 최소한 다섯 대 보였다. 배들은 말뫼와 덴마크를 오가는 붐비는 항로에 영원히 새겨진 듯한 흰 항적을 거느리고 가만히 서 있는 것처럼 보였다. 잠시 뒤 산업 항구가 보였다. 근 석 달 전에 그가 고물차와 시체를 건져낸 장소였다. 하지만 아직 업무에 복귀하지 않았으므로, 그는 그 생각을 떨쳤다.

몬손이 굳은 듯 창밖만 바라보는 건 옆자리에 앉은 아내를 보고 싶지 않아서였다. 휴가의 첫 며칠을 신나게 보낼 때는 새삼 아내와 사랑에 빠졌었지만, 삼 주간 매일 함께 있고 난 지금은 서로가 물린 터였다. 몬손은 레게멘트스가탄의 자기집이, 입꼬리에 이쑤시개를 물고 손닿는 곳에 살얼음 낀 그리펜베리에르를 놔둔 채 보내는 고독한 밤이 사무치게 그리웠다. 경찰서 아스팔트 마당의 칙칙한 풍경마저 그립다고 해도 과언이 아니었다.

말뫼는 하늘에서 내려다봤을 때만큼 목가적이고 조용한 곳이 아니었다. 그렇기는커녕 몬손은 복귀한 첫 주부터 범죄의 소용돌이에 빠진 것 같았다. 상상할 수 있는 온갖 사건이 발생했다. 정치적 소요, 칼부림, 심지어 은행 습격까지. 은행털이는 말뫼에서 계획된 범죄였고, 마침내 사건이 해결될 때까지 스웨덴 경찰의 절반이 촉각을 세워야 했다.

몬손은 할 일이 아주 많았으므로 7월 셋째 월요일이 되어서야 올로프손 사건을 다시 진지하게 생각해보기 시작했다. 그날 밤 그는 말뫼에 착륙할 때 감상했던 풍경의 의미를 되새기면서, 막연한 무의식으로나마 비행기에서부터 싹텄던 생각을 끝까지 이어보았다.

마침내 모든 요소를 다 잇고 보니, 결론은 더없이 단순하고 자명한 것처럼 느껴졌다.

밤 11시 반이었다. 막 술을 한 잔 더 섞었다. 그는 자신의 행동을 의식하지도 못한 채 한입에 술을 털어넣고 안락의자에서 일어나 침대로 갔다.

올로프손 사건을 통틀어 가장 신경쓰였던 문제에 대한 대답을 머잖아 찾을 수 있을 거라고, 그는 확신했다.

사라진 소방차

27.

칠월 전반은 춥고 축축했다. 유월의 아름답고 더운 날씨에 홀렸던 사람들은 남유럽 여행 대신 스웨덴의 화창한 여름을 즐기기로 결정했고, 그 결과 뚝뚝 빗방울 듣는 텐트나 트레일러 문틈으로 빗줄기를 내다보고 우울하게 투덜거리면서 햇살에 젖은 지중해 해변을 몽상했다. 하지만 휴가 기간 둘째 주 중반부터 새파란 하늘 높이 해가 작렬하고 비로 인한 습기가 흙과 풀에서 증발하며 향긋한 내음을 풍기자, 비처럼 쏟아지던 고국에 대한 욕설도 함께 멎었다. 애국심에 겨운 사람들은 레저용 복장을 환하게 차려입고 전원을 정복하러 나섰다. 도로는 반짝거리는 차들로 가득했고, 길가에는 잠시 쉬려고 캠핑용품과 피크닉 가방과 보온병과 도시락을 챙겨 차에서 내린 가족들이 도로

변 쓰레기 틈에 자리 잡았다. 숨막히는 먼지와 매연 속에서, 사람들은 쉴 새 없이 떠들어대는 라디오를 들었다. 눈앞에서 굴러가는 차들을 품평하고, 먼지를 뒤집어쓴 채 시들어가는 도로 건너편 녹음을 감상하고, 처지상 도시에 남아 있어야 하는 가난한 사람들을 동정했다.

마르틴 베크에게는 누구의 동정도 필요 없었다. 적어도 칠월에 스톡홀름에 남아서 일해야 한다는 것 때문에 동정받을 필요는 없었다. 오히려 그는 이 시기에 스톡홀름에 있는 게 제일 좋았다. 이 시기에는 보통 휴가를 잡지 않았다. 이러니저러니 해도 나고 자란 도시를 사랑하는데다가, 인파에 밀려 바삐 서두르거나 갈수록 도시를 장악해가는 자동차에 위협당하고 그 매연에 숨막히는 일 없이 도시를 돌아다니는 게 좋았다. 칠월의 더운 일요일에 시내의 호젓한 거리를 어슬렁거리는 게 좋았고, 서늘해진 저녁에 부두를 걸으면서 멜라렌 호숫가 목장의 갓 벤 풀내음이나 섬들의 바다 냄새와 해초 냄새가 실린 저녁 바람을 맞는 게 좋았다.

그러나 7월 17일 화요일, 마르틴 베크는 그런 걸 하지 않고 그냥 베스트베리아 사무실에 셔츠 바람으로 앉아서 지루해하고 있었다. 오전에 살인 사건을 한 건 처리한 뒤였다. 자초지종이 명백하고 확실한 것만큼이나 슬프고 무의미한 사건이었다.

어느 유고슬라비아인과 핀란드인이 캠핑장에서 함께 술을 마시다가 언쟁이 붙었는데, 핀란드인이 문득 칼을 꺼내어 어리둥절한 목격자 십여 명이 지켜보는 가운데 유고슬라비아인을 찔렀다. 핀란드인은 현장에서 도망치는 데 성공했지만 그날 저녁 중앙역에 세워진 빈 열차 안에서 붙잡혔다. 그는 핀란드와 스웨덴 양쪽에서 전과가 화려했고, 불과 한 달 전에 스웨덴에서 이 년 강제 추방을 당한 터라 현재 불법으로 입국한 상태였다.

그 뒤에 마르틴 베크는 정규 업무를 잔뜩 해치웠고, 지금은 나른하게 앉아서 창밖을 보는 중이었다. 콜베리는 여전히 경감 대행으로 쿵스홀멘 경찰서의 임시 사무실에 나가 있었다. 스카케는 어디론가 나가고 없었다. 마르틴 베크 자신이 무슨 심부름을 시킨 것이었지만 뭔지 기억도 안 났다. 복도를 오가는 발소리, 문 닫히는 소리, 옆방에서 타자 치는 소리, 이야기하는 소리가 들렸다. 잠시 누구한테든 커피 한잔하러 가자고 청할까 고민했으나 이내 관두기로 했다. 정말로 내키는 건 아니었다.

마르틴 베크는 메모장을 들췄다. 기억해둘 일을 적어둔 목록이 그 밑에 깔려 있었다. 사실 그는 기억력이 아주 좋았지만, 얼마 전부터 슬슬 나빠지기 시작한 걸 느끼고는 당장 처리할 순 없지만 나중에 처리할 일은 종이에 적어두기로 결심했다. 이 방법의 문제는 목록이 있다는 사실 자체를 자꾸 잊는다는 점이었다. 그래서 목록은 한참이나 관심을 받지 못한 채 그곳에 숨어 있곤 했다.

목록에 적힌 일 중 두 가지를 제외한 나머지는 그가 목록을 찾아보지 않고도 처리를 끝낸 일들이었다. 그는 볼펜을 들어 그것들을 지우며, 목록 맨 위에 적힌 이름이 누구 이름인지를 기억하려 애썼다. 에른스트 시구르드 칼손. 맨 밑에는 사크리손이라는 이름이 적혀 있었다. 사크리손은 누군지 알았다. 경찰관이었다. 마르틴 베크는 사크리손에게 말름이 미행당하는 동안 무슨 일을 했는지를 좀더 자세히 물어봐야겠다고 생각하던 중이었다. 사크리손과 함께 말름의 뒤를 밟는 일을 맡았던 다른 경찰관으로부터는 이미 상세한 보고를 받았지만, 사크리손에게는 화재 직후 질문 몇 개를 가볍게 던진 게 다였다. 그리고 지금 사크리손은 휴가중이었다.

마르틴 베크는 플로리다 담배에 불을 붙이고, 뒤로 기대어 천장으로 연기를 불어 올렸다.

"에른스트 시구르드 칼손." 혼잣말로 중얼거려보았다.

그 순간 그가 누구인지 기억났다. 마르틴 베크는 모르는 사람이지만 총으로 자살하기 전에 마르틴 베크의 이름을 메모지에 적어뒀던 남자였다. 마르틴 베크는 여전히 이유를 몰랐다. 그가 모르는 사람이 그를 아는 것 자체는 크게 이상한 일이 아니었다. 마르틴 베크는 살인을 수사하는 경감으로서 신문에 자주 이름이 올랐고 몇 차례 억지로 텔레비전에도 나가야 했다.

그는 목록을 메모장 밑에 도로 넣었다. 그리고 일어나서 문으로 갔다. 차 한 잔쯤은 속에서 받겠지, 그는 생각했다.

7월 22일 월요일, 사크리손이 휴가에서 돌아왔다. 마르틴 베크는 그날 아침에 바로 사크리손에게 연락했다.

그래서 지금 사크리손은 베스트베리아의 마르틴 베크 사무실에 앉아, 목청을 틔운 뒤에 단조로운 말투로 공책을 읽기 시작했다. 시간과 장소가 따분한 패턴으로 이어지는 내용이었다. 사크리손은 간간이 고개를 들어 기억에서 떠올린 설명을 추가했다.

예란 말름 인생 최후의 열흘은 우수와 단조로움으로 채워져 있었다. 그는 하루의 대부분을 호른스가탄 거리에 있는 두 맥줏집 중 한 곳에서 보냈고, 대체로 저녁 8시쯤에 얼근히 취한 채 혼자 집으로 갔다. 딱 두 번, 술과 여자를 사서 간 적이 있었다. 돈이 몹시 궁한 게 분명했다. 올로프손이 죽는 바람에 난감한 처지에 놓인 게 분명했다. 사크리손은 말름이 죽기 전날 단골 술집 중 한 곳 앞에서 한 시간 가까이 구걸하는 걸 보았다고 말했다. 들어가서 맥주를 사 마실 돈을 구하려고 말이다.

"빈털터리였단 거군." 마르틴 베크가 중얼거렸다.

"사망한 바로 그날, 돈을 꾸려고도 했습니다." 사크리손이 말했다. "적어도 제가 보기엔 그랬습니다. 말름이 누굴 찾아갔는데……."

사크리손은 공책을 한 장 넘겼다.

"3월 7일 아침 9시 40분에 셸드가탄 거리를 벗어나 칼스빅스가탄 4번지로 갔습니다."

"칼스빅스가탄." 마르틴 베크가 중얼거렸다.

"네, 쿵스홀멘에 있는. 말름은 엘리베이터를 타고 4층으로 올라갔다가 몇 분 뒤에 내려왔습니다. 초조하고 묘한 표정을 짓고 있어서 저는 그가 누군가에게 돈을 빌리려 했던 거라고 추측했습니다. 그런데 그 사람이 집에 없었거나 안 빌려준 거라고 말입니다."

사크리손은 자신의 추리에 대한 칭찬을 기대하는 것처럼 마르틴 베크를 바라보았지만, 마르틴 베크는 멍한 눈으로 사크리손 너머를 보면서 중얼거렸다.

"칼스빅스가탄 4번지. 내가 그 주소를 어디서 들었더라?"

그러고는 사크리손에게 물었다.

"전에도 이걸 보고했겠지?"

사크리손은 고개를 끄덕였다.

"콜베리 형사님께 했습니다. 그랬더니 그 건물에 사는 사람 이름을 다 확인하라고 하셔서."

"그래서?"

사크리손은 공책을 봤다.

"많지 않았습니다. 세베드 블롬, A. 스벤손, 에른스트 시구르 드 칼손……."

칼스빅스가탄은 아는 사람이 많지 않은 짧은 거리로, 노르 멜라르스트란드 거리와 한트베르카르가탄 거리를 잇는 길이었다. 프리드헴스플란 광장에서 꽤 가까웠다. 마르틴 베크가 그곳까지 가는 데는 차로 십 분이 걸렸다.

에른스트 시구르드 칼손이 죽은 지 넉 달 반이나 되었으니 뭘 기대해야 좋을지는 알 수 없었다.

세 층을 올라가니 정말로 '세베드 블롬'과 'A. 스벤손'이라고 문패가 붙은 문들이 있었다. 하지만 세 번째 문에는 '스코그'라 는 이름의 새 문패가 붙어 있었다. 마르틴 베크는 초인종을 눌렀다. 대답이 없었다. 옆집 초인종을 눌렀다.

아까 마르틴 베크는 사크리손을 물리자마자, 에른스트 시구르드 칼손이 자살한 뒤 그날 아침에 그 집을 찾아갔던 경찰관들에게 전화를 걸었다. 여러 이야기와 더불어 누가 경찰에 신고했는지도 들었다.

세베드 블롬 대령은 마르틴 베크를 곧장 맞아들였다. 그리고 솔리테어 놀이를 하다가 총성을 들었던 이야기를 늘어놓기 시작했다. 극적인 이야기를 다시 들려주게 되어 기쁜 기색이 역력한 대령은 그날 일을 꼬치꼬치 말해주었다. 마르틴 베크는 대령의 말을 한참 듣다가 물었다.

"죽은 남자를 좀 아십니까? 평소에도 이야기를 나누고 그러셨습니까?"

"아니요. 어쩌다 마주치면 인사는 했지만 그게 다였소. 내성적인 사람인 것 같았어요."

"그 사람 친구를 본 적은 있습니까?"

대령은 고개를 저었다.

"친구가 없는 것 같았소. 저 집은 늘 조용했고 손님도 전혀 없었어요. 그래, 이상한 일이지만, 그날 아침에 그 사람을 아는 남자가 찾아왔었지. 죽은 날 아침에. 작고 꾀죄죄한 남자였어요. 구급차도 떠나고 경찰도 다 떠난 뒤에 내가 쓰레기를 버리러 나갔는데, 그때 그 남자가 저기 서서 초인종을 누르고 있습디다. 내가 누굴 찾느냐고 물어서 얘기하다 보니까 죽은 남자하고 가까운 사이인 것 같기에 사정을 말해줬습니다. 혹시 더 알고 싶으면 경찰에 가보라고도 말해줬소."

"칼손이 자살했다고도 말해주셨습니까?"

"글쎄⋯⋯. 그냥 죽었다고 하고, 경찰이 왔었다고 말했소."

베스트베리아로 돌아온 마르틴 베크는 담배를 피우면서 한참 생각에 잠겼다. 그런 뒤 함마르에게 전화를 걸었다.

"일이 점점 이상해지는군." 함마르의 대꾸였다. "이 사건에 관련된 사람 중에서 산 사람을 한 명이라도 찾아내면 좋겠어. 대체 이게 다 뭔가? 그 남자는 왜 자살하기 전에 자네 이름을 적어뒀다나?"

"내 생각에 칼손하고 올로프손하고 말름은 같은⋯⋯ 말하자면 갱단에 소속되어 있었던 것 같습니다. 그런데 무슨 이유에선지 칼손은 거기서 벗어나고 싶었습니다. 처음에는 경찰에 연락할까 싶었는데, 전에 어디선가 내 이름을 들어본 게 떠올라서 그걸 쓴 겁니다. 하지만 마음을 바꿨죠. 그 남자가 갱단에서 무슨 역할을 했는지는 모르겠습니다. 이 가설 어떻습니까?"

"어린애가 쓴 이야기처럼 들리는군." 함마르가 말했다. "죽은 사람은 이제 셋이 됐는데, 한 명은 살해되었고, 다른 한 명은 살해된 동시에 자살했고, 나머지 한 명은 자살만 했고. 이 연속 자살 병을 어떻게 설명할 텐가?"

마르틴 베크는 한숨을 쉬었다.

"내 생각에 말름은 점차 초조해져서 칼손에게 혹시 올로프손이 어디 있는지 아느냐고 물어보러 간 것 같습니다. 그랬다가 칼손이 죽었다는 말을 들었고 자기도 목숨을 끊어야겠다고 느낀 겁니다."

잠시 침묵이 흘렀다.

"그래." 함마르가 말했다. "그랬을 수 있겠군. 하지만 이 사건처럼 만약에, 하지만, 어쩌면, 아마도가 많은 사건은 처음이야. 우리가 확실히 아는 게 별로 없어. 곧 회의를 열어야겠군. 내가 소집하지."

함마르가 전화를 끊었다.

마르틴 베크는 전화기에 손을 얹은 채, 콜베리라면 뭐라고 말할지 상상해보았다. 수화기를 들려는 찰나에 전화가 울렸다.

"빙고!" 콜베리였다.

"뭐가?" 마르틴 베크가 물었다.

"인터폴에서 답이 왔어. 라살의 지문."

"맙소사, 뭐래?"

"엄지 지문이 등록되어 있지만, 알퐁스 라살이라는 이름은 아니래."

"그럼 누구 지문인가?"

"좀 기다려보겠나? 그 엄지의 주인에게는 가명이 아주 많단 말이야. 프랑스 경찰이 아는 가명은 다음과 같아. 알베르 코르

비에, 알퐁스 베네트, 사미르 리피, 알프레드 라페, 오귀스트 카생, 오귀스트 뒤퐁. 나중에 이름을 좀더 보내준다는군. 그쪽도 남자의 신원은 모르지만 레바논 국적을 갖고 있고 최근에는 주로 프랑스랑 북아프리카에서 머물렀을 거라고 추측한대. 예전에 OAS* 단원이었다는 건 확실하단 모양이야. 오만 가지 범죄와 범죄 공모에 연관되었다는 의혹을 사고 있어. 마약 밀매, 화폐 밀거래, 기타 등등에 살인까지."

"잡힌 적은 없나?"

"없는 모양이야. 요리조리 잘도 빠져나가는 악마 같은 놈인가 봐. 여권, 이름, 국적을 속옷보다 더 자주 갈아치우는 것 같고, 그쪽도 아직 확실한 증거는 없다는군."

"인상착의는?"

"확실하진 않아. 적어서 보내주긴 했지만 꼭 맞는다는 보장은 없다고 하는군. 신중하지. 어디 보자. 나이는 서른다섯 정도, 키는 170센티미터, 몸무게 80킬로그램, 까만 머리, 잘생긴 치아, 잠깐……. 프랑스어로 적혀 있는데 번역할 시간이 없었어……. 이마 선이 일직선이고, 눈썹도 일직선에다가 두껍고,

---

* '비밀군사조직'으로 옮길 수 있는 'OAS(Organisation de l'armée secrète)'는 테러리즘을 수단으로 삼아 알제리 독립에 반대하려 1961년 결성되었던 프랑스 극우주의 단체로, 이듬해 알제리 독립 후 사라졌다.

코는 살짝 굽었고, 왼쪽 콧날에 일 센티미터쯤 되는 희미한 흉터가 있고, 그 밖에는 신체적 결함이나 쉽게 알아볼 만한 특징은 없음."

"라살에 잘 맞는군. 그 사람이 지금 어디 있는지는 당연히 모른다지?"

"모른대. 내가 좀 있다 다시 전화하지. 이걸 번역을 맡겨야겠어."

마르틴 베크는 잠잠해진 수화기를 손에 든 채 가만히 있었다. 수화기를 내려놓으면서야 콜베리에게 에른스트 시구르트 칼손에 대해서 미처 말하지 못했다는 게 생각났다.

28.

몬손은 7월 23일 화요일 아침에 코펜하겐으로 갔다. 속도가 중요하다고 판단했기 때문에 쾌속선을 선택했다. 날치라는 이름의 배는 정확히 삼십오 분 만에 해협을 가로질렀다. 그러나 그 점을 차치하면 재미는 없었다. 비행기 좌석 같은 자리에 가만히 앉아서 덜덜 흔들려야 했고 창문이 없으니 바다를 흘긋 볼 수조차 없었다.

덴마크라면 몬손에게는 훌륭한 국제적 연줄이 있었다. 그는 통상의 장애물과 국가간의 복잡한 절차를 모두 생략하고 곧장 모겐센이라는 경감에게 가서 말했다.

"안녕하십니까. 여자를 하나 찾습니다. 이름은 모릅니다."

"잘 지냈습니까." 모겐센이 말했다. "어떻게 생겼습니까?"

"머리카락은 금발에 짧고 곱슬곱슬하고, 눈동자는 파란색입니다. 이목구비가 뚜렷하고, 입이 크고, 치아가 고르고, 턱에 보조개가 있습니다. 키는 160센티미터쯤 되고, 어깨와 엉덩이가 넓고, 허리는 잘록합니다. 다리는 짧고 튼튼하고, 종아리도 단단합니다. 나이는 서른다섯쯤. 스웨덴 사람입니다. 스코네 출신인 건 분명하고, 말뫼 출신일 수도 있습니다."

"괜찮게 들리네요." 모겐센이 말했다.

"그건 확실히 모르겠습니다. 보통 길고 까만 니트 스웨터를 입고 긴 바지 아니면 짧은 체크무늬 치마를 입는데, 이 계절이라면 치마를 입었겠죠. 폭이 넓은 허리띠를 바싹 조여서 맵니다. 마약을 할 가능성도 있습니다. 예술 쪽하고 관계있을지도 모릅니다. 여자를 만나본 사람들 말이 여자의 손에 늘 물감 같은 게 묻어 있었다더군요."

"알겠습니다." 모겐센이 말했다.

대화는 그게 다였다.

몬손과 이 남자의 우호적인 관계는 오래전에 시작되었다. 둘은 전쟁이 끝나 모겐센이 독일에서 트렐레보리로 건너왔을 때부터 안 사이였다. 모겐센은 1944년 9월 19일 게슈타포가 덴마크 경찰 약 이천 명을 체포해서 독일의 강제수용소로 보냈을 때 붙들렸던 사람들 중 하나였다*.

사라진 소방차

두 사람은 그때부터 계속 연락을 유지했다. 둘의 관계는 격식에 매이지 않고 실용적이었으며 서로에게 유용했다. 몬손이 통상의 경로를 통해서 찾으려면 육 개월은 걸릴 것을 모겐센은 하루 만에 알아다 줬다. 모겐센이 말뫼에서 뭔가를 찾는다면 몬손이 보통 두어 시간 만에 찾아줬다. 시간의 차이는 코펜하겐이 말뫼보다 네 배 큰 탓이었다.

스웨덴 경찰과 덴마크 경찰이 훌륭한 협력 관계를 맺고 있다고 말하는 건 스칸디나비아 국가들간의 우호적인 관계를 논할 때 빠지지 않는 부분이다. 하지만 현실은 그렇지 않은데, 언어 장벽 탓이 컸다.

스웨덴 사람과 덴마크 사람이 별 노력을 기울이지 않아도 상대 언어를 알아들을 수 있다는 말은 그동안 두 나라 사람들이 소중한 사실로 믿어온 생각이다. 하지만 실은 절반만 사실일 때가 많고, 심각한 경우에는 그저 희망에 지나지 않거나 망상일 때가 많다. 좀더 노골적으로 말하자면, 그냥 거짓말이다.

희망에 근거한 믿음이 낸 수많은 희생자 중에는 함마르, 그리고 덴마크의 어느 유력한 범죄학자가 있었다. 두 사람은 오래

---

* 2차세계대전 중 덴마크가 독일에 점령당했을 때 정부는 나치에게 협조했으나 경찰들은 협조를 거부했다. 그러자 게슈타포가 덴마크 경찰들을 붙잡아 수용소로 보냈다. 종전 직전부터 조금씩 환송되기 시작했던 덴마크 경찰들은 스칸디나비아 유일의 중립국이었던 스웨덴을 거쳐 귀국했다.

알아온 사이로 수많은 회의에 함께 참석했다. 둘은 좋은 친구였으며, 상대 언어를 얼마나 쉽게 익혔는지를 과장되게 떠벌리곤 했다. 보통의 스칸디나비아인이라면 누구나 그럴 수 있을 거라는 말을 다소 냉소적으로 덧붙이는 것도 결코 잊지 않았다.

그러나 이윽고 그 순간이 왔다. 회의나 다른 고위층 모임에서 어울리기를 십여 년, 두 사람은 함마르의 시골 별장에서 주말을 함께 보내기로 했다. 그런데 막상 만나고 보니 지극히 간단한 일상 대화마저 나눌 수 없었다. 덴마크인이 지도를 빌려달라고 말하자, 함마르는 자기가 찍힌 사진을 가져왔다. 그걸로 끝이었다. 두 사람의 세계 중 한 부분이 무너졌다. 한심한 오해로 점철된 형식적인 파티를 몇 시간 보낸 뒤 두 사람은 영어로 대화하기 시작했고, 알고 보니 서로를 별로 좋아하지도 않는다는 것도 깨달았다.

몬손과 모겐센이 좋은 관계를 유지하는 비결 중 하나는 두 사람이 실제로 말이 통한다는 점이었다. 둘 다 자신이 상대 언어를 그대로 이해할 수 있다고 자신할 만큼 허영 많은 사람이 아니었기에, 둘은 두 언어를 자기들 멋대로 섞은 이른바 스칸디나비아어로 소통했다. 둘만 알아들을 수 있는 언어였다. 그리고 둘 다 좋은 경찰이었기 때문에 사태를 굳이 복잡하게 만드는 취미 따위는 없었다.

오후 2시 반, 몬손은 코펜하겐 폴리티토우에 있는 경찰 본부로 돌아가서 이름과 주소가 타이핑된 종이 한 장을 받았다.

십오 분 뒤 그는 레더스트레데의 낡은 아파트 앞에 서서 좁고 컴컴한 출입구 위에 적힌 희미한 숫자와 종이에 적힌 글자를 비교해보았다. 그러고는 안으로 들어가서 나무 계단을 올랐다. 몸무게 때문에 계단이 위태롭게 처졌다. 그는 문패가 없고 페인트가 벗겨진 문 앞에 당도했다.

문을 두드렸더니 웬 여자가 열어주었다.

여자는 키가 작고 다부졌지만 맵시가 있었다. 어깨와 엉덩이는 넓고, 허리는 가늘고, 다리는 튼튼했다. 나이는 서른다섯쯤 되어 보였고, 금발 곱슬머리는 짧았으며, 입은 크고 육감적이었고, 눈동자는 파랬고, 턱에 보조개가 있었다. 맨다리에 맨발이었고, 원래 흰색이었을 것 같지만 지금은 페인트 범벅이 된 작업복을 입고 있었다. 그 밑에는 까만 터틀넥 스웨터를 입고 있었다. 그 이상은 보이지 않았다. 작업복 위로 폭넓은 가죽 허리띠를 바싹 조여 매고 있었기 때문이다. 여자 뒤로는 부엌이 보였다. 어둡고 비좁은 부엌이었다.

여자가 의아한 눈으로 몬손을 보다가 전형적인 말뫼 말투로 물었다.

"누구시죠?"

몬손은 질문에 대답하지 않고 물었다.

"나디아 에릭손 되십니까?"

"네."

"베르틸 올로프손을 아십니까?"

"네."

여자는 처음 했던 말을 반복했다.

"누구시죠?"

"죄송합니다." 몬손이 말했다. "주소를 제대로 찾아왔는지 확인하려고 그랬습니다. 제 이름은 페르 몬손이고, 말뫼 경찰입니다."

"경찰요? 스웨덴 경찰이 왜 오셨죠? 이렇게 밀고 들어올 권한은 없을 텐데요."

"맞는 말씀입니다. 영장이나 그런 건 없습니다. 그냥 잠시 말씀을 나누고 싶어서요. 그리고 제 신원을 밝히고 싶었던 것뿐입니다. 말하기 싫다고 하시면 그냥 가겠습니다."

여자가 노란 연필로 귀를 쑤시면서 곰곰이 그를 보다가 말했다.

"뭘 원하세요?"

"말했듯이 이야기를 나누고 싶습니다."

"베르틸에 관해서?"

사라진 소방차

"네."

여자는 작업복 소매로 이마를 훔치고 아랫입술을 살짝 깨물었다.

"경찰이 썩 내키진 않아서요."

"저를 그냥 편하게 보통……."

"뭐요?" 여자가 끼어들었다. "보통 사람으로 여기라고요? 이웃집 고양이로?"

"뭐든 좋으실 대로." 몬손이 말했다.

여자가 허스키한 목소리로 웃더니 갑자기 말했다.

"좋아요. 들어오세요."

여자는 뒤로 돌아 좁은 부엌을 가로질렀다. 몬손이 뒤따르면서 보니 발이 더러웠다.

부엌 너머에는 경사진 창들이 난 널찍한 스튜디오가 있었는데, 정돈되지 않았다는 표현으로는 부족한 공간이었다. 그림, 신문, 물감통, 붓, 옷이 사방에 널려 있었다. 가구는 큰 탁자, 나무 의자 몇 개, 큰 장롱 두 채, 침대가 있었다. 벽에는 포스터와 그림이 붙어 있었고, 조각상 여러 개가 받침대에 얹혀 있었는데 그중 몇 점에는 축축한 천이 둘러져 있었고 다른 하나는 딱 봐도 방금 만든 것 같았다. 침대에는 그물 러닝셔츠와 팬티만 입은 가무잡잡하고 아담한 청년이 누워 있었다. 가슴에 까맣고 고

불고불한 털이 난 청년은 은십자가가 달린 체인 목걸이를 걸고 있었다.

몬손은 난장판을 둘러보았다. 어수선했지만 사람 사는 느낌이 났다. 그가 침대의 청년을 향해서 묻는 듯한 눈길을 던졌다.

"저 애는 신경쓸 것 없어요." 여자가 말했다. "어차피 우리가 하는 말을 알아듣지도 못해요. 마음에 걸리면 나가라고 할게요."

"저 때문에 그럴 건 없습니다." 몬손이 말했다.

"그만 가보는 게 좋겠어, 자기." 여자가 영어로 청년에게 말했다.

침대의 청년은 얼른 일어나서 바닥에 떨어진 카키색 바지를 집어 입고 떠났다.

"안녕." 청년이 말했다.

"동성애자예요." 여자가 간단히 말했다.

몬손은 조각상을 민망한 눈길로 바라보았다. 그가 보기에는 발기한 페니스 같았는데 낡은 나사와 녹슨 쇳조각이 사방에 꽂혀 있었다.

"이건 모형이에요." 여자가 말했다. "실제로는 높이가 백 미터여야 해요."

여자가 골똘한 표정으로 눈살을 찌푸렸다.

"끔찍하죠?" 여자가 물었다. "이런 걸 살 사람이 있을까요?"

몬손은 고향 도시에 장식되어 있는 공공 미술 작품들을 떠올렸다.

"네, 안 살 것 뭐 있겠습니까." 그가 대답했다.

"저에 대해서 뭘 아시죠?" 여자가 은근히 가학적인 즐거움을 느끼는 표정으로 쇳조각 하나를 조각상에 박아 넣으면서 물었다.

"거의 모릅니다."

"알 게 별로 없어요. 전 여기서 산 지 십 년째예요. 이런 일을 하죠. 하지만 유명해지진 못할 거예요."

"베르틸 올로프손을 아셨습니까?"

"네." 여자의 대답은 차분했다. "알았죠."

"그가 죽었다는 것도 아십니까?"

"네, 몇 달 전에 신문에 작게 났어요. 그 일 때문에 오신 건가요?"

몬손은 고개를 끄덕였다.

"뭘 알고 싶은데요?"

"전부 다."

"이야기할 게 좀 많은데요."

잠시 침묵이 흘렀다. 여자가 손잡이가 짧은 나무망치로 조각상을 몇 번 때렸지만 눈에 띄는 효과는 없었다. 여자는 금발 곱슬머리를 긁적이면서 인상을 썼다. 그러더니 고개를 숙인 채 발만 내려다보고 있었다. 스타일이 좋은 여자였다. 자연스러운 성숙미 같은 게 있었다. 몬손에게는 퍽 매력적으로 느껴졌다.

"나랑 자고 싶나요?" 여자가 불쑥 물었다.

"네." 몬손이 대답했다. "왜 아니겠습니까?"

"좋아요. 그러면 이야기하기가 더 편할 거예요. 저쪽 장롱을 열면 맨 위 칸에 깨끗한 이불보가 있어요. 난 문을 잠그고 좀 씻을게요. 특히 발을. 더러운 이불보는 저 자루에 넣어두세요."

몬손은 깨끗한 이불보를 가져와서 침대에 깔았다. 그 뒤에 침대에 앉아서, 씹던 이쑤시개를 바닥에 버리고, 셔츠 단추를 풀었다.

여자는 까만 나막신을 신고 어깨에 수건을 두른 차림으로 방을 가로질렀다. 그가 보니 여자의 팔다리에 흉터는 없었고, 전체적으로 몸에 다른 특별한 표시도 없었다.

여자는 샤워하면서 노래를 불렀다.

29.

전화가 울린 것은 7월 26일 금요일 아침 8시 3분이었다. 무더운 한여름 날이었다. 마르틴 베크는 사무실에 들어서자마자 재킷을 벗고 셔츠 소매를 말아 올렸다. 그리고 전화를 받았다.

"네, 베크입니다."

"몬손입니다. 안녕하십니까. 여자를 찾았습니다."

"잘됐네요. 지금 어딥니까?"

"코펜하겐."

"여자를 거기서 찾은 겁니까? 덴마크에서?"

"네."

"또 뭘 알아냈습니까?"

"꽤 많아요. 가령 올로프손은 2월 7일 오후에 여기 있었습니다. 하지만 전화로 말하기에는 할 얘기가 너무 많습니다."

"당신이 이리로 오는 편이 낫겠습니다."

"그래요. 그러려던 참입니다."

"여자도 데리고 올 수 있습니까?"

"여자가 갈 것 같진 않은데요. 어차피 그럴 필요도 없어요. 내가 언제든 여자에게 물어볼 수 있으니까."

"언제 찾았습니까?"

"화요일에. 그동안 충분히 이야기할 시간이 있었습니다. 난 지금 바로 카스트룹 공항으로 가서 대기표를 구해보겠습니다. 알란다 공항으로 가는 제일 빠른 비행기를 타죠."

"좋습니다." 마르틴 베크는 수화기를 내렸다.

그러고는 턱을 문지르면서 생각에 잠겼다. 몬손은 이상하리만치 자신만만했고, 더군다나 자진하여 스톡홀름으로 오겠다고 했다. 정말 뭔가 알아낸 게 분명했다.

몬손은 오후 1시 직전에 쿵스홀름스가탄의 경찰서에 도착했다. 그는 볕에 그었고, 차분했고, 느긋했고, 샌들에 카키 바지에 체크무늬 셔츠를 밖으로 꺼내 입은 편한 차림이었다.

여자는 대동하지 않았지만 카세트테이프 녹음기를 갖고 왔다. 그는 녹음기를 탁자에 올려놓고 주변을 둘러본 뒤 말했다.

"거참 많이도 모이셨군요. 안녕하십니까. 좋은 오후입니다."

삼십 분 전에 몬손이 알란다 공항에서 건 전화를 받은 뒤, 마르틴 베크는 형사들을 죄다 불러모았다. 그 자리에는 함마르, 멜란데르, 군발드 라르손, 뢴이 있었다. 베스트베리아의 지원 인력인 마르틴 베크, 콜베리, 스카케도 있었다.

"박수도 쳐줄 겁니까?"

마르틴 베크는 사람들 틈바구니에 있는 게 괴로웠다. 자신보다 두어 살 위인 몬손은 어쩌면 저렇게 건강하고 편안해 보이는지 신기했다.

몬손이 녹음기에 손을 얹으면서 말했다.

"상황은 이렇습니다. 여자의 이름은 나디아 에릭손. 서른일곱 살이고 조각가입니다. 알뢰브에서 태어나고 자랐지만 십 년 넘게 덴마크에서 살고 있습니다. 알뢰브는 말뫼 근처예요. 이제 여자가 직접 말하는 걸 들으실 겁니다."

몬손이 녹음기 스위치를 눌렀다. 몬손의 목소리가 녹음기에서 흘러나오는 걸 듣자니 좀 이상했다.

"안나 데시레 에릭손과의 대화. 1931년 5월 6일 말뫼 출생. 조각가. 미혼. 보통 나디아라고 불림."

마르틴 베크는 귀를 쫑긋 세웠다. 뢴이 키득거린 건 분명한데 테이프 속에서 몬손도 키득거렸나? 아무튼 녹음기 속 몬손은 계속해서 이렇게 말했다.

"베르틸 올로프손에 대한 이야기를 정리해볼까요?"

"그러죠. 그런데 잠시만요."

여자는 스코네 사투리가 있었지만 징징거리는 말투는 아니었다. 목소리가 낮고 또렷하고 낭랑했다. 테이프에서 뭔가 부스럭거리는 소리가 났다. 그후 나디아 에릭손이 말했다.

"베르틸은 이 년 전쯤 만났어요. 맨 처음 만난 건 1966년 구월이었고 맨 마지막은 올 이월 초. 그 사람은 여기 정기적으로 왔어요. 보통 매월 초에 와서 하루나 이틀을 묵고 갔죠. 사흘 이상 묵은 적은 없어요. 매달 5일쯤에 와서 7일이나 8일에 갔죠. 코펜하겐에 올 때는 늘 우리집에서만 잤고, 내가 아는 한 다른 덴 가지 않았어요."

"왜 정기적으로 왔습니까?"

"그에게는 꼭 지켜야 하는 일정 같은 게 있었어요. 여기 올 때는 늘 외국에서 왔는데, 주로 말뫼를 거쳐서 왔죠. 가끔은 대륙에서 곧장 비행기나 페리를 타고 오기도 했고요. 그렇게 와서 이틀을 머물렀죠. 누굴 만나려고 오는 거였어요……. 한 달에 한 번 꼭 해야 하는 일이 있었던 거죠."

"올로프손은 무슨 일을 했습니까?"

"스스로는 사업가라고 말했어요. 어떻게 보면 맞는 말이었죠. 도둑도 사업가는 사업가잖아요? 내가 그를 처음 알고서 반

년 동안은 자기가 무슨 일을 하는지, 어디에서 오는지를 전혀 말하지 않았어요. 하지만 결국 입을 열었죠. 그다음에는 술술 나왔어요. 베르틸은 입을 닫고는 못 사는 사람이었거든요. 허풍쟁이. 난 뭘 캐묻는 타입이 아닌데, 내가 아무것도 안 물으니까 오히려 그가 입을 열었던 것 같아요. 내가 하도 묻질 않으니까 참다 참다 못해서 자기가 입을 연 거죠. 그런데 이렇게 시시콜콜 다 얘기해야 하나요……. 아, 더워……."

몬손이 혀로 이쑤시개를 굴리면서 부끄러운 줄도 모르고 가랑이를 긁었다. 그러고는 말했다.

"잠시 끊깁니다. 기술적인 문제 때문에."

삼십 초쯤 쥐 죽은 듯 조용하다가 여자의 목소리가 돌아왔다.

"네, 베르틸은 한심한 인간이었어요. 교활했지만 전반적으로는 멍청하고 허세가 심했죠. 내가 볼 땐 성공이란 걸 할 수 없는 인간이었어요. 아주 시시한 성공만으로도 들뜨는 인간이었죠. 예를 들면 돈을 쥐꼬리만큼 벌었다거나, 남들은 아무도 모를 거라고 믿는 아이디어를 떠올렸다거나 하는. 그는 늘 대단한 계획을 갖고 있었고, 곧 크게 한 건 할 거다 그런 소릴 지껄였어요. 게다가 자기 머리를 과대평가했고 겸손하지도 않았어요. 내가 그가 어떤 종류의 사업가인지를 대충 눈치챘다는 걸 알고 나더니, 그다음부터는 점점 더 진짜 거물인 척하면서 백만 크로나

짜리 거래라느니, 자전거 체인으로 사람을 죽인다느니, 뭐 그런 얘기를 하기 시작하더라고요. 실제로는 별로 성공한 것도 없었으면서."

"그가 무슨 일을 했는지를 구체적으로 추측해보자면……."

몬손은 말을 맺지 않았다. 몇 초 뒤 여자가 대답했다.

"난 베르틸이 무슨 일을 했는지 정확히 알 것 같아요. 베르틸은 다른 두 친구하고 함께 스톡홀름에서 훔친 차를 확보하는 일을 했어요. 직접 훔치기도 하고, 다른 도둑들한테 헐값에 사들이기도 하고요. 그런 다음에 차를 아무도 못 알아보게 손봐서 대륙으로 몰고 갔죠. 주로 폴란드로 갔던 것 같아요. 차를 인수한 사람은 베르틸에게 현금이 아니라 다른 걸로 값을 지불했어요. 주로 보석으로, 아니면 다이아몬드 원석 같은 걸로. 내가 어떻게 아느냐면, 베르틸이 지난가을에 나한테도 하나 줬기 때문이에요. 베르틸은 그때 자기가 곧 백만장자가 될 거라며 꽤 써 댔죠. 그렇지만 그 사업이 그 사람들 생각은 아니었어요. 그 사람들은 그냥 하수인이었죠. 회사의 스톡홀름 지부라고, 그 바보는 말하곤 했어요. 베르틸이 다달이 코펜하겐으로 온 건 그 때문이었죠. 차를 넘기고 받은 귀금속을 여기서 누군가에게 건네면 그 사람이 돈을 주는 거였어요. 이리로 돈을 가지고 오는 남자도 전달자일 뿐이었죠. 그 남자는 파리나 마드리드나 뭐 그런

사라진 소방차

데서 왔어요. 난 그 남자는 한 번도 본 적 없어서 그쪽 이야기는 잘 몰라요. 아무리 베르틸이라도 그 정도 분별력은 있었죠. 나한테는 돈을 가지고 오는 남자를 절대 보여주지 않았고, 자기가 여기 묵는다는 것도 아무에게도 말하지 않았어요. 그 부분만큼은 엄청 예민하게 지켰죠. 절대로 날 노출시키지 않았어요. 일종의 비상 탈출구 같은 거였다고 봐요. 자기 말고는 아무도 모르는 은신처를 뒀던 거죠. 난 베르틸을 아무에게도 소개하지 않았고, 그가 와 있을 때는 집에 아무도 들이지 않았어요. 그러니까 지금 이 집에요. 아무도, 심지어 경찰도……."

목소리가 끊겼다.

"녹음기가 좀 말썽이라." 몬손이 태연자약하게 말했다. "덴마크 경찰에게 빌린 겁니다."

여자가 테이프에 다시 나타났을 때는 목소리가 좀 변해 있었지만 정확히 어디가 달라졌는지 짚어 말하기는 어려웠다.

"어디까지 말했죠? 아, 만일 베르틸이 나를 몇 번 말뫼로 끌고 가지 않았다면 아무리 경찰이라도 날 못 찾았을 거예요. 베르틸은 파트너라고 부르는 친구를 만나러 가야 한다고 말했는데, 이름이 이레인가 뭔가 하는 남자였어요. 성은 말름이었던 것 같아요. 그 사람도 스톡홀름이나 위스타드나 트렐레보리에서 차를 몰고 국경을 넘었어요. 그 사이사이에는 어딘가에 있는 차고에서 차에 페인트칠을 새로 하고 가짜 번호판을 다는 일을 했고요. 난 말뫼에 네다섯 번 갔는데, 호기심 때문이었어요. 매번 죽도록 지루했죠. 그 남자들이 어디 방에 모여서 술 마시고, 허풍 떨고, 사업 파트너라나 뭐라나 하는 사람들하고 카드놀이를 하는 동안 난 한구석에 가만히 앉아서 하품만 했어요. 내가 짐작하기로 베르틸이 거기 갔던 건 땡전 한 푼 없는 말름이 스톡홀름으로 돌아갈 수 있도록 돈을 줘야 했기 때문이에요. 그리고 베르틸이 멍청하게 거기로 날 끌고 간 건 친구들한테 은근히 떠벌리고 싶어서였어요. 어떻게 생각…….”

또 끊겼다. 몬손이 하품하면서 이쑤시개를 새것으로 갈았다.

“자기한테도 여자가 있다는 걸 보여주고 싶어서요. 하지만 사실 베르틸 올로프손은 그런 타입이 아니었어요……. 여자가 필요한 타입이. 애인으로 말이에요. 말름은 이른바 스톡홀름 지부에서 일한다는 세 명 중 한 명이었고, 나머지 세 번째 남자는 내가 만난 적 없어요. 그 사람 이름은 시계라고 했는데, 위조 서류를 만드는 사람이었던 것 같아요.”

시계. 에른스트 시구르드 칼손. 마르틴 베크는 생각했다.

“지금부터 하는 얘기는 내가 그냥 생각해본 거예요. 하지만 난 이 생각이 맞을 거라고 봐요. 베르틸은 입을 못 닫고 있는 인간이었고, 그랑 말름이랑 나누는 대화는 달리 오해할 여지가 없

는 내용이었으니까요. 지난여름쯤부터, 베르틸은 만날 때마다
더 우쭐거리기 시작했어요. 그는 이른바 본부라는 데가 어마어
마한 수익을 올린다고 했어요. 그 얘기를 매번 하더라고요. 사
실은 스톡홀름 지부가, 그중에서도 자기가 궂은일을 도맡고 위
험도 감수하는데 수익은 대부분 본부가 챙긴다고요. 하지만 그
렇게 떠들어대는 본부가 어디에 있는지는 베르틸도 몰랐어요.
그는 만약에 자기하고 다른 두 친구가 사업을 넘겨받아서 스톡
홀름 지부를 직접 운영한다면 떼돈을 벌 수 있을 거라고 말했
죠. 결국 그 생각에 꽂혔던 것 같아요. 그래서 십이월에 그는 말
도 안 되게 멍청한 짓을 저지르고 말았죠…….”

　“무슨 짓?” 군발드 라르손이 꼭 어린이 영화를 보러 나온 일
곱 살짜리 아이처럼 깜짝 놀라면서 물었다.

　“……내가 눈치를 보니까, 돈을 주러 오는 남자 뒤를 밟았
더라고요. 어디로 갔는지는 몰라요. 파리나 로마겠죠. 베르틸
은 전달자가 어디로 돌아가는지를 미리 알고 있다가, 헤어지자
마자 그리로 가는 제일 빠른 비행기를 잡아 타고 날아가서, 전
달자가 도착해 내리기를 기다렸다가, 뒤를 밟았을 거예요. 올
해 1월 5일에 여기 왔을 때는 사람이 엄청 거칠었고, 자기가 상
황을 다 조사했으니까 이제 프랑스로 가볼 거라고 말했어요. 맞
아요, 그때 정말 프랑스라고 말했어요. 하지만 거짓말이었을 수

도 있죠. 필요하면 거짓말도 할 줄 아는 인간이었으니까. 아무튼 그는 대륙으로 가서 상황이 정확히 어떤지 살펴볼 거라고 말했어요. 또 이제 자기하고 말름하고 다른 동업자 셋이 조건을 정할 위치에 있으니까 조만간 수입이 최소한 세 배로 늘 거라고 말했어요. 베르틸은 정말로 그렇게 대륙에 다녀왔던 것 같아요. 왜냐하면 다음번에 왔을 때는 엄청나게 불안하고 초조해했거든요. 그는 본부가 이리로 협상자를 보내기로 약속했다고 말했어요. 늘 그런 용어를 썼죠. 꼭 정상적인 사업이라도 하는 사람처럼. 희한하게 나한테도 그랬어요. 자기가 무슨 일을 하는지 내가 다 안다는 걸 뻔히 알면서도 말이에요. 베르틸이 여기 온 건 2월 6일이었어요. 그날은 자기가 지정한 호텔에 협상자가 왔는지 확인한다면서 최소한 열 번은 집을 들락거렸죠. 보다시피 난 전화가 없거든요. 베르틸은 그 만남이 결정적이라는 투로 말했고, 말뫼에서 말름이 소식을 기다리고 있다고도 말했어요. 그리고 그다음 날, 그러니까 수요일 3시쯤에, 내가 기억하기로 그날 세 번째로 그가 집을 나갔어요. 그러고는 돌아오지 않았죠. 마침표. 끝."

"흠. 당신과 올로프손의 관계에 대해서도 말해봐야 할 것 같군요."

여자는 조금도 주저하지 않고 대답했다.

"네. 우리는 계약을 맺었어요. 나는 약을 하거든요. 마리화나를 가끔 피우고, 일할 때는 스페인산 암페타민 알약을 먹어요. 심파티나하고 센트라미나. 둘 다 해가 전혀 없는 훌륭한 물건이에요. 그런데 요즘 들어 다들 약을 가지고 수선을 피우는 바람에 구하기가 어려워졌죠. 가격이 다섯 배에서 열 배나 올랐어요. 난 그 돈은 없거든요. 그래서 뉘하운에서 우연히 베르틸을 만났을 때 나한테 팔 약이 있느냐고 물었어요. 당시에 난 만나는 사람들에게 똑같이 물었죠. 그가 내가 원하는 약을 구할 수 있다고 말하더라고요. 그리고 나는 그가 원하는 걸 갖고 있었죠. 한 달에 두 밤 묵을 수 있고 아무도 모르는 장소. 그 인간이 그렇게 훌륭한 인간은 아니기 때문에 난 처음엔 망설였어요. 하지만 알고 보니까 그는 여자한테는 전혀 관심이 없더라고요. 문제가 해결됐죠. 그래서 우리는 계약을 맺었어요. 그는 내 집에서 매달 하룻밤, 아니면 좀더 길게 묵는다. 나는 그가 올 때마다 다달이 약을 공급받는다. 그러다가 그가 사라졌고, 난 그때부터 지금까지 약이 없어요. 아까 말했듯이 암시장에서 사려면 너무 비싸요. 그래서 내 작업은 점점 더 나빠지고 더뎌지고 있죠. 그 점에서는 그 사람들이 그를 죽인 게 아쉬워요."

몬손이 팔을 뻗어 녹음기를 껐다.

"음, 여기까집니다."

"이게 대체 뭡니까?" 콜베리가 물었다. "꼭 라디오 드라마처럼 들리잖아요."

"대단히 노련한 신문이로군." 함마르가 말했다. "어떻게 여자가 저렇게 자유롭게 말하도록 만들었나?"

"별로 안 어려웠습니다." 몬손이 겸손하게 대답했다.

"뭐 하나 묻겠습니다." 멜란데르가 파이프 물부리로 녹음기를 가리키면서 말했다. "저 여자는 왜 제 발로 경찰을 찾아가지 않았답니까?"

"서류가 미비한 데가 있답니다." 몬손이 대답했다. "심각한 건 아니고요. 덴마크 경찰은 신경 안 씁니다. 그리고 저 여자는 올로프손에 대해서는 눈곱만큼도 신경쓰지 않았거든요."

"훌륭한 신문이었어." 함마르가 또 말했다.

"이건 사실 요약본입니다." 몬손이 말했다.

"저기, 저 여자 말을 믿어도 됩니까?" 군발드 라르손이 물었다.

"물론입니다." 몬손이 말했다. "그리고 더 중요한 건……."

몬손은 입을 닫고 남들도 다 그럴 때까지 기다렸다.

"더 중요한 건, 이제 우리에게는 올로프손이 나디아의……코펜하겐의 임시 거처에서 2월 7일 수요일 오후 3시에 나갔다는 증거가 있단 겁니다. 올로프손은 누굴 만나러 나갔습니다. 그리고 그 누군가가 틀림없이 올로프손을 데리고 외레순드 해

사라진 소방차

협을 건넜을 겁니다. 아마 말름을 만나러 가자는 핑계로. 그러고는 올로프손을 죽이고, 시체를 고물차에 넣은 뒤, 그걸 통째 항구에 처넣었죠."

"맞아요." 마르틴 베크가 말했다. "그렇다면 그다음 문제는 올로프손이 어떻게 항구로 갔는가 하는 걸로 이어집니다."

"그렇죠. 우리는 이제 그 프리펙트가 굴러가지 않는 상태였다는 것, 엔진이 몇 년째 멎어 있었다는 걸 압니다. 또 그 차가 거기에 하루 넘게 서 있었던 걸 본 목격자들도 있습니다. 하지만 요즘은 사방에 고물차가 널려 있으니, 아무도 의아하게 여기지 않았죠. 그렇게 해서 관은 미리 준비되어 있었습니다."

"누가 그걸 마련해뒀죠?"

"누가 마련해뒀는가는 대충 알 것 같습니다." 몬손이 말했다. "하지만 실제로 누가 차를 거기 가지고 왔는가는 알기가 좀 더 어렵습니다. 단순하게 생각하면 말름일 수도 있죠. 말름은 그때 말뫼에 있었고 전화로 연락되는 상태였으니까요."

"자, 그래서 올로프손은 항구로 어떻게 갔죠?" 함마르가 재촉했다.

"차로." 마르틴 베크가 혼잣말처럼 중얼거렸다.

"그렇죠." 몬손이 말했다. "만일 올로프손이 자기를 죽인 남자와 코펜하겐에서 만났다면, 그건 두 사람이 함께 코펜하겐에서 말뫼로 왔단 뜻입니다. 그리고 미치거나 장거리 수영 선수가 아닌 한 당연히 배를 탔겠죠."

"아니면 수속 없이 통과하는 비행기." 콜베리가 말했다.

"네, 하지만 그럴 가능성은 낮습니다. 배로 시체를 나르는 건 불법이니까, 올로프손은 해협을 건널 때는 살아 있었을 겁니다. 그리고 아마 차를 싣는 배를 탔을 겁니다. 짐작하건대 올로프손을 죽인 사람은 차를 갖고 있었을 테니까, 코펜하겐에서 여기 올 때 그 차를 갖고 왔을 겁니다."

"아니, 이해가 안 되네." 군발드 라르손이 끼어들었다. "왜 그 사람이 차를 갖고 있어야 합니까?"

"잠깐만요." 몬손이 말했다. "빨리 설명하겠습니다. 사실은 상황이 꽤 명백합니다. 두 사람, 그러니까 올로프손하고 올로프손을 죽인 남자는 2월 7일 저녁에 코펜하겐에서 말뫼로 건너왔습니다. 내가 설명하려는 건 우리가 어떻게 그 사실을 알아냈는가 하는 겁니다."

"어떻게 알아냈습니까?" 군발드 라르손이 물었다.

몬손이 질린 표정으로 그를 보면서 말했다.

"만일 범인이 올로프손을 코펜하겐이나 배에서 죽인 게 아니라면, 결론은 말뫼에서 죽였단 겁니다. 말뫼 어디에서? 항구에서였겠죠. 그러면 그자가 항구까지는 어떻게 갔을까요? 차로 갔겠죠. 다른 방법은 없으니까. 어떤 차로? 그야 덴마크에서 가져온 차죠. 왜? 그자가 말뫼에서 택시를 타거나 다른 차를 쓸 만큼 멍청했다면 우리가 진작 그 사실을 알아냈을 테니까요."

몬손은 평정을 되찾았다. 모두가 잠자코 몬손만 바라보았다. 몬손의 말이 다시 약간 느려졌다.

"그래서 나는 두 가지 조치를 취했습니다. 첫째, 부하 둘을 보내서 2월 7일 오후와 저녁에 운항했던 페리들을 전부 확인하라고 했습니다. 아니나 다를까, 말뫼후스라는 열차 연락선에서 일하는 남자 승무원 하나가 올로프손의 사진을 알아봤고, 올로프손과 함께 있었던 사람에 대해서도 인상착의를 자세히 알려줬습니다. 내 부하들은 그 목격자를 출발점으로 삼아서 증언을 뒷받침하는 목격자를 두 명 더 찾아냈습니다. 하나는 또 다른 승무원이었고, 다른 하나는 차량용 갑판에서 자동차와 열차를 줄 세우는 일을 하는 선원입니다. 그러니까 우리는 올해 2월 7일 저녁에 올로프손이 코펜하겐 항에서 말뫼까지 열차 연락선을 타고 건넜다는 사실을 확실히 압니다. 연락선은 마지막 운항 시간이 코펜하겐을 밤 9시 45분에 출발해서 말뫼에 11시 15분에 도착하는 거였습니다. 지난 몇 년 동안 매일 변함없이 그러고 있습니다. 또 우리는 올로프손이 어떤 남자하고 함께 있었다는 사실을 아는데, 그 남자의 인상착의는 좀 있다가 들려드리겠습니다."

몬손이 느릿느릿 이쑤시개를 바꿨다. 그리고 군발드 라르손을 보면서 말했다.

"우리는 두 사람이 일등석을 탔다는 것, 흡연실에 앉아서 맥주를 마시고 로스트비프와 치즈가 든 샌드위치를 먹었다는 것도 압니다. 올로프손의 위에 남아 있던 내용물과도 일치합니다."

"그것 때문에 죽은 게 분명해." 콜베리가 중얼거렸다. "스웨덴 철도 공사의 샌드위치 때문에."

함마르가 죽일 듯한 얼굴로 콜베리를 노려봤다.

"심지어 두 사람이 어느 테이블에 앉았는지도 압니다. 게다가 그들이 덴마크에 등록된 포드 타우누스를 갖고 있었다는 것도 압니다. 우리는 더 수사해서 정확히 무슨 차인지도 알아냈습니다. 연한 파란색 차더군요."

"어떻게……?" 마르틴 베크가 이렇게 말하다가 이내 입을 닫고 덧붙였다. "당연하지. 렌트카."

"그렇죠. 올로프손과 함께 있었던 남자는 어딘지 모를 곳에서 코펜하겐으로 올 때 번거롭게 운전해서 오지 않았습니다. 당연히 비행기로 카스트루프 공항에 내린 뒤 차를 빌렸죠. 렌트카 회사에는 이름을 크라반이라고 댔고, 프랑스 운전면허증과 여권을 보여줬습니다. 그 남자는 8일에 차를 돌려주면서 잘 썼다

사라진 소방차

고 말했답니다. 그다음에 카스트루프에서 도로 비행기를 타고 떠났죠. 어디로, 무슨 이름으로 떠났는지는 우리도 모릅니다. 하지만 그자가 덴마크에서 어디 머물렀는지는 알 것 같습니다. 뉘하운에 있는 작고 허름한 호텔입니다. 거기서는 그자가 레바논 여권을 보여주면서 이름이 리피라고 말했답니다. 정말로 동일인이라면 말이지만. 그 점은 확실하지는 않습니다. 아무튼 그 이름을 가진 남자가 그 호텔에서 6일부터 8일까지 묵은 건 사실입니다. 뉘하운 주민들은 경찰을 싫어하죠."

"그러니까 결론은……." 마르틴 베크가 말했다. "그 사람이 올로프손을 처치하려고 코펜하겐으로 왔다는 거군요. 두 사람은 7일에 만나서 저녁에 함께 말뫼로 왔고……. 그런데 아까 두 가지를 조사했다고 하지 않았습니까?"

"조사했죠." 몬손이 느긋하게 대답했다. "차를, 그러니까 포드 프리펙트를 다시 살펴봤습니다. 그게 어떻게 물에 들어갔는지 알아내려고요. 알겠지만, 자기가 뭘 찾는지를 알고 보면 좋죠. 그러면 더 쉽게 찾을 수 있습니다."

"뭘요?" 멜란데르가 물었다.

"자국. 아까 나는 프리펙트가 스스로 굴러갈 수 없는 상태라고 말했습니다. 그러면 어떻게 그게 물로 들어갔을까요? 누군가 기어를 중립으로 놓고, 딴 차로 밀어서 빠뜨린 겁니다. 꽤 빠른 속도로. 그러니까 그렇게 선창에서 멀리 떨어진 지점에 놓여 있었겠죠. 그 반대편 차에도 일치하는 자국이 남아 있었습니다."

"하지만 누가 프리펙트를 항구까지 몰고 갔죠?" 군발드 라르손이 물었다.

"프리펙트는 아마 어떤 폐차장에서 거기까지 견인되어서 갔을 겁니다. 개인적으로는 말름이 했을 거라고 생각합니다. 말름은 2월 4일에 진작 말뫼에 와서 서부의 단골 여인숙에 묵고 있었으니까요."

"어쩌면 그 짓을 한 사람도 말름일지도……." 함마르가 이렇게 말하다가 입을 닫았다.

"아닙니다." 몬손이 말했다. "말름은 올로프손보다 몸을 사릴 줄 알았습니다. 말름은 7일 아침에 번개처럼 말뫼를 떠나서 황급히 여기 스톡홀름으로 돌아왔습니다. 그건 증명된 사실입니다. 내 생각에는, 말름이 누군가로부터 정체를 추적할 수 없는 차를 특정 장소로 가져다 놓으라는 지시를 받았을 겁니다. 크라반인지 리피인지 하는 그 사람이 코펜하겐에서 전화로 지시했겠죠. 말름은 지시에 따랐지만 동시에 자기들이 넘어서는 안 될 선을 넘었고 게임은 끝났다는 걸 깨달았습니다. 말이 나왔으니 말인데 7일 정오에 웬 남자가 전화를 걸어서 서툰 스웨덴어로 말름을 찾았답니다. 여인숙 사람들 말로는 그 뒤에 말름이 사라졌다더군요. 인상착의를 지금 듣겠습니까? 빠뜨리지 않으려고, 정리한 걸 테이프에 녹음해 왔습니다."

몬손은 테이프를 바꿔 끼운 뒤 시작 스위치를 눌렀다.

"크라반 혹은 리피는 서른다섯 살에서 마흔 살 사이로 보임. 키는 최소 168센티미터에서 최대 172센티미터. 체격이 다부지고 튼실하기 때문에 키에 비해 몸무게가 많이 나가겠지만 뚱뚱하진 않음. 머리카락은 까맣고, 눈썹도 까맣고, 눈동자는 짙은 갈색. 치아가 희고 고름. 이마가 좁은 편이고, 머리카락 선과 눈썹이 평행선을 그림. 코는 약간 굽었고 한쪽 콧날에 흉터 혹은 긁힌 자국이 있는데 지금은 사라졌을지도 모름. 흉터 혹은 긁힌 자국이 있는 자리를 검지로 쓸어내리는 버릇이 있음. 복장은 단정하고 수수함. 양복, 까만 신발, 흰 셔츠, 넥타이. 행동거지는 조용하고 점잖음. 목소리는 낮고, 최소한 세 개 언어를 할 줄 앎. 프랑스어가 아마 모어이고, 영어는 아주 잘하지만 프랑스 억양이 있고, 스웨덴어도 꽤 잘하지만 특징이 있음."

테이프가 멈췄다.

"자아." 몬손이 느긋하게 말했다. "뭐 짚이는 데 있습니까?"

다른 사람들은 귀신이라도 본 것처럼 몬손을 바라봤다.

"뭐……." 몬손이 말했다. "여기까집니다. 지금으로서는. 내가 묵을 방은 잡아뒀습니까? 아이고, 덥군요. 잠시 실례합니다."

몬손이 복도로 나갔다.

뢴이 일어나서 몬손을 따라갔다. 뢴은 그동안 올로프손과 공범들이 아니라 주로 딴 문제를 생각하며 앉아 있었다. 몬손이 가택 수색의 명수라는 사실이었다. 뢴은 몬손을 붙잡고 물었다.

"이봐요, 페르. 저녁에 우리집에 와서 같이 식사하지 않겠습니까?"

"좋죠." 몬손이 대답했다. "아주 좋죠."

몬손은 기쁘면서도 놀란 듯했다.

"잘됐네요." 뢴이 말했다.

맛스가 네 살 생일 선물로 받은 소방차가 사라진 지 벌써 석 달이 넘었다. 꼬마는 더이상 그걸 찾아달라고 조르지 않았다. 그래도 뢴은 어떻게 장난감이 그렇게 감쪽같이 사라졌을까 하는 생각을 떨칠 수가 없었다. 요즘도 이따금 찾아보았지만 집안에서 자신이 살펴보지 않은 곳은 한 뼘도 없다는 사실만 재확인할 뿐이었다.

뢴이 얼마 전에 변기 물탱크 뚜껑을 한 오십 번째로 들어 보았을 때, 문득 예전에 몬손이 했던 말이 떠올랐다. 거의 반년 전, 보고서에서 중요한 낱장이 하나 사라지는 바람에 마르틴 베크가 누구 수색에 자신 있는 사람 없느냐고 물은 적이 있었다.

당시 다중 살인 사건 수사를 돕기 위해 스코네에서 올라와 있던 몬손이 그때 이렇게 대답했다. "수색이라면 내가 잘합니다. 찾는 물건이 존재하는 한 틀림없이 찾아낼 수 있습니다." 정말로 몬손은 그 종이를 찾아냈다.

그러니 몬손이 싸구려 식당에서 울적하게 혼자 저녁을 먹는 대신 운다 뢴의 훌륭한 요리를 즐길 기회를 얻은 건 그 장기 덕분이었다. 몬손은 음식을 아주 좋아했으며, 세심한 사람이라 잘 차려진 식사에 제대로 감사하는 법도 알았다.

저며서 바삭하게 튀긴 사슴 고기와 그가 손수 만들었을 때처럼 보들보들한 스크램블드에그를 다 먹은 몬손은 기분 좋은 한숨을 쉬었다. 그다음으로 황금색 뇌조 요리가 식탁에 오르자, 그는 몸을 숙여서 향을 콧속 깊이 들이마셨다.

"이거야말로 대단하군요." 몬손이 말했다. "이 시기에 이렇게 훌륭한 재료를 어디서 구했습니까?"

"카레수안도에 사는 오빠가 보내줘요." 운다가 대답했다. "오빠가 사냥을 많이 하거든요. 사슴 고기도 오빠가 계속 공급해주고요."

뢴이 클라우드베리 젤리 그릇을 넘기면서 말했다.

"냉동고에 순록도 한 마리 들어 있죠. 가을 솎아내기 사냥에서 잡은 겁니다."

"뿔까지 다 있진 않겠죠." 몬손이 말하자, 졸라서 식탁에 함께 앉아 있던 맛스가 웃음을 터뜨렸다.

"하하! 뿔은 못 먹어요. 먼저 잘라내요."

몬손이 꼬마의 머리카락을 흩뜨러트리며 말했다.

"똑똑하구나. 커서 뭐가 되고 싶니?"

"소방관." 아이가 말했다.

아이는 의자에서 폴짝 뛰어내린 뒤, 소방차처럼 사이렌을 울리며 부엌을 나갔다.

뢴은 기회를 놓치지 않고 몬손에게 사라진 소방차 이야기를 들려주었다.

"순록 밑도 찾아봤습니까?" 몬손이 물었다.

"안 찾아본 데가 없어요. 온데간데없이 사라졌습니다."

몬손이 입을 닦으면서 말했다.

"아니요. 찾을 수 있을 겁니다."

식사를 마친 뒤, 운다는 두 남자를 부엌에서 몰아내고 거실로 커피를 가져다주었다. 뢴이 브랜디를 꺼냈다.

맛스는 잠옷 차림으로 텔레비전 앞에 누워, 반원형 소파에 둘러앉은 사람들이 진지하게 뭔가 토론하는 장면을 흥미롭게 지켜보았다. 젊은 남자가 심각한 표정으로 말했다.

"자녀가 있는 부부의 이혼은 사회가 가급적 금지하거나 더

사라진 소방차

어렵게 만들어야 한다고 생각합니다. 편부모의 자녀는 그렇지 않은 아이들보다 좀더 불안정하고, 술과 마약에 더 쉽게 빠지는 경향이 있습니다……." 그 순간 남자가 반짝 빛나는 점이 되어 사라졌다. 뢴이 텔레비전을 끈 것이었다.

"헛소리." 몬손이 내뱉었다. "가령 나를 보세요. 난 마흔이 넘어서야 처음 아버지를 만났습니다. 한 살 때부터 어머니가 혼자 나를 키웠어요. 그래도 난 잘못되지 않았거든. 최소한 심하게 잘못된 데는 없거든요."

"세월이 그렇게 흐른 뒤에 아버지를 찾아본 겁니까?" 뢴이 물었다.

"맙소사, 설마." 몬손이 대답했다. "뭣하러 그러겠습니까. 그게 아니라 다비드할스토리 광장의 주류 판매점에서 우연히 만났습니다. 당시 나는 경사였죠."

"기분이 어떻던가요? 그런 식으로 아버지를 만난 기분이?"

"별 느낌 없었어요. 내가 줄 서서 기다리는데, 옆줄에 나만큼 덩치가 크고 머리가 센 남자가 서 있더군요. 그 사람이 다가와서 말하기를, '안녕하세요. 내가 당신 아버지입니다. 시내에서 마주칠 때마다 매번 말을 걸어볼까 했지만 입이 안 떨어지더군요.' 그러고는 또 말하기를, '아주 잘 지내고 있다고 들었습니다.'"

"뭐라고 대답했습니까?"

"뭐라고 대답해야 할지를 모르겠더군요. 그때 그쪽에서 손을 내밀면서 '욘손입니다' 하더군요. '몬손입니다.' 나는 이렇게 말하고 악수했죠."

"이후에도 만났습니까?"

"그럼요. 가끔 마주칩니다. 그쪽은 매번 그렇게 정중하게 인사해요."

운다가 와서 뢴의 무릎에서 잠들려 하는 맛스를 데려갔다. 한참 후에 운다가 돌아와서 말했다.

"맛스가 잘 자라고 인사하고 싶대."

그들이 방으로 들어가보니 아이는 벌써 자고 있었다. 몬손이 전문가의 눈길로 방을 둘러본 뒤 살금살금 나와서 문을 닫았다.

"저 방도 찾아봤겠죠?"

"보다마다요." 뢴이 대답했다. "온 방을 싹 뒤집어봤죠. 다른 방들도 그랬고요. 하지만 당신이 다시 살펴봐도 좋습니다. 내가 빠뜨린 데가 있을지도 모르니까요."

뢴이 빠뜨린 곳은 없었다. 두 남자는 함께 온 집을 훑었지만, 몬손도 뢴이 지금까지 미처 살피지 못한 곳을 찾는 데 실패했다. 두 사람은 커피와 코냑과 운다에게 돌아갔다.

"참 이상하죠?" 운다가 말했다. "게다가 꽤 컸거든요."

"삼십 센티미터 정도." 뢴이 말했다.

"꼬마가 그걸 선물 받고 나서 며칠 동안 밖에 안 나갔다고 했죠." 몬손이 말했다. "창밖으로 내던졌을 가능성은 없을까요?"

"아니요." 운다가 대답했다. "보시다시피, 아이가 창을 못 열도록 창마다 안전 체인을 설치해뒀어요. 그리고 맛스가 근처에 있을 때는 절대로 창을 열어두지 않아요."

"그리고 체인을 건 채로 창을 열면 틈이 너무 좁아서 소방차가 통과할 수 없어요." 뢴이 말했다.

몬손은 두 손바닥으로 감싼 코냑 잔을 굴리면서 물었다.

"쓰레기 봉지는? 꼬마가 거기 넣었을 가능성은?"

운다가 고개를 저었다.

"없어요. 쓰레기 봉지는 가루비누랑 뭐 그런 게 든 찬장에 넣어두는데 문에 빗장 같은 게 채워져 있기 때문에 아이가 못 열어요."

"으흠." 몬손은 곰곰이 코냑을 마셨다.

"이 집에 다락이 있습니까?" 그가 물었다.

"없어요. 창고는 지하실에 있죠." 뢴이 말하고는 아내에게 물었다. "소방차가 사라진 뒤에 그리로 뭐 가지고 내려간 적 있어?"

운다는 고개를 저었다.

"나도 없는데." 뢴이 말했다.

"집 밖으로 나간 게 뭐 없을까요? 수리를 맡기려고 내보냈다든지 하는? 아니면 세탁물은? 세탁물하고 같이 나갔을지도 모릅니다."

"빨래는 전부 제가 직접 해요." 운다가 말했다. "지하실에 세탁실이 있거든요."

"친구가 놀러온 적도 없다고 했죠? 그걸 가져갔을지도 모르는 친구가?"

"네, 맛스가 꽤 오래 감기를 앓았기 때문에 그동안 집에는 아무도 안 왔어요." 운다가 말했다.

세 사람은 잠시 묵묵히 있었다.

"달리 그걸 집어 갈 만한 사람이 온 적은 없을까요?" 몬손이 다시 물었다.

"제 친구들이 한두 번 오긴 했어요." 운다가 대답했다. "하지만 걔들은 장난감을 안 훔쳐요. 그리고 어차피 소방차가 사라진 걸 깨닫고 난 뒤였어요."

뢴이 울적하게 고개를 끄덕였다.

"경찰 신문처럼 무서운데요." 운다가 웃으면서 말했다.

"있어봐, 이제 이분이 막대기를 꺼내서 취조할 테니까." 뢴이 말했다.

사라진 소방차

"생각해보세요." 몬손이 말했다. "누가 온 적 없습니까? 뭔가 가져가려고 왔던 사람, 아니면 계량기를 읽으려고 왔던 사람, 배관공 같은 작업자라도?"

"아니요." 뢴이 대답했다. "내가 기억하는 한 없습니다. 누가 그걸 훔쳐갔을지도 모른다는 뜻입니까?"

"그럴지도 모르잖습니까." 몬손의 대답이었다. "희한한 걸 훔치는 사람들이 있거든요. 한번은 말뫼에서 안티시멕스 해충 구제 작업자인 척하고 집집마다 방문한 남자가 있었는데, 우리가 그자를 붙잡고 보니까 집에 둔 상자 속에 여자 팬티가 113벌이나 있더군요. 남자가 훔친 건 오로지 팬티뿐이었습니다. 하지만 소방차는 그보다는 누가 실수로 가져간 게 아닐까 싶군요."

"뭔가 있었다면 자기가 알겠지." 뢴이 아내에게 말했다. "낮에는 자기가 집에 있으니까."

"안 그래도 지금 생각해보고 있어. 최근에 누가 작업하러 온 기억은 없는데. 새 창틀을 설치하러 왔던 남자는 한참 전이었지. 안 그래?"

"맞아." 뢴이 대답했다. "그건 이월이었지."

"맞아." 운다가 말했다.

운다는 검지 관절을 깨물면서 생각에 잠겼다.

"아." 그러다 말했다. "관리인이 라디에이터 공기를 빼주려고 왔었어요. 그게 맛스 생일 며칠 전이었어요. 맞아요."

"라디에이터 공기를 빼줘?" 뢴이 말했다. "난 몰랐는데."

"내가 당신한테 말하는 걸 깜박했나 봐."

"그 사람이 공구를 갖고 왔습니까?" 몬손이 물었다. "렌치를 갖고 왔겠죠. 그 사람이 공구 상자를 갖고 왔었는지 기억납니까?"

"그랬던 것 같아요. 확실하진 않지만."

"그 사람, 이 건물에 삽니까?"

"네. 1층이요. 스벤손 씨라고 해요."

몬손이 코냑 잔을 내려놓고 일어섰다.

"자, 에이나르. 가서 관리인을 만나봅시다."

스벤손은 작지만 강단 있는 예순쯤 된 남자였다. 빳빳하게 다린 검정 바지와 눈부시게 흰 셔츠를 입고 소매에는 밴드를 찼다.

몬손이 현관 신발장에 서 있는 공구 상자를 한눈에 발견했을 때 관리인이 말했다.

"안녕하세요, 뢴 씨. 뭐 도와드릴 일이 있습니까?"

뢴이 어떻게 말을 꺼내야 할지 몰라서 가만 있는데, 몬손이 대뜸 공구 상자를 가리키며 말했다.

"스벤손 씨, 저게 일할 때 쓰는 공구 상자입니까?"

"네." 스벤손이 놀라서 대답했다.

사라진 소방차

"마지막으로 쓴 지 얼마나 됐죠?"

"글쎄, 정확히는 모르겠습니다. 꽤 됐죠. 내가 몇 주 병원에 입원해 있었기 때문에, 그동안 이 건물 관리는 11번지의 베리 씨가 맡아줬죠. 왜 그러시는지 여쭤봐도 될까요?"

"안을 좀 봐도 되겠습니까?"

관리인은 공구 상자를 집어 들었다.

"보시죠. 왜……."

몬손이 상자를 열었다. 뢴은 관리인이 목을 죽 빼고 상자를 들여다본 뒤 진심으로 놀라는 모습을 뒤에서 보았다. 뢴도 한 발 다가가서 안을 보았다. 거기, 망치와 스크루드라이버와 렌치 사이에 소방차가 놓여 있었다. 새빨갛고 반들반들한 소방차가.

며칠 뒤, 정확히는 7월 30일 화요일, 마르틴 베크와 콜베리는 베르트베리아 사무실에 앉아 커피를 마시면서 자기들끼리 사건을 정리해보았다.

"몬손은 집에 갔나?" 마르틴 베크가 물었다.

"응. 토요일에 갔어. 그 사람, 스톡홀름을 별로 안 좋아하는 것 같아."

"맞아. 지난겨울 버스 살인 사건 때 질렸을걸."

"이번 수사는 정말 끝내줬지." 콜베리가 말했다. "그 굼벵이 같은 사람이 그럴 줄 몰랐어. 그래도 나는 계속 궁금한 게 있는데……."

"뭔데?"

콜베리가 고개를 흔들었다.

"그 신문은 어딘가 수상쩍은 데가 있단 말이야. 그 여자 말이야……."

"왜 그렇게 생각하나?"

"나도 잘 모르겠어. 뭐, 어쨌든 사건은 이제 마무리된 것 같으니까. 올로프손하고 말름, 그리고 서류 위조를 맡았던 그 칼손이라는 남자는 독립해서 자기들이 직접 지부를 열 생각을 했어……."

"칼손 말이 나왔으니 말인데, 그 사람이 일했던 보험 회사에 가서 살펴봤어. 위조에 썼던 도구가 거기 다 있더군. 도장이랑 종이랑 다." 마르틴 베크가 말했다. "남자가 거기 선반에 보관해두고 있었는데, 회사에서는 그걸 모르고 몽땅 상자에 싸뒀더군. 지금 쿵스홀름스가탄 경찰서로 옮겨졌으니까 보고 싶으면 가서 봐."

"위조 솜씨가 나쁘진 않았어." 콜베리가 말했다. "아무튼 세 남자는 선을 넘었고, 그래서 라살인가 리피인가 크라반인가 아무개인가 하는 남자가 파견되었지."

사라진 소방차

"아무개 씨라고 부르지."

"그래, 아무개 씨 좋네. 아무개 씨는 코펜하겐으로 왔고, 거기서 말뫼로 건너와서 올로프손을 죽였어. 하지만 말름은 겁먹고 도망쳤지. 그런데 나중에 경찰한테 잡혔고……."

"그래." 마르틴 베크가 거들었다. "말름하고 시게 칼손은 둘다 생계를 잃었어. 둘은 올로프손한테 무슨 일이 닥쳤는지를 정확히 알았거나 막연하게라도 알았을 거야. 둘은 돈도 떨어지고 절망적이었지. 끝내 말름은 차를 한 대 꺼내 왔어. 직접 몰고 내려가서 팔 생각이었지. 돈을 조금이라도 벌려고. 그랬다가 그만 검문에 잡힌 거야. 풀려나긴 했지만 상황은 나아지지 않았지. 말름하고 시게 칼손은 아무개 씨든 또 다른 사람이든 누군가가 나타나서 자기들을 해치울 날만 기다리는 신세였어. 말하자면 시한부 인생을 살았지."

"아무개 씨는 정말로 우편함에 도착한 편지처럼 제때 도착했어. 아마 어떤 방식으로든 자기 존재를 두 사람에게 알렸을 거야. 전화를 걸었을지도 모르지. 아니면 아무개 씨가 주소를 확인하는 모습을 두 사람이 목격했을지도 모르고. 시게 칼손은 다 포기하고 자살했어. 그전에 잠깐 머리가 맑았을 때 자네한테 전화할까 하는 생각을 떠올렸지만, 알다시피 그 순간은 금세 지나가버렸지."

마르틴 베크가 고개를 끄덕였다.

"말름은 이제 궁지에 몰린 나머지 공공연히 시게 칼손을 찾아갔어. 아마 자기가 미행당하고 있다는 걸 알았을 텐데도. 그랬다가 칼손이 죽었다는 얘기를 들었지."

"말름은 수중의 마지막 돈으로 맥주를 사서 집으로 돌아간 뒤 가스를 틀었어. 하지만 이미 그전에, 진작 스톡홀름에 도착해서 일을 신속히 해치우고 싶었던 아무개 씨가, 말름의 집에 잠입해서 침대에 작은 장치를 설치해뒀어. 그러고는 아무개 씨는 이튿날 비행기를 타고 어딘지 모를 곳으로 떠났어. 우리, 키스톤 캅스 같은 얼간이 경찰들을 뒤에 남겨둔 채. 자네나 나, 뢴, 라르손 같은 사람들이 수사가 시작되었을 때 죽은 지 한 달이나 됐던 남자를 찾아서, 그리고 이름조차 모르고 처음부터 손닿지 않는 곳에 있었던 범인을 찾아서 장장 다섯 달이나 뛰어다녔다는 건 정말 바보 같은 이야기야."

"어쩌면 그 남자는 돌아올지도 몰라." 마르틴 베크가 생각에 잠겨 말했다.

"낙천주의자." 콜베리가 대꾸했다. "이 나라에는 두 번 다시 얼씬도 안 할걸."

"흠." 마르틴 베크가 말했다. "꼭 그럴 것 같진 않은데. 이거 생각해봤나? 그 남자에게는 여기서 일하는 데 유리한 중요한 자산이 하나 있어. 스웨덴어를 할 줄 안다는 것."

"음, 그걸 어디서 배웠을까?"

"예전에 스웨덴에서 일한 적 있거나 전쟁중에 난민으로 체류한 적이 있었겠지. 아무튼 조직이 스톡홀름 지부를 재건하기로 결정한다면 그 남자는 귀중한 존재일 거야. 게다가 그는 우리가 자기 존재를 안다는 걸 몰라. 그러니까 다시 나타날지도 몰라."

콜베리는 고개를 갸우뚱하며 미심쩍은 표정을 지었다.

"그럼 이건 생각해봤나?" 콜베리가 말했다. "그 사람이 여기 돌아오고, 심지어 제 발로 경찰서에 찾아오더라도, 우리가 뭘 증명할 수 있겠나? 그가 그때 순드뷔베리에 있었던 건 죄가 아닌걸."

"맞아. 화재에 대한 죄는 물을 수 없어. 하지만 말뫼 사건, 즉 올로프손 살인 사건에는 확실히 얽혀 있어."

"그건 그래. 하지만 그건 우리가 고민할 일이 아니지. 두 번다시 안 돌아올 테고."

"난 여전히 그럴 거라는 확신은 안 드는데. 인터폴이랑 프랑스 경찰에게 남자를 주시하라고 요청해야겠어. 만일 모습을 드러내면 우리한테 알려달라고."

"그러시든가." 콜베리가 하품을 하면서 말했다.

30.

한 달 남짓 흐른 뒤, 렌나르트 콜베리는 베스트베리아의 사무실에 앉아서 이 열일곱 살 여자아이가 대체 어디로 사라졌을까 고민하고 있었다. 사람들은 끊임없이 사라졌다. 특히 여자아이들이. 주로 여름에. 대부분은 다시 모습을 드러냈다. 네팔까지 얻어 타고 가서 책상다리를 하고 앉아 아편을 피우다 온 아이도 있었고, 독일로 가서 포르노 잡지에 포즈를 취하는 일로 용돈을 벌어 온 아이도 있었고, 그냥 친구들이랑 시골로 놀러갔는데 가족에게 전화하는 걸 까먹은 아이도 있었다. 하지만 이 아이는 정말 실종된 것 같았다. 콜베리 앞에 놓인 사진 속 여자아이는 미소를 짓고 있었다. 콜베리는 이 아이가 덜 보기 좋은 모습으로 나타날 가능성이 높다고 우울하게 생각했다. 해협에서 발견되든지, 나카 국립공원의 호수에서 발견되든지 하겠지.

마르틴 베크는 쉬는 날이었고 스카케는 근처에 있겠지만 눈앞에 보이지 않았다.

밖에는 비가 내렸다. 상쾌하고 깨끗한 여름비가 나뭇잎의 먼지를 씻어내며 창에 와서 경쾌하게 후두둑 부딪혔다.

콜베리는 비가 좋았다. 특히 찌는 듯한 더위 후에 내리는 이런 상쾌한 비가 좋았다. 그는 층층이 두껍게 쌓인 먹구름이 간간이 갈라지면서 갈기갈기 찢긴 틈으로 햇살이 비쳐드는 모습을 바라보았다. 그러다 문득 이제 곧 늦어도 5시 반에는 집에 갈 거라는 사실을 떠올렸다. 토요일이니 그것도 늦은 거였다.

아니나 다를까 그 순간 전화가 울렸다.

"여보세요. 스트룀그렌인데."

"음."

"텔렉스로 뭐가 들어왔는데, 난 무슨 말인지 모르겠어."

"뭔데?"

"파리에서 온 거야. 방금 번역했어. 내용은 이게 다야. 문의하셨던 라샬이 브뤼셀을 거쳐 스톡홀름으로 갈 듯. SN X3 특별기로 알란다 공항에 18시 15분 도착 예정. 이름은 사미르 말가. 모로코 여권."

콜베리는 대답이 없었다.

"베크 앞으로 온 건데 베크는 쉬는 날이라서. 난 무슨 말인지 전혀 모르겠는데, 자네는 알겠나?"

"그래." 콜베리가 말했다. "불행하게도. 거기 사람 몇 명이나 있지?"

"여기? 아무도 없는 거나 마찬가지야. 나 빼고는. 메르스타 경찰서로 전화해줄까?"

"됐어." 콜베리가 피곤한 기색으로 말했다. "내가 처리하지. 6시 15분이라고 했나?"

"6시 15분. 그렇게 적혀 있네."

콜베리는 시계를 보았다. 4시가 막 지났다. 시간은 비교적 넉넉했다. 전화기 훅을 누른 뒤, 집 번호를 돌렸다.

"알란다에 나가봐야 할 것 같아."

"젠장." 군이 말했다.

"동감이야."

"몇 시까지 올 건데?"

"8시는 넘기지 않을 거야. 희망이지만."

"서둘러."

"자기 엉덩이에 대고 맹세하지. 안녕."

"렌나르트."

"응."

"사랑해. 안녕."

군이 잽싸게 전화를 끊는 바람에 콜베리는 대꾸할 겨를도 없었다. 그는 씩 웃으면서 일어나 복도로 나가 소리쳤다.

"스카케!"

들리는 소리라고는 빗소리뿐이었다. 어째서인지 이제 더이상 빗소리가 유쾌하지 않았다.

콜베리는 한 층을 샅샅이 뒤지고서야 사람과 마주쳤다. 경찰관이었다.

"망할 스카케는 어디 갔나?"

"축구 하러 갔습니다."

"뭐? 축구? 근무 시간에?"

"중요한 시합이라면서 5시 반까지는 복귀한다고 말하고 갔습니다."

"무슨 팀으로 뛰는데?"

"경찰팀입니다."

"어디서?"

"싱켄스담 경기장입니다. 5시 반까지 비번이기는 합니다."

그건 사실이었지만, 그렇다고 해서 상황이 나을 건 없었다. 알란다에 혼자 가는 건 썩 내키지 않았고, 더구나 스카케도 그 사건에 함께했었으니 콜베리가 아무개 씨와 악수하자마자 스카케에게 넘겨줄 수도 있을 것이다. 사태가 그렇게 돌아간다면 말이지만. 콜베리는 비옷을 입고 차로 내려가서 싱켄스담으로 갔다.

경기장 앞에 붙은 포스터는 흰 바탕에 초록 글자로 이렇게 적혀 있었다. "토요일 15:00 경찰 스포츠 클럽 대 레위메르스홀름 스포츠 클럽". 회갈리드 교회 위로 근사한 무지개가 걸려 있었고, 초록 경기장 위로 이제 가벼운 비만 부슬부슬 내렸다. 진흙탕이 된 경기장에는 흠뻑 젖은 선수 스물두 명이 뛰고 있었고, 주변에 구경꾼이 백 명쯤 서 있었다. 분위기는 지루해 보였다.

스포츠에는 손톱만큼도 흥미가 없는 콜베리는 경기장을 슥 둘러본 뒤 건너편 끝까지 걸어갔다. 거기 난간 곁에, 혼자 외롭게 서서 초조하게 손바닥을 긁어대는 사복 경찰이 있었다.

"매니저나 뭐 그런 겁니까?"

남자는 공에서 눈을 떼지 않은 채 고개만 끄덕였다.

"오렌지색 티셔츠를 입은 인간을 당장 끌어내요. 방금 저기서 공에 걸려 넘어진 놈."

"안 됩니다. 교체 선수까지 다 투입했어요. 불가능합니다. 어차피 십 분도 안 남았고요."

"점수는 어떻게 됩니까?"

"3대 2로 우리가 이기고 있습니다. 그리고 이 시합을 이기

사라진 소방차

면……."

"이기면?"

"그러면 우리가……. 안 돼……. 아, 다행이다……. 삼 부로 승격됩니다."

십 분을 기다린다고 해서 세상이 망하는 건 아니었고 더구나 남자가 워낙 괴로워하는 것 같았기 때문에 콜베리는 남자에게 괴로움을 더해주진 않기로 결정했다.

"십 분쯤 기다린다고 세상이 망하진 않겠지." 콜베리가 선선히 말했다.

"십 분이면 많은 일이 벌어질 수 있습니다." 남자가 비관적으로 말했다.

남자가 옳았다. 초록 티셔츠와 흰 반바지를 입은 팀이 두 골을 넣어 이겼다. 구경꾼의 대부분을 차지하는 듯한 주정뱅이들과 베테랑들의 산발적인 박수를 받으면서. 스카케는 다리를 걸어차여서 진흙탕에 발랑 자빠졌다.

콜베리가 가까스로 스카케를 붙잡았을 때, 머리까지 진흙투성이가 된 스카케는 오르막을 오르는 낡은 증기기관차처럼 헐떡대고 있었다. 몹시 상심한 표정이었다.

"자, 서둘러." 콜베리가 말했다. "그 아무개 씨가 6시 15분에 올란다에 내린다는군. 가서 만나야 해."

스카케는 번개처럼 탈의실로 사라졌다.

십오 분 뒤, 스카케는 샤워를 하고 머리를 다듬은 모습으로 콜베리 옆 조수석에 앉아 있었다.

"지랄 맞게 그게 뭔 짓이야." 콜베리가 말했다. "그렇게 지기나 할 걸."

"관중이 우리 편이 아니었습니다." 스카케가 말했다. "그리고 레위메르스는 리그에서 제일 잘하는 팀 중 하나입니다. 그런데 라살을 만나면 어떻게 합니까?"

"그냥 말이나 해보는 거지. 그를 잡아들일 수 있는 가능성은 희박하다고 봐. 만약에 잡아들이면 그자는 아마 엄청나게 난리법석을 피울걸. 그래서 외교부가 우리 목을 조를 테고, 우리는 결국 그자한테 사과하고 풀어주면서 고맙다고 말해야 할걸. 유일한 가능성은 그자를 동요시켜서 뭔가 뽑아내게 만드는 거야. 알려진 것처럼 영리한 인간이라면 쉽게 걸려들지 않겠지만. 애초에 그 사람이 맞다면 말이야."

"굉장히 위험한 인물 아닙니까?" 스카케가 물었다.

"그래, 위험하다더군. 하지만 우리한테는 아니야."

"뒤를 밟아서 무슨 꿍꿍이인지 알아보는 편이 더 낫지 않습니까? 그 생각은 해보셨습니까?"

"그 생각도 해봤지." 콜베리가 대답했다. "하지만 이 방법이

더 나아. 그자가 실수할 가능성이 조금이라도 있으니까. 그게 안 되더라도, 어쩌면 겁줘서 쫓아낼 수 있을지도 모르지."

콜베리는 잠시 조용히 있다가 말을 이었다.

"그자는 영리하고 냉혹하기는 해도 그렇게까지 똑똑진 않을 거야. 우리는 거기에 운을 걸어 보는 거야."

그러나 잠시 뒤 짓궂게 덧붙였다.

"대부분의 경찰도 그렇게 똑똑하지 않긴 마찬가지니까, 그렇게 따지면 승산은 반반이겠군."

북쪽으로 향하는 도로는 통행이 한산한 편이었지만, 시간이 충분했기 때문에 콜베리는 적당한 속도를 유지했다. 스카케가 옆에서 계속 꼼지락거렸다. 콜베리가 수상쩍다는 듯 스카케를 보며 물었다.

"뭐하는 거야?"

"어깨띠가 불편해서요."

"권총을 갖고 왔나?"

"물론입니다."

"축구 하러 갈 때도?"

"시합중에는 당연히 사물함에 넣어 잠가뒀습니다."

"바보." 콜베리가 말했다.

콜베리는 무장하지 않은 상태였다. 기억하는 한 까마득한 옛

날부터 그랬다. 콜베리는 경찰이 무장을 완전히 해지해야 한다고 주장하는 사람 중 하나였다.

"군발드 라르손은 허리띠에 차는 클립 같은 걸 갖고 계시더군요. 어디서 구했는지 궁금합니다."

"라르손 씨는 아마 곤살루 아우베스 나무 손잡이에 8과 8분의 3인치 총열에 은으로 된 명찰이 달린 니켈도금 스미스 앤드 웨슨 44 매그넘을 휴대하고 싶으실걸."

"그런 게 있습니까?"

"아, 그럼. 천 크로나가 넘고 1.5킬로그램 넘게 나가지."

두 사람은 말없이 차를 달렸다. 스카케는 딱딱하게 굳었고, 이따금 입술을 핥았다. 콜베리가 팔꿈치로 스카케를 찌르면서 말했다.

"긴장 풀어, 꼬마. 특별한 일은 없을 거야. 인상착의는 알잖나."

스카케는 머뭇거리다가 고개를 끄덕였다. 그 뒤에는 내내 뭔가 마뜩잖은 듯이 혼잣말로 뭐라고 중얼거렸다.

비행기는 사베나 항공의 카라벨이었고, 정시보다 십 분 늦게 착륙했다. 그즈음 콜베리는 벌써 알란다 공항에도 지나치게 진지한 동료에게도 질려 턱이 빠져라 하품을 해댔다.

두 사람은 유리문 양쪽에 갈라 서서, 비행기가 활주로를 달려 공항 건물로 다가오는 모습을 지켜보았다. 콜베리는 문 바로

사라진 소방차

앞에 섰고, 스카케는 그보다 오 미터쯤 안쪽에 섰다. 사전에 논의한 건 아니었지만 정례적인 안전 조치였다.

비행기에서 내린 승객들이 비뚤비뚤 줄을 서서 다가왔다.

콜베리는 속으로 휘파람을 불었다. 특별기를 타고 온 사람이 보통 사람은 아닌 게 분명했다. 일등으로 들어오는 사람은 까만 머리에 땅딸막한 남자였다. 남자는 까만 양복, 새하얀 셔츠, 반들반들한 까만 구두로 먼지 한 점 없이 차려입었다.

그는 러시아의 유력 외교관이었다. 콜베리는 오 년 전에 러시아를 방문했을 때 그를 알게 되었는데, 요즘 파리인지 제네바인지 어딘가에서 정치적으로 중요한 인물이었다. 남자로부터 이 미터 뒤에 남자의 아름다운 아내가 걸어왔고, 그로부터 또 사 미터 뒤에 사미르 말가인지 라살인지 하여간 그 아무개 씨가 걸어왔다. 인상착의는 맞았다. 그는 펠트 모자를 썼고 파란 실크 양복을 입고 있었다.

콜베리는 러시아인을 스쳐 보낸 뒤, 자기도 모르게 그의 아내를 흘긋 보았다. 정말 미인이기는 했다. 타티야나 사모일로바*, 쥘리에트 그레코**, 그리고 군 콜베리를 섞은 것 같았다.

---

* 러시아의 배우.

** 프랑스의 배우이자 가수.

그 눈길은 콜베리가 평생 저지른 최악의 실수였다.

스카케가 그것을 오해했기 때문에.

콜베리는 금세 고개를 도로 돌려 레바논 사람인지 뭔지 하는 문제의 인물을 바라보고, 오른손을 자기 모자에 가져가면서, 반보 앞으로 나서며 말했다.

"실례합니다. 말가 씨……."

남자가 걸음을 멈췄다. 무슨 일이냐는 듯 이를 드러내고 미소를 지으면서, 자기도 오른손을 모자로 가져갔다.

그 순간, 콜베리는 자기 뒤 대각선 방향에서 얼토당토않은 일이 벌어지는 걸 시야 가장자리로 포착했다.

스카케가 한 발 앞으로 나서면서 유력 외교관을 막아섰다. 그러자 러시아인은 기계적으로 오른팔을 들어 스카케를 밀쳤다. 한창 체코슬로바키아 위기인지 뭔지가 진행중이었기 때문에 스카케를 무례한 기자로 여긴 게 분명했다. 스카케는 뒤로 비틀거렸고, 오른손을 재킷에 넣더니 발터 7.65 권총을 꺼냈다.

콜베리가 고개를 돌려 소리쳤다.

"스카케, 맙소사!"

말가는 권총을 본 순간, 얼굴이 싹 변하면서 팽팽하게 긴장했다. 일 초도 안 되는 짧은 순간 갈색 눈동자에 놀라움과 공포만이 떠올랐다. 어느새 그는 손에 칼을 쥐고 있었다. 소매에 숨

사라진 소방차

기고 있었겠지, 콜베리는 이렇게 생각할 여유가 있었다. 날이 이십 센티미터가 넘고 폭은 이 센티미터가 안 되는, 날카롭고 무시무시한 칼이었다.

남자가 자신의 목을 벨 작정이라는 걸 콜베리가 알아차린 건 순전히 훈련과 잽싼 반사 신경 덕분이었다. 콜베리는 늦지 않게 왼팔을 올려, 달려든 칼날을 쳐냈다. 그러나 상대는 번개같이 놀라운 속도로 몸을 돌려 밑에서 위로 다시 칼을 찔렀다. 균형을 되찾지 못한데다가 시선이 여태 딴 데로 쏠려 있었던 콜베리는 왼쪽 갈비뼈 바로 밑 횡경막으로 칼날이 박히는 걸 느꼈다. 달군 칼로 버터를 자르는 느낌이라고들 말하던데 과연 그렇군, 콜베리는 생각하면서 칼 위로 몸을 접었다. 그는 자신의 행동을 똑똑히 의식했고, 왜 그렇게 행동하는지도 알았다. 그러면 상대가 몇 초쯤 지체되리란 걸 알았다. 하지만 얼마나? 겨우 오륙 초겠지.

이 모든 일이 벌어지는 동안 스카케는 여전히 얼떨떨한 표정으로 한자리에 서서, 권총을 들어 엄지로 안전장치를 누르려고 했다.

그때 말가인지 뭔지 하는 남자가 칼을 뽑았다. 콜베리는 목동맥을 보호하기 위해서 고개를 숙인 채 앞으로 거꾸러졌다. 칼이 다시 올라갔고, 그 순간 스카케가 총을 쐈다.

라살인지 뭔지 하는 남자는 가슴팍 정중앙에 총알을 맞고 뒤로 거세게 떼밀렸다. 손에서 칼이 날아갔고, 남자는 대리석 바닥에 등을 대고 뻗었다.

완전한 정지 화면이었다. 스카케는 반동으로 치들린 권총을 든 채 서 있었고, 실크 양복의 남자는 등을 바닥에 대고 대자로 뻗어 있었고, 그 중간에서 콜베리는 두 손으로 횡경막 왼쪽을 누르고 몸을 접어 반쯤 옆으로 고꾸라져 있었다. 다른 사람들도 조금도 움직이지 않고 서 있었다. 비명을 지를 틈도 없었다.

이윽고 스카케가 콜베리에게 달려갔다. 여전히 총을 쥔 채, 무릎을 꿇고, 가쁘게 물었다.

"괜찮으십니까?"

"끔찍해."

"왜 저한테 윙크하셨습니까? 저는……."

"자네 자칫하면 3차세계대전을 일으킬 뻔했어." 콜베리가 속삭였다.

그제서야, 늘 그렇듯이, 공황과 혼란이 덮쳤다. 사람들이 사방으로 비명을 지르며 내달렸다. 상황이 다 끝났을 때 늘 그렇듯이.

하지만 콜베리에게는 다 끝나지 않았다. 사이렌을 울리며 뫼르뷔 병원으로 달리는 구급차 안에서, 그는 처음에는 죽을까 봐 너무나 두려웠다. 그러다가 불과 일 미터 옆에 나란히 놓인 들 것 위의 남자를 쳐다보았다. 실크 양복의 남자는 고개를 옆으로 돌려, 고통과 공포로 굳은 눈으로 콜베리를 보고 있었다. 그 눈은 빠르게 죽음으로 다가가고 있었다. 남자는 손을 움직이려고 했다. 아마 성호를 그으려는 것 같았지만 살짝 움찔거리는 게 다였다.

"하, 종부성사인가 뭔가를 받기도 전에 죽겠군." 콜베리는 불경하게 생각했다.

그 생각이 옳았다. 남자는 응급실에 도착할 때까지도 버티지 못했다. 구급차가 속도를 늦추기 시작했을 때, 남자의 턱이 툭 떨어지면서 입에서 피와 오물이 흘러나왔다.

콜베리는 여전히 죽을까 봐 너무나 두려웠다.

그리고 의식을 잃기 전에 이렇게 생각했다.

"이건 불공평해. 난 이 망할 사건에 처음부터 흥미가 전혀 없었다고. 그리고 군이 기다리고 있는데……."

"죽을까요?" 스카케가 물었다.

"아니요." 의사가 대답했다. "적어도 이 일로 죽진 않을 겁니다. 그래도 두어 달은 지나야 이분이 당신에게 고맙다고 말할 수 있을 겁니다."

"고맙다고 말해요?"

스카케는 고개를 절레절레 흔들며 전화기로 갔다.

전화할 곳이 많았다.

김명남

KAIST 화학과를 졸업하고 서울대 환경대학원에서 환경 정책을 공부했다. 인터넷 서점 알라딘 편집팀장을 지냈고, 지금은 전문 번역가로 활동하고 있다. 옮긴 책으로는 『문학은 어떻게 내 삶을 구했는가』, 『우리 본성의 선한 천사』, 『블러디 머더―추리 소설에서 범죄 소설로의 역사』, 『우리는 언젠가 죽는다』, 『소름』, '마르틴 베크' 시리즈 등이 있다.

사라진 소방차 ― 마르틴 베크 시리즈 5

1판 1쇄 2018년 9월 28일
1판 2쇄 2023년 7월 3일

지은이 마이 셰발 · 페르 발뢰
옮긴이 김명남

책임편집 이송 ┃ **편집** 임지호 ┃ **서문 번역** 신견식
표지디자인 이경란 ┃ **본문조판** 이원경
저작권 박지영 형소진 최은진 오서영
마케팅 정민호 김도윤 한민아 이민경 안남영 김수현 왕지경 황승현 김혜원
브랜딩 함유지 함근아 박민재 김희숙 고보미 정승민
제작 강신은 김동욱 이순호 ┃ **제작처** 영신사

펴낸곳 (주)문학동네 ┃ **펴낸이** 김소영
출판등록 1993년 10월 22일 제2003-000045호

주소 10881 경기도 파주시 회동길 210
문의 031-955-2637(편집) 031-955-2696(마케팅) 031-955-8855(팩스)
전자우편 editor@elmys.co.kr ┃ **홈페이지** www.elmys.co.kr

ISBN 978-89-546-5297-1 04850
     978-89-546-4440-2 (세트)

엘릭시르는 출판그룹 문학동네의 장르문학 브랜드입니다.